그래도
　　　춤을
　　　　　추세요

그래도 춤을 추세요

이서수 소설

문학동네

차례

이어달리기 * 007

춤은 영원하다 * 041

광합성 런치 * 071

AKA 신숙자 * 109

운동장 바라보기 * 145

잘지내고있어 * 181

미식 생활 * 217

청춘 미수 * 255

해설 | 이지은(문학평론가)
테크닉은 없고 진심만 가득한 자 여기 모여라 * 289

작가의 말 * 319

이어달리기

회사 휴게실에서 팀장과 마주쳤을 때, 나도 모르게 뒷걸음을 하고 말았다. 팀장은 작게 코웃음을 치더니 드립 포트를 내려놓았다.

왜 도망치고 그래. 여기 좀 앉아봐.

커피잔을 들고 의자에 앉으면서도 팀장은 내게서 눈길을 떼지 않았다. 나는 마지못해 그의 맞은편 자리에 앉았다. 곧 정식으로 면담을 요청하려 했지만 그럴 필요가 없을 듯했다.

재은씨는 꿈이 뭐야?

꿈이요?

뜻밖의 질문에 말문이 막혔다. 이 회사에서 일하는 오 년 동안 꿈이 뭐냐는 말을 들은 건 처음이었다. 나는 잘 모르겠다고 얼버무리다 실없이 웃어버렸다. 기분이 좋아서가 아니라 습관적으로 웃은 거였다. 팀장은 면접 자리에서부터 내 표정을 마음에 들어하지 않았다. 왜 그렇게 죽상이냐는 말을 대놓고 했다. 그뒤로 팀장과 마주할 땐 항상 웃는 표정을 지으려 노력했고, 그 결과 이젠 싫은 사람 앞에서도 가면을 쓰듯 웃음을 짓게 되었다.

재은씨가 아무런 계획 없이 그만두겠다고 하는 것 같아서 그래.

계획 있어요.

사실 계획 같은 건 없었지만 나는 확신에 찬 눈빛을 연기하며 팀장을 보았다. 팀장은 내 계획이 뭔지 묻지 않았다. 셔츠 소매만 물끄러미 보며 할말을 고르는 표정을 지었다.

재은씨는 사실 일을 잘하고 싶은 거잖아. 근데 못하니까 자괴감이 들어서 그만두려는 거고. 그럴 수 있어. 나도 비슷한 이유로 첫 직장을 그만뒀거든. 그러고 나선 재취업이 어려워져 무지하게 고생했지. 이제 다시 조직에 들어와서 얼마나 마음이 편한지 몰라. 하지만 여기서 만족하는 건 아니야. 요즘 누가 투잡을 안 해? 나도 투잡 하고 있어.

팀장님 투잡 하세요?

겸직이 금지된 회사인데 어떻게 그게 가능하지. 나는 이야기의 초점을 흐리는 말이라고 생각하면서도 그에 관해 캐묻지 않을 수가 없었다. 야근은 물론이고 주말 근무도 밥먹듯이 하면서 투잡 할 시간이 있다는 게 놀라웠다.

카페 하고 있어, 오토로.

오토가 뭐예요?

종일 알바생을 돌린다는 거야. 사장은 상주하지 않고.

팀장이 좋은 원두에 집착하는 이유를 그제야 알 것 같았다.

재은씨, 차라리 투잡을 해봐. 나처럼 가족 명의로 하면 안 걸리니까. 내가 볼 때 재은씨는 지금 번아웃이야. 흔히들 사람은 쉬어야 한다느니 그런 말을 하잖아. 아니야. 그러면 극복 못해. 새로운 일을 해야 돼. 업그레이드해야 한다고. 그러면 번아웃이 자연스럽게 사라져. 경험자로서 하는 말이니까 내 말 들어.

투잡, 부캐, 인생 이모작, 업그레이드…… 그런 게 내게는 지겨워진 지 오래였다. 그런 마음을 천천히 털어놓자 팀장은 나를 기이하다는 듯 쳐다보았다.

재은씨는 동물 같아.

……네?

부끄러움을 모르잖아.

내가 뭐라 대꾸하기도 전에 팀장은 커피잔을 들고 휴게실 밖으로 나가버렸다. 나를 포함해 세상의 모든 동물을 멸시하는 말을 던져놓고서.

퇴근길의 발걸음은 여느 때보다 가벼웠다. 평소 밀린 업무를 걱정하느라 인상을 찌푸리며 지나치기만 했던 누룽지통닭집에 들어가서 생맥주와 통닭을 주문했다. 다섯 모금 만에 맥주 한 잔을 다 마시고 닭다리 두 개를 먹은 뒤에 냅킨으로 손과 테이블을 박박 닦고서 가방에서 다이어리를 꺼냈다. 업무에 관한 메모로 빼곡한 페이지를 넘기고 깨끗한 페이지를 펼쳐 퇴사 후 하고 싶은 것들을 적어내려갔다.
　가장 먼저 하고 싶은 건 진심으로 웃기였다. 정말로 웃겨서 웃은 적이 언제인지 기억이 가물가물했다. 두번째로 하고 싶은 일은 엄마와 시간 보내기였다. 마주앉아 종일 마늘만 까더라도 괜찮으니 가능한 한 엄마와 시간을 많이 보내고 싶었다. 그동안은 쉬는 날이면 스트레스를 푼다는 핑계로 디저트 카페와 맛집을 찾아다니느라 엄마를 내팽개쳤다. 엄마는 내가 이런 생각을 하는 줄은 전혀 모르겠지만 나는 늘 죄의식을 느끼며 살았다. 나는 어느 정도 누리고 사는데 엄마는 그렇지 못하다는 생각. 나는 스트레스를 적당히 조절하며 사는데 엄마는 꾹 참는다는 생각. 나는 씀씀이에 관대한 편인데 엄마는 콩나물 한 봉지를 사면서도 철저하게 가격을 비교한다는 생각. 그런 생각들이 모여 위태로운 탑처럼 높이 쌓이면 한 번씩 엄마를 억지로라도 데리고 나가 외식을 했다. 엄마는 돈 아까워 죽겠다면서 내내 툴툴거렸지만, 도리어 내 행동 때문에 스트레스가 더 쌓이는 눈치였지만, 나는 그걸로 어떻게든 구멍난 효심에 땜질을 하고 싶었다. 결국 나에게만 좋은 일이 되고 만다는 것을 잘 알면서도. 내가 퇴사하려는 걸 알면 엄마는 미쳤냐고 잔소리할 게 틀림없지만 돌이킬 수 있는 타이밍은 이미 놓쳤다. 팀장은 오늘 오후 내내 나를 못 본 척했다. 업그레이드 되려는 욕망이 가득한 옆자리 정민씨에게만 말을 걸었다. 둘은 성격이 상당히 비슷했다. 정민씨도 팀장처럼 다양한 일을 엉성하게 했다. 그러면서 생색내는 건 무척 잘했다. 뒤치다꺼리에 바쁜 사람은 나였지만, 나는 생색이란 걸 도무지 낼 줄 몰랐다. 내친김에 세번째 목표는 생색내기로 잡았다. 누구에게 왜 생색을 내겠다는 건지는 나도 몰랐다. 아무래도 앞으로 가장 많이 볼 사람은 엄마일 테니 엄마에게 생색낼 가능성이 컸다. 생색을 내면 나를 많은 걸 해준 사람으로 느낄지도 모른다. 엄청나게 생색을 냈던 팀장과 정민씨는 자신들이 내게 많은 걸 해줬다고 생각하고 있겠지. 그 오해를 어떻게 바로잡지?

마지막으로 하고 싶은 일은 감정노동 없애기였다. 회사에서는 다양한 업무 지시를 따르는 것 외에도 인간관계와 사내 정치 등을 신경써야 하기에 감정노동은 필수였다. 그래서 내가 기분이 나빠도 웃는 기괴한 인간이 된 것이다. 퇴사하면 육체노동은 물론이고 감정노동도 하지 않아도 된다. 일타쌍피.

하고 싶은 일을 생각나는 대로 적고 나서 생맥주를 한 잔 더 주문한 뒤 통닭을 마저 먹었다. 오늘을 회사에 입사하고 유일하게 감정노동을 하지 않은 날이라고 봐도 될 것이다. 매일 이렇게 살았으면 퇴사하지 않았을지도 모른다. 하지만 그게 가능한 회사원이 있을까. 웃기는 소리. 진심으로 웃기니까 하하하 웃자.

휴대폰이 짧게 진동했다. 엄마였다.

―나 일 그만뒀어. 만나서 얘기해.

이게 무슨 소리일까. 순간적으로 머리가 정지한 듯 아무 생각도 들지 않았다. 엄마는 평생 일을 쉬어본 적이 없는 사람이었다. 나는 엄마의 돌발 행동에 놀라 의자에서 벌떡 일어났다. 둥근 통 안에 쌓여 있는 닭 뼈가 문득 불행의 전조처럼 느껴졌다. 이러고 있을 때가 아니었다. 어디로 가야 하나. 집, 아니면 회사로? 그러나 팀장에게 매달려봤자 돌아선 그의 마음을 다시 내 쪽으로 돌릴 길은 없었다. 사표는 없던 일로 해줄지 몰라도 앞으로의 회사생활에서 그의 구박을 당해낼 수는 없을 것이다. 팀장은 자신의 눈 밖에 나는 순간 원두 갈듯 부하 직원을 갈아 조지는 인간이었다.

가게 밖으로 다급히 나가려다 바닥이 기름기로 번들거리는 주방 앞에서 미끄러지고 말았다. 지저분한 바닥에 누워 천장을 마주한 순간 깨달았다. 내가 퇴사하겠다고 큰소리칠 수 있었던 이유는 일하는 엄마가 있었기 때문이라는 것을. 나는 부끄러움을 아는 동물이 되어 지하철역으로 향했다. 엄마에게 어떻게 얘길 꺼내야 할지 막막했다.

*

지하철에 올라타 다른 사람들과 몸이 밀착된 채로 이동하는 동안 호흡이 점점 불편해졌다. 코로 숨을 들이쉬고 입으로 내쉬세요. 누가 했던 말이더라. 훌라 선생님이었나, 밸리댄스 선생님이었나. 스트레스 해소를 목표로 수강한 두 수업 모두 시작 전에 항상 스트레칭부터 했는데, 그중 절반을 차지하는 게 호흡이었다. 팔을 뻗으며, 고개를 뒤로 기울이며, 숨을 들이쉬고 내쉬기를 반복했다. 선생님은 숨을 잘못 쉬면 사람이 죽기도 한다면서 괜스레 겁을 주었다. 호흡을 똑바로 하시고 두 발로 바닥을 단단히 밟고 서세요. 허리를 곧게 펴시고, 어깨 위치가 수평인지 확인하세요. 하지만 바닥이 이렇게 덜컹덜컹 흔들리고 진동하면 어떻게 두 발로 단단히 밟고 설 수가 있나. 나는 앞, 뒤, 옆 사람이 나를 밀 때마다 도리 없이 떠밀리면서 바다에 떠 있는 스티로폼 조각처럼 나 자신이 하찮아진 듯한 기분에 시달렸다. 방치하면 언젠가 거대한 피해를 주고 마는 존재가 된 것 같았다. 누군가가 나를 건져서 소각장에 던져넣어주면 좋을 것 같았다. 스스로를 불태우는 상상을 하는 나는 과연 정상일까. 환갑이 된 엄마가 정말로 일을 그만둘까봐 숨이 잘 안 쉬어지는 딸이 정상일까. 뭐가 정상인지는 몰랐으나 엄마가 일을 안 하는 건 내게는 비정상적인 일이었다. 내가 먼저 퇴사하기로 했다고 말해야 했는데, 간발의 차로 타이밍을 놓쳤다.

약속 장소가 하필이면 또 치킨집이었다. 치킨이 나오기도 전에 엄마는 소맥 두 잔을 연거푸 마셨다. 나는 지하철에서 이리저리 떠밀리느라 산발이 된 머리를 높이 올려 묶으며 물었다.

도대체 왜 그만둔 건데?

어서 빨리 말해보라고 채근하면서도 마음속으론 언제 나의 퇴사 소식을 알릴 것인지 극심히 갈등했다. 엄마는 입가를 손등으로 닦더니 입술을 비죽거렸다. 누군가를 욕하기 직전에 나오는 엄마의 버릇이었다.

내가 억울해서 살 수가 없어.

엄마는 백화점에서 청소일을 했다. 식품관 화장실이 담당 구역이었는데, 늘 붐비는 층이었기에 화장실은 자주 엉망이 되었다. 이용객들은 쓰레기통에 온갖 것들을 버렸다. 엄마는 휴지통 입구를 막고 있는 덩치 큰 쓰레기와 씨름하면서도 이용객들을 욕하진 않았다. 묵묵하게 쓰레기를 치우고 지저분해진 곳을 걸레로 닦았다. 눈에 보이는 곳만이 아니라 좀처럼 잘 보이지 않는 곳까지 꼼꼼하게 청소했다. 정직한 사람이라서라기보다는 엄마의 눈에는 잘 보이지 않는 곳이 없어서였다. 엄마는 누구보다 빠삭하게 일터를 파악한 다음 모든 곳을 제집처럼 구석구석 쓸고 닦았다. 그렇게 하는 게 오히려 더 마음 편한 사람이었다. 머리 쓰지 않고 묵묵히 일하는 게 나아. 엄마가 그런 말을 할 때마다 나는 한숨이 나왔다. 내가 타인과의 관계에 서툴렀다면 엄마는 자기와의 관계에 냉정했다. 스스로 쉴 줄을 몰랐다. 누군가 쉬라고 할 때만 쉬었는데 일터에선 아무도 엄마에게 쉬라는 말을 하지 않았다. 그래서 엄마는 당연히 관절이며 허리가 좋지 않았다. 종일 의자에 앉아 있느라 마찬가지로 허리와 목이 좋지 않았던 내가 구매한 적외선 조사기로 우리는 서로의 환부에 적외선을 쐬어주었다. 밤마다 거실에 앉거나 누워 서로의 손목과 허리, 무릎 등지에 적외선이 잘 비치게끔 각도를 조절해주었다. 유독 삭신이 쑤시는 날이면 우리는 조사기를 사이에 두고 서로 끌어안다시피 했고 그런 날엔 부화기에 갇힌 두 마리의 병아리가 된 기분이 들었다. 물론 모순점이 있었다. 병아리는 부화기 안에 있을 필요가 없다.

 문제의 그날, 엄마는 변기 칸을 정리하고서 밀대로 세면대 주변을 닦고 있었다. 엄마의 동료가 화장실로 들어오더니 어느 고객을 길게 욕했다. 다른 층의 화장실을 이용한 고객이었다.

 바닥에 소변을 본 거야. 어이가 없어서. 멀쩡하게 생겼는데 그랬다니까.

 동료의 말에 엄마는 몸이 아픈 사람일 거야, 일부러 그런 건 아니겠지, 말하며 동료의 화를 가라앉히려 노력했다. 그런데 갑자기 변기 칸 문이 벌컥 열리더니 처음 보는 아주머니가 뛰쳐나와 엄마에게 소리를 내질렀다.

 지금 내 욕 한 거 맞죠?

 아주머니는 엄마에게 자기보고 들으라고 말한 게 분명하다면서 바닥에 오줌을 눈 적이 없는데 왜 그런 말을 하느냐고 불같이 화를 냈다.

 그날부터 매일 백화점측에 사과를 요구한 아주머니는 엄마가 죄송하다고 말할 때까지 절대로 멈추지 않을 기세였다.

 죄송하다는 말을 안 했어?

 어떻게든 퇴사를 막아야겠다는 의지에서 비롯된 내 물음에 엄마의 얼굴이 붉어졌다. 엄마는 잘못한 게 없는데 왜 사과해야 하느냐고 반문했다. 나는 이런 상황에선 사과가 필요한 거 아니겠냐고 엄마를 설득했다.

 이해가 안 돼.

 엄마는 이해가 되지 않는다는 말을 계속 반복했다. 젊은 시절엔 식당과 공장에서 일하고, 나이들어선 백화점과 대형 학원, 공공기관에서 청소일을 했던, 그야말로 끊임없이 일만 했던 엄마가 도대체 왜 그걸 모를까.

엄마는 웃기 싫어도 웃고, 잘못한 게 없어도 사과했던 적이 한 번도 없었어?

없었어. 나는 잘못했을 때만 사과했고, 웃고 싶을 때만 웃었어.

평생 사회생활을 그렇게 했다니 놀라운 일이었다. 어쨌든 지금은 무조건적인 사과가 필요한 상황인데 엄마는 그걸 거부했다.

고객 홍본 건 내가 아니라 다른 사람이야. 나는 한 번도 이유 없이 남을 홍본 적이 없어.

엄마는 소맥을 빠른 속도로 마셨다. 엄마의 발음이 뭉개지고 꼬일 때마다 나는 엄마 정한숙의 삶이 뭉개지고 꼬이는 듯한 기분을 느꼈다. 이제까지 단 한 번도 억지웃음을 짓지 않고, 거짓으로 사과하지 않았다는 엄마가 멋있으면서도 한편으론 무척이나 의아했다. 돈을 벌면서 그렇게 사는 게 가능한 일인가? 나는 팔을 뻗어 엄마의 입가에 묻은 조미 소금을 털어주며 생각했다. 내가 엄마를 잘 몰랐던 걸까. 쉬라는 말을 듣기 전까진 쉬지 않는 사람인 줄만 알았지, 사과하라는 말을 듣고서 그 이유를 대번에 따지고 드는 사람인 줄은 몰랐다. 대단해, 엄마. 정말 멋져. 그렇게 말해줄 수 없어서 마음이 무거웠다.

사과하고 웃어야지, 엄마. 사과하고 웃으라고.

나는 벽에 걸린 달력을 보면서 작게 중얼거렸다. 달력에는 우리가 지나온 날들과 앞으로 맞닥뜨려야 할 날들이 까만 숫자로 박제되어 있었다. 그 광경이 문득 끔찍했다. 저 날들 안에 응축된 사과와 거짓 웃음과 슬픔이 얼마나 많을까. 나 역시 저 달력의 다다음 장이 얼굴을 내밀 즈음엔 다시 사과와 거짓 웃음과 슬픔의 굴레 안에 갇히게 될지도 모른다.

엄마가 멍한 표정으로 닭 뼈가 담긴 스테인리스 통을 바라보다 입을 열었다.

한번은 누가 변기 안에 닭 뼈를 가득 버린 거야. 끄집어내봤더니 어찌나 살을 잘 발라 먹었는지 뼈에 살점이 하나도 없었어. 물렁뼈까지 다 씹어 먹었더라.

나는 엄마가 말하는 그 사람을 떠올리며 사는 게 참 구차하다고 생각했다. 야무지게 드셔놓고선 왜 야무지지 못하게 그걸 남의 화장실 변기에 버리셨을까. 변기에 음식물 쓰레기를 몰래 버리려는 사람들과 전쟁을 치르느라 엄마는 오래전부터 지쳐 있었다. 변기에 버려도 되는 건 딱 세 가지야. 똥, 오줌, 적은 양의 휴지. 엄마는 조사기의 붉은빛에 허리를 대고서 내게 훈계하듯 말하곤 했다. 그것만 버려도 변기는 막히고 넘친다고. 엄마는 왜 아직도 막히지 않는 변기가 안 나오는 건지 모르겠다고 진심으로 궁금해했다. 그러게, 왜 아직도 절대로 안 막히는 변기는 발명되지 않은 걸까. 나는 드라마를 보면서 대충 대꾸하는 척했으나 속으론 변기에 이상한 걸 버리는 사람을 저주했다. 남을 속이는 건 자기를 속이는 것과도 같은데 왜 그걸 모르는 걸까.

안 좋은 타이밍이라는 걸 알면서도 결국 엄마에게 이실직고했다. 팀장에게 회사를 그만두겠다고 말했다고. 이미 결정된 사항이어서 절대로 돌이킬 수 없다고. 엄마는 멍한 표정으로 나를 보았다.

난 엄마랑 다르게 살았어. 웃기 싫어도 웃고, 내 잘못도 아닌데 사과했어.

왜 그랬는데?

돈 벌려고.

엄마는 어깨를 축 늘어뜨리더니 의자 등판에 몸을 기댔다. 엄마의 얼굴에 깊은 후회가 스치는 게 보였다. 내가 회사를 그만두기로 했다는 걸 알았더라면 엄마는 그 사람에게 사과했을까. 처음으로 잘못한 게 없어도 사과했을까. 자답하고 싶지 않은 질문이었다. 엄마의 몸에서 활기가 모조리 빠져나가는 게 눈에 보였다. 그런 엄마를 보며 분노도 활기라는 걸 깨달았다. 엄마가 나를 빤히 보더니 물었다.

야, 우리 이제 망한 거니?

나는 엄마의 발음이 정확해진 것에 놀랐다. 술이 깼구나. 나는 맥주를 더 주문했고, 주인아주머니가 콧노래를 부르며 가져다준 맥주를 잔에 따라 소주와 섞었다. 엄마는 내가 건넨 잔을 순순히 받아들더니 기운 없는 표정으로 한 모금 마시고선 눈을 동그랗게 떴다.

기똥차네.

엄마는 두 모금을 더 마시더니 개운하다는 표정을 지었다. 나는 엄마의 경직된 표정이 부드럽게 풀어지는 것을 보고 나서야 통장에 남은 돈이 얼마인지 물었다. 대답을 듣고선 예상했던 금액이라 실망했다. 엄마도 내게 돈을 얼마나 모았는지 물었으나 내가 대답하기도 전에 손을 내저었다.

됐다, 네 돈은 안 써.

엄마는 코 묻은 돈은 안 쓴다는 말을 덧붙였다.

엄마, 코가 아니라 사과와 거짓 웃음과 슬픔이 묻은 돈이야.

내 말에 엄마는 하하하, 진심으로 웃었다.

*

뼛속까지 시린 바람이 파고들어 어깨가 자꾸만 움츠러들었다. 퇴사한 지도 어느덧 두 계절이 지나 있었다. 나는 틈틈이 다이어리를 펼쳐 퇴사 후 하고 싶은 일을 확인했지만 이제 와서 보니 대단한 것들이 아니었다. 진심으로 웃기, 엄마와 시간 보내기, 생색내기, 감정노동 없애기. 웃는 건 확실히 늘었다. 주로 유튜브 방송을 보다가 웃었다. 위트와 유머가 특출난 사람들이 들려주는 이야기에 나는 진이 빠질 때까지 웃었다. 엄마와 시간을 보내는 건 매일 실천했다. 재래시장 떨이 시간에 맞춰 함께 장을 보러 갔고, 구역을 나누어 같이 집을 청소했으며, 이혼한 사람들이 나오는 티브이 프로그램을 보았다. 엄마가 좋아하는 프로그램이었다. 엄마는 전남편이 떠오르는 눈치였지만 나는 아버지가 떠오르지 않았다. 생색내기도 자주 했다. 주로 엄마한테 그렇게 했다. 아침밥을 차려주고 생색을 냈다. 면 팬티를 삶아주고 생색을 냈다. 등을 긁어주고 생색을 냈다. 발톱에 매니큐어를 발라주고 생색을 냈다. 엄마는 내가 생색을 낼 때마다 고맙다고 말했다. 엄마가 자꾸 고맙다고 말해서 나는 점점 슬퍼졌다. 엄마는 내가 퇴사 때문에 우울해할까봐 걱정하는 눈치였고, 그런 이유로 자꾸만 고맙다고 말하는 것 같았다. 감정노동은 전혀 하지 않았고 부분적으로 솔직하게 살았다. 엄마와 나는 서로를 솔직하게 대했으나, 다른 사람들에게는 그러지 않았다. 엄마는 이웃에게 딸이 백수가 된 사실을 숨겼다. 나는 친구에게 엄마가 일을 그만둔 사실을 말하지 않았다. 우리는 남에게 잔소리를 듣는 걸 질색했다. 마치 우리에게 계획이 있는 것처럼 보이게끔 행동했다.

엄마가 즐겨 보는 드라마를 틀어놓고는 드라이버를 가져왔다. 냄비 뚜껑의 십자못을 조이려는 거였다. 오래전부터 뚜껑 손잡이가 흔들렸는데 일 다닐 땐 시간이 나지 않아 고치지 못했다면서. 나는 엄마의 설명을 들으며 거실 창가 아래에 놓인 녹보수의 시든 잎을 가위로 잘라내고 새로 돋아난 잎을 만지 작거렸다. 한겨울에 태어난 이 작고 연약한 잎이 얼어죽을지도 모른다는 염려가 들었다. 북풍에 흔들리는 거실 창을 닫아 놓아도 반쯤 열려 있는 듯 공기 중에 냉기가 감돌았다. 엄마가 보일러 컨트롤러를 만지작거리다가 다시 거실 바닥에 앉았다.

실내 온도 올렸어?

아니.

그럼 뭐했어?

올릴까 말까 고민했어.

나는 방에서 담요를 가져와 상체를 감쌌다. 엄마가 보고 있는 드라마 속 젊은 주인공들이 도서관에서 데이트를 즐기고 있었다. 과거에 공무원이 되겠다며 뻔질나게 드나들었던 도서관이 떠올랐다. 인강을 보다 우울해질 때마다 소설 서가를 두리번거렸고 문 닫는 시간까지 소설만 읽었다.

엄마, 우리 내일부터 도서관 갈까?

거길 왜?

따뜻하니까. 도시락 싸가서 종일 있다가 오자.

내가 거기서 뭘 해.

책 읽으면 되잖아. 엄마는 평생 책을 몇 권이나 읽었어?

엄마는 자존심 상한 표정으로 나를 흘겨보았다.

야, 나도 국어 교과서에 나오는 소설 좋아했거든. 내가 이래 봬도 문학소녀였어. 편지도 얼마나 잘 썼는데. 말도 고상하게 하고.

 누구한테 썼는데?

 엄마는 입을 꾹 다물었다. 비밀이 있는 눈치였다.

 내일 가보자.

 뜻밖에도 엄마는 거절하지 않고 자리에서 일어나더니 냉장고 문을 열고 선반을 뒤적거렸다. 도시락 반찬으로 뭘 쌀지 궁리하는 머릿속이 훤히 보였다.

*

 도서관 정문 앞에 도착한 우리는 목도리와 장갑과 털모자로 단단히 무장한 상태였다. 오후에 눈 소식이 있어서인지 하늘은 어두운 회백색이었다. 도시락 가방 두 개를 손에 든 나를 뒤따르며 엄마는 주위를 자꾸만 두리번거렸다.

 문헌정보실은 사층에 있었다. 오층엔 휴게실과 북카페, 지하엔 식당과 매점이 있었다. 층별 안내도를 대충 훑어보고 나서 엘리베이터에 올라 사층 버튼을 눌렀다. 엄마는 긴장한 표정이었다. 문학소녀였다며 큰소리를 칠 땐 언제고 막상 도서관에 오자 주눅든 모습이었다. 나는 엘리베이터에서 내려 앞장서 걷다 걸음이 느려진 엄마의 팔을 붙들고 문헌정보실로 함께 들어갔다. 전날 도서관 앱을 통해 미리 회원가입을 해두어서 엄마는 엄마의 이름, 나는 내 이름으로 책을 빌릴 수 있었다. 엄마는 자기 이름이 적힌 모바일 회원증을 한참 들여다보았다. 그리고 너른 테이블에 앉은 사람들을 둘러보더니 내게 속삭였다. 젊은 사람이 많아. 엄마 말대로 절반 이상이 젊은 사람이었다. 저기 내 또래도 있어. 팔자 좋네. 엄마는 자기도 지금 그런 팔자라는 걸 모르는 듯했다. 나는 검지를 세워 입술에 가져다댔다. 엄마가 알아들었다는 듯 고개를 끄덕이더니 서가 앞을 천천히 걷다가 에세이 코너로 들어갔다. 잠시 후 품에 몇 권의 책을 안아 들고 나타나 조용히 자리에 앉았다.

나는 서가 앞을 걸어 다니며 책을 고르다 무심결에 엄마를 돌아보았다. 책을 읽고 있는 엄마의 뒷모습이 낯설었다. 가계부 쓰는 엄마, 마트 전단지를 골똘히 들여다보는 엄마는 자주 봤지만, 책 읽는 엄마는 한 번도 본 적이 없었다. 나는 책을 골라 들고 엄마의 맞은편 자리로 가서 앉았다. 돋보기안경을 쓴 엄마는 노트를 펼쳐놓은 채로 책을 읽고 있었다. 펜도 꺼내놓았지만 뭔가를 기록하진 않았다. 한참 동안 책만 읽더니 내 앞으로 다른 책 한 권을 밀어놓았다. 딸에게 너른 세상으로 나가 마음껏 꿈을 펼치라고 말하는 명사의 이야기가 담긴 에세이였다. 왜 그 책을 골랐는지 알 것 같았다. 엄마는 내게 비슷한 말을 해주고 싶었을 것이다. 너른 세상으로 나가 너의 꿈을 마음껏 펼치라고. 하지만 엄마, 세상은 그리 넓지 않아. 어딜 가든 사람 사는 건 비슷비슷해. 먹고살 궁리 하느라 하루하루 괴로워하는 건. 나는 그런 의미를 담은 눈빛으로 엄마를 쳐다보고는 책을 다시 엄마에게로 밀어놓았다. 그러자 엄마가 곧바로 책을 다시 밀어내며 소리 내지 않고 입술만 움직였다. 너 읽어. 나는 고개를 저었다. 엄마는 내 쪽으로 책을 더 가까이 밀어냈고, 나는 다시 반대편으로 밀었다. 결국 엄마가 포기했다.

내가 고른 건 퇴사 후 앞날에 대한 고민을 담은 몇 권의 에세이였다. 나는 그 책들을 띄엄띄엄 돌아가며 읽었다. 엉뚱한 일에 도전하거나 새로운 직업을 갖기 위해 분투하는 내용이 많았다. 퇴사하고 아무것도 안 하는 사람은 나뿐인 것 같았다. 얻을 것이 좀처럼 없어서 책장을 덮었다. 그리고 앞을 보니 엄마는 코끝에 안경을 걸치고 턱을 괸 채로 졸고 있었다. 그 모습을 바라보는 동안 문학소녀였던 엄마의 모습이 머릿속에 그려졌다. 국어 교과서에 실린 소설을 읽고 있는 십대 시절의 정한숙. 명진여고 1학년 8반 24번 정한숙에게 소설 속 세상은 아름답고 때론 참담할 정도로 슬프게 느껴진다. 문학소녀 정한숙은 소설이 현실을 반영한 게 틀림없다고 생각하며 장차 어른이 되어 씩씩하게 살아가기 위해 단단해지기로 결심하는 대신 아름답고 슬픈 삶을 열망해버린다. 과거의 나도 소설을 보며 그런 생각을 했다. 나도 언젠가 이런 일을 겪겠지. 그런데 왜 이미 겪어본 것 같을까. 아직 겪지도 않았는데 내 마음속에 자리한 이 슬픔은 뭘까. 잃고 싶은 동시에 결코 잃고 싶지 않은 이 슬픔은 뭐지. 열일곱 살의 정한숙도 나처럼 그런 생각을 하며 어떤 시기를 지나왔을까. 나는 문학소녀였던 나를 떠올리고, 문학소녀였던 엄마를 떠올리다 이젠 문학백수가 된 우리를 생각했다. 배에서 꼬르륵 소리가 크게 울렸다. 의자에서 일어나 엄마의 팔을 살짝 건드렸다. 엄마가 눈을 번쩍 떴다. 나는 손을 들어 밥 먹는 시늉을 해 보였다.

구내식당은 예상과 달리 한산했다. 엄마와 나는 벽면에 붙어 있는 기다란 테이블에 나란히 앉아 도시락을 먹었다. 엄마는 밥을 먹으면서 가끔 등뒤를 힐끔거렸다. 다른 이용자들이 도시락을 먹는지 식당 밥을 사 먹는지 궁금해하는 눈치였다. 엄마가 국이 약간 짜다며 뜨거운 물을 뜨러 갔다가 상기된 표정으로 돌아왔다. 비빔밥 만들어 먹으라고 식당에서 고추장하고 참기름을 가져다놨어. 미처 말릴 새도 없었다. 고추장과 참기름을 밥통에 덜어 온 엄마는 반찬을 넣고 숟가락으로 쓱쓱 비비기 시작했다. 고소한 참기름 냄새가 났다. 그런 엄마에게 나는 그런 식당 밥을 사 먹는 사람에게만 무료로 제공하는 거라는 말을 차마 하지 못했다.

가벼워진 도시락 가방을 들고 식당 밖으로 나왔다. 엄마가 커피를 마시자고 해서 엘리베이터를 타고 일층으로 올라갔다. 후문으로 나가면 여고 운동장과 펜스 하나를 사이에 두고 면한 작은 마당에 커피 자판기가 한 대 있었다. 엄마가 지갑에서 천원짜리를 꺼내 건넸다. 커피가 나오길 기다리는 동안 풀리지 않는 고민을 품고 밀크커피를 홀짝였던 과거의 내가 다시 떠올랐다. 다 마시고 나면 늘 목이 타고 속이 약간 더부룩해졌던 자판기 커피. 그땐 취업해서 사원증을 목에 걸고 점심시간마다 스타벅스에 가는 게 꿈이었다. 그러나 막상 그렇게 살아보니 도서관에 머물며 미래를 고민했을 때만큼이나 우울했다. 팀장은 내가 어려운 일은 도통 배우려 하지 않는다고 비난했지만, 업무량은 이미 내가 소화할 수 있는 정도를 넘어선 지 오래였다. 하루는 그 문제에 대해 용기 내어 말했더니 회사가 뭐하는 곳이라고 생각하느냐는 질문이 돌아왔다. 팀장과의 대화는 언제나 그런 식이었다. 엄마와 도서관 벤치에 앉아 밀크커피를 홀짝이는 동안 자꾸만 그의 얼굴과 말투가 떠올랐다. 이렇게 사는 나와 그따위로 사는 그를 비교하다 이렇게 사는 것도 나쁘지 않고 그렇게 사는 것도 나름의 이유가 있을 거라는 담담한 결론에 도달했다.

초록색 펜스 너머의 운동장에서 흰색 축구공이 포물선을 그리며 날아왔다. 요란한 소리를 내며 펜스에 세게 부딪힌 축구

공 때문에 깜짝 놀란 엄마가 어깨를 움츠렸다. 체육복을 입은 여학생이 뛰어와 쥐똥나무 덤불 사이에서 공을 찾아내더니 발로 능숙하게 차며 몰고 갔다. 엄마는 여학생에게서 눈길을 떼지 않았다.

축구 해본 적 있니?

나는 고개를 저었다. 엄마는 즐겨 보는 예능 프로그램 얘기를 꺼냈다. 젊은 여성들이 축구를 하는 방송인데 얼마나 재미있는지 모른다고, 축구를 정말 잘한다고 말하며 들뜬 표정으로 커피를 홀짝였다. 나는 그 말을 듣다가 엄마의 주름진 손등과 거기에 핀 검버섯에 시선이 갔다.

엄마는 축구 해본 적 있어?

없지. 우리 때는 남자애들이나 하는 운동이었어.

나는 그랬을 거라고 수긍하며 십대 시절 눈에 띄게 운동을 잘했던 여자애들을 떠올렸다. 농구를 잘했던 수영. 피구를 잘했던 지현. 그러나 축구를 잘했던 친구는 떠오르지 않았다. 운동장에 축구 골대가 있었던가. 그것조차 기억이 희미했다.

엄마가 벤치에서 일어나더니 허리를 좌우로 움직이고 어깨를 둥글게 돌리며 가벼운 맨손체조를 시작했다. 나도 자리에서 일어나 엄마를 따라 하다 무심코 말했다.

우리 여기서 일기 같은 거 써볼까? 서로 바꿔 읽으면 재미있을 거 같은데.

엄마는 싫다고 말하지 않았다. 고작 하루 경험했을 뿐이지만 엄마도 나처럼 도서관 생활이 퍽 심심한 눈치였다.

커피를 다 마시고 우리는 문헌정보실로 돌아갔다. 엄마는 의자에 앉자마자 노트를 펼치더니 골똘한 표정을 지었다. 나는 책을 더 읽다가 깜빡 졸았다. 눈을 떴을 때 엄마는 노트에 뭔가를 열심히 적고 있었다. 그러다 고개 들어 나를 보더니 입 모양으로 더 자, 라고 말했다. 나는 고개를 저었다. 낮잠 자려고 퇴사한 게 아니야, 속으로 말한 뒤 노트를 한 장만 찢어달라고 했다. 엄마는 노트 맨 뒷장을 뜯어서 내게 주더니 가방에서 펜도 하나 꺼내주었다. 나는 비뚤배뚤한 모양으로 찢어진 종이를 만지작거렸다. 어려운 글 말고 그냥 내 이야기를 써보고 싶었다. 잘난 척하는 글 말고 하루를 낭비하는 이야기를 써보고 싶었다. 깨닫는 글 말고 그저 담담하기만 한 이야기를 써보고 싶었다. 의미 따위 없는 글. 그냥 내가 이렇게 산다고 적는 글. 우리 외엔 아무도 읽지 않는 글. 엄마가 내 손등을 살짝 건드리더니 노트를 내 쪽으로 밀었다. 빼곡하게 쓴 문장이 보였다.

재은이가 내가 준 책을 읽지 않아서 서운했다. 하지만 이해가 된다. 세상으로 뛰어들라는 말은 누구나 하지. 하지만 그 세상에서 나처럼 미친 사람을 만나기도 하잖아. 재은이가 그날 소맥을 맛있게 말아주지 않았으면 나는 화병이 났을지도 모른다. 예전에 내가 화병이 났을 때 성순 언니가 그랬다. 야, 너는 어른이 되려면 멀었구나. 아직 애새끼구나. 입이 거칠긴 해도 언니는 늘 맞는 말만 한다고 생각했다. 그런데 지금은 생각이 달라졌다. 성순 언니를 만나면 이렇게 말해주고 싶다. 언니는 그걸 위로라고 해? 겨울만 되면 손등이 심하게 갈라졌던 성순 언니는 지금 뭘 하며 살까. 내가 딸하고 도서관에 다닌다고 하면 놀라겠지. 누가 돈을 주기로 했냐고 물을지도 모른다. 돈 받아서 하는 게 아니라고 하면 미쳤다고 뭐라 하겠지. 도서관이 쓸데없이 커서 놀랐다. 식당도 큰데 사람은 별로 없다. 집이 추워서 온 건데 여긴 덥다. 도서관이 추우면 사람들이 책을 안 읽고 집으로 가버리니까 그런 거겠지. 나도 오늘은 책을 좀 읽었다. 좋은 글은 아니었지만 길게 써서 출판까지 한 건 참 대단하게 느껴졌다.

문학소녀였던 엄마가 쓴 글은 그다지 문학적이지 않았다. 하지만 내게는 재미있었다. 노트를 돌려주며 재미있다고, 다음에 또 보여달라고 말하자 엄마는 부끄러운 듯이 입을 가리고 웃었다. 저렇게 수줍은 표정으로 웃을 줄 아는 사람이었구나. 사소한 발견이었음에도 나는 깜짝 놀랐다.

*

 이듬해, 엄마는 도서관에 가기 위해 새벽에 혼자 집을 나섰다. 책을 읽기 위해서가 아니라 일을 하러 가기 위해서였다. 시내버스엔 엄마처럼 청소 노동자로 일하는 나이든 여성들이 잔뜩 타고 있었다. 그들의 근무지는 다 달랐지만 출근 시각은 엇비슷했다. 얼마 뒤 버스 기사가 갓길에 차를 세우더니 승객들에게 모두 내리라고 지시했다. 한강 다리 위에서 고장난 버스는 가장자리 차선 하나를 차지한 채로 멈춰 서버렸다. 엄마는 다른 버스를 기다리다가 늘 지나치기만 했던 한강을 구경하려고 난간 가까이 걸어갔다. 동트기 전이라 사위가 어두워 강물이 더욱 검게 느껴졌다.
 도서관 개관 시각은 아홉시. 엄마는 화장실과 복도, 열람실과 문헌정보실 등 도서관의 모든 이용 공간을 청소하기 위해 새벽 네시에 출근했다. 엄마의 천 가방엔 도시락과 노트가 들어 있었다. 엄마는 다시 청소 노동자가 되었으나, 퇴근 전 문헌정보실에 잠깐 들러서 책을 한 장씩 읽고 노트에 짤막한 글을 쓴다는 점에서 이전과 달라진 삶을 살았다.
 그 전날, 그러니까 사고가 일어나기 하루 전, 엄마는 도서관 식당에 출몰한 쥐를 잡았다. 엄마는 끈끈이에 달라붙은 쥐를 처리하면서 쥐에게 진심으로 미안해했다. 엄마의 노트에 그렇게 쓰여 있었다.

쥐야, 미안하다. 다음 생엔 사람으로 태어나서 도서관에 와라.

만취 상태였던 운전자는 핸들을 틀기 전에 강물을 바라보고 있던 엄마를 보지 못했다고 진술했다.

*

그 겨울에 우리는 도서관에서 대부분의 시간을 보냈다. 외출 모드로 해놓은 보일러는 밤에만 요란한 소리를 내며 작동했다. 도서관을 나와 집으로 들어설 때마다 방바닥이 놀랄 정도로 차갑게 느껴졌지만 불평하지는 않았다. 오히려 집에 있었다면 동태가 되었을 거라면서 도서관에 다니기로 결정한 걸 다행스럽게 여겼다.
나이 다 들어서 무슨 팔자인지 모르겠네.
엄마는 한숨을 내쉬며 미래를 걱정했지만 잠시 일을 멈추기로 결심한 우리의 선택을 오롯이 받아들였다. 우리는 도서관에 다니면서 틈틈이 쓴 일기를 서로에게 보여주었다. 내 일기는 도서관에서의 일상보다는 암울한 미래에 대한 언급이 더 많았다. 나는 나의 미래가 텅 빈 점포처럼 느껴졌다. 이 사회에선 누구나 뭔가를 팔아야 먹고살 수 있는 법인데 나는 팔 수 있는 것도, 팔고 싶은 것도 없었다. 내가 쓴 글을 본 엄마는 밀크커피를 마시다가 짜증을 냈다.

　재미있는 것 좀 써봐. 맨날 신세한탄이야, 젊은 게.

　나는 엄마의 글 역시 그렇다고 지적했다.

　엄마도 대학 안 보내준 할아버지 욕하는 글 많이 쓰잖아.

　여기선 떠오르는 게 그것밖에 없으니까 그렇지.

　나도 그래.

　앞으로 내 글을 안 보여주겠다고 말하자 엄마도 안 읽겠다고 응수했다. 재미도 없는데 뭐하러 읽느냐면서. 하지만 며칠 안 돼 내게 뭘 썼는지 덤덤히 물어왔고, 나도 순순히 노트를 꺼내주었다. 거기엔 회사에서 도망쳤던 날을 회상하는 내용이 쓰여 있었다. 그날 나는 끊임없이 밀려드는 업무에 질려버려서 화장실에 가는 척 사무실을 나와 엘리베이터에 올라탔다. 공황 증세가 일기 직전인 상태를 어떻게든 진정시켜야만 했다. 회사 근처 정류장에 서서 버스를 기다리는 동안 의외로 동료 직원과 마주칠지 모른다는 두려움은 들지 않았고, 누군가 어딜 가는지 물으면 바람 좀 쐬고 오려 한다고 태연하게 답하고 싶다고 생각했다. 시내버스를 타려다 마을버스가 먼저 오자 충동적으로 그 차에 올라탔다. 마을버스를 타면 회사 인근을 못 벗어난다는 걸 알고서 내린 결정이었다. 도망쳐 나왔으면서도 나는 참으로 소심하게 굴었다. 초조한 마음으로 버스 손잡이를 꼭 붙들고 아홉 정거장을 이동한 뒤에 내렸다. 그곳에 도서관이 있었다. 망설임 없이 도서관으로 들어갔다. 일층은 문헌정보실, 위층은 죄다 열람실이었다. 규모가 작아서 그런지 이용자가 많지 않았다. 나는 문헌정보실로 들어가 안쪽 구석에 자리를 잡았다. 담배꽁초처럼 구겨진 자세로 가만히 앉아만 있었다. 책은 읽지 않았다. 지금쯤 나를 찾으려 난리가 났겠지. 휴대폰 전원을 끄려다가 결국 무음으로 바꿔놓았다. 그리고 계속 기다렸다. 나에게 내려질 형벌을. 재은씨, 미쳤어요? 그런 메시지가 오면 마음이 놓일 것 같았다. 그러나 아무리 기다려도 회사에서는 연락이 오지 않았다. 무음이라 오 분마다 휴대폰을 확인하다가 결국 진동으로 바꿔놓았다. 그러나 오후 다섯시가 되어도 감감무소식이었다. 어떻게 이런 일이 있을 수가 있지. 설마 내가 사라진 걸 아무도 모르는 걸까. 정류장으로 걸어가서 다시 회사로 향하는 마을버스에 올라탔다. 고작 두 시간 남짓 도서관에서 머물렀지만 나는 온종일 벌을 받은 사람처럼 다 죽어가는 몰골이 되어 회사로 돌아갔다. 사무실로 들어가니 팀장과 정민씨가 보이지 않았다. 나중에 들으니 둘은 내가 자리를 비운 직후 대표의 지시로 긴급회의에 참석했다고 했다. 그러니 내 존재 따위는 조금도 떠올리지 않았을 것이다.

엄마는 내가 쓴 글을 읽고 나서 물었다.

어디로 가려고 했는데?

먼 데.

먼 데가 어디야. 바다?

응, 그런 데.

바다를 본다고 뭐가 달라져?

엄마는 그럴 때 없었어? 일하다 도망치고 싶었을 때.

있었지.

그럴 때 어떻게 했어?

……네 생각 하면서 참았어.

대꾸할 말을 찾지 못해 머쓱해졌다. 나는 엄마를 생각하고 회사로 돌아간 게 아니었다. 내가 사라진 것도 모르는 사람들이 밉고, 정말로 내 부재를 모르는 건가 싶어서 확인하기 위해 돌아간 것이었다. 퇴사하기로 결정했을 때도 나는 엄마를 생각해서 참지 않았다. 도리어 엄마를 떠올리며 마음을 더욱 확고하게 굳혔다. 엄마가 돈을 버니까 나는 몇 달 정도 쉬어도 괜찮겠지. 나는 그렇게 합리화했는데 엄마는 나를 떠올리며 참았다니.

나는 가족이 없었으면 막살았을 사람이야.

엄마가?

네가 몰라서 그렇지, 내가 젊은 시절엔 술도 잘 마시고 그랬어.

술은 지금도 잘 마시잖아.

내 말은, 남자도 만나고 그랬다고.

그게 막 산 거야?

인기가 많아서 남자들이 들러붙고 그랬다고.

자랑으로 들리는데.

자랑은 무슨. 이 나이에 자랑할 게 뭐가 있어. 근데 젊을 땐 남자들이 나한테 관심도 많이 보이고 그랬어.

근데 왜 아버지 같은 사람을 만났어?

엄마는 손끝을 바늘에 찔린 사람처럼 움찔거리더니 대답 대신 깊은 한숨만 내쉬었다. 이혼한 남편 얘기가 나오면 엄마는 입을 꾹 다물었다. 엄마에게 아버지는 지나간 사람인지 영원히 마음속에 머무는 사람인지 궁금했다. 나는 둘 중 무엇이 엄마의 진심일지 짐작할 수 없어 엄마의 옆얼굴을 몰래 살폈다. 엄마가 벤치에서 일어나더니 천천히 맨손체조를 시작했다. 곧이어 큰 소리로 트림을 했다.

너도 체조해. 소화도 되고 좋다.

나는 종이컵을 버린 뒤 엄마 옆에 서서 맨손체조를 따라 했다. 나란히 선 우리의 그림자가 길게 뻗어나갔다. 조경석을 타고 넘어 펜스를 통과해 여고 운동장을 향해 달려갔다. 실제론 조경석에 겨우 닿는 정도의 길이였지만, 나는 우리의 그림자가 길어져 운동장으로 들어서고 색채와 형태를 갖추며 점점 사람으로 변하는 광경을 상상했다. 열일곱 살로 돌아간 엄마와 나. 명진여고 1학년 8반 24번 정한숙과 동운여고 1학년 3반 19번 정재은. 우리는 교복을 입고 운동장을 나란히 걷는다. 트랙을 따라 걷다 출발 지점에서 자세를 취한다. 엉덩이를 높이 들고 시선은 전방을 향한다. 탕! 마침내 신호가 울리고 우리는 전속력으로 달려간다. 서로의 트랙이 하나로 합쳐지는 지점을 향해 힘차게 달린다. 그리하여 우리가 만나게 되었다는 이야기를 쓰면, 엄마는 그걸 재미있게 읽을까.

도서관 로비로 들어서며 엄마가 말했다.

도서관에서 일해볼까?

청소일?

시켜주는 게 그것밖에 없으니까.

도서관이 좋아?

여긴 이상한 사람이 없을 것 같아.

나는 고개를 끄덕이며 로비 안으로 들어섰다. 밝은 곳에 있다가 어두운 곳으로 들어왔더니 순간 눈앞이 캄캄했다. 무심결에 고개를 돌려 뒷마당을 보았다. 먼 훗날, 우리는 이 시기를 어떻게 기억할까. 나는 까닭 없이 슬퍼져 우두커니 서 있다 앞서 걷고 있는 엄마를 얼른 뒤따라갔다.

춤은

영원하다

꽁초의 춤

 오래전 그날, 나는 어두운 거실 한가운데에 우두커니 서 있었다. 야간자율학습을 하느라 늦게 귀가한 날이었다. 외출한 가족들이 돌아오지 않아 집은 텅 비어 있었다. 나는 거실 한구석에 놓여 있는 장 스탠드를 가만히 바라보다 가까이 다가가 불을 켜고 갓을 벗겨냈다. 빛나는 알전구가 드러나며 벽면에 검은 그림자가 떠올랐다.
 벽 앞에 서서 오른팔을 천천히 들어올렸다. 연이어 왼팔도 부드럽게 들어올렸다. 그림자는 내 움직임을 그대로 따라 했다. 마치 나에게 홀린 관객 같았다. 뒤돌아 오디오 리모컨의 전원 버튼을 꾹 눌렀다. 곧이어 엄마가 자주 듣는 노래가 스피커에서 흘러나왔다. 정수라의 〈환희〉.

나는 서서히 몸을 풀기 시작했다. 두 발에 리듬을 실어 스텝을 밟다가 손뼉을 쳤다. 이내 거추장스러운 교복 블라우스와 치마를 벗어던졌다. 골반을 좌우로 흔들고 어깨를 들썩거렸다. 다리를 넓게 벌리며 점프해 거실 이편에서 저편 끝으로 이동했다. 두 팔을 들어올려 둥그렇게 모은 뒤 허리를 숙였다. 바닥을 데굴데굴 구르고, 다시 일어나 다리를 높게 차올리며 열정적으로 춤을 추었다.

하지만 이제 와서 생각해보면 어설프게 현대무용 흉내를 낸 그것을 춤이라고 말할 수 있을지 모르겠다. 만일 그날의 내 모습을 캠코더로 촬영해놓았다면 다른 결론을 내렸을지 모른다. 그건 춤이 아니라 몸부림에 가까웠다고. 열일곱 살의 나는 인생을 제대로 살아보기도 전에 지쳐 있었다. 인생이 지루함을 견디며 살아가야 하는 일인지도 모른다는 강렬한 예감 때문이었다. 강압적인 입시 교육은 나에게 삶에 대한 통제권이 앞으로도 없으리라는 것을 충분히 암시해주었다.

예감했던 대로 나는 정해진 행로를 따르며 살아갔다. 짧지 않은 수험 생활 끝에 대학에 들어갔고 졸업하자마자 작은 회사에 입사했으며 몇 번의 이직을 거듭했다. 회사에선 늘 경직된 자세로 일했고 그게 원인이 되어 경추 통증에 시달렸다. 나중엔 통증이 두경부로 번져 매일 진통제를 먹어야만 했다. 회사 사람들 모두 속으로는 나를 싫어한다고 생각했다. 그래도 괜찮았다. 나도 그들을 좋아하지 않기는 마찬가지였으니까. 날마다 돈 걱정을 했고 자주 자신감을 잃었다. 소득세를 내고 국민연금을 납부하고 직장 가입자로서 의료보험 자격을 유지하는 것만으로도 외줄 위에 올라탄 듯 아슬아슬하고 버거웠다. 어느샌가 버티는 것과 살아가는 것이 동의어가 되었다. 열일곱 살의 어느 밤에 떠오른 예감은 불행히도 적중했다. 나는 몸부림을 쳐야지만 겨우 남들처럼 살 수가 있었다.

담배꽁초를 비벼 끄는 누군가의 손을 볼 때마다 흠칫 놀랐다. 그 꽁초가 꼭 나 같아서.

이매의 춤

좀처럼 웃을 일이 없는 날들이었지만 나는 소주를 마실 때면 항상 웃었다. 빈 소주병을 세어보며 실없이 웃는 날들이 이어지다 어느덧 마흔 살이 되었다. 별안간 엄마를 이해하고 싶은 마음이 커졌다. 나이를 먹을수록 나보다 엄마가 더 걱정되었다. 나는 늙는 일만 남았고, 엄마는 죽는 일만 남았다는 우울한 생각에 사로잡혔다. 나는 늙어가도 엄마는 영원히 죽지 않길 바랐다.

 도통 운동을 하지 않는 엄마의 불룩한 아랫배를 기습적으로 만졌다. 엄마는 질색하며 내 손을 밀어냈다. 집에만 있지 말고 춤이라도 배우라고 잔소리를 했더니 엄마는 심드렁한 표정으로 쪽파를 다듬으며 물었다. 춤을 왜 배워?

 배우면 잘 출 수 있잖아. 운동도 되고.

 난 안 배워도 잘 춰.

 좀처럼 자신감을 드러내는 일이 없는 엄마가 그런 말을 하는 모습이 낯설었다.

 그럼 한번 춰봐.

 엄마는 다듬고 있던 쪽파를 그대로 쥐고 일어나더니 내게 음악을 틀어보라고 말했다. 나는 유튜브에 접속해 90년대 댄스 음악을 검색했고, 그중 눈에 띄는 곡을 클릭했다. 박미경의 〈이브의 경고〉. 선매 이모의 애창곡이었다.

 한 손에 쪽파를 쥔 채로 엄마는 서서히 몸을 움직이기 시작했다. 슬쩍슬쩍 좌우로 엉덩이를 흔들다 비로소 흥이 오른 듯 온몸을 마구 흔들어댔다. 박자 무시, 자태 무시, 눈앞의 딸 무시. 엄마의 춤은 춤이 아니라 취객의 몸부림 같았다. 나는 방바닥을 때리며 큰 소리로 웃었다. 엄마는 헛! 하고 기합 소리를 내며 쥐고 있던 쪽파를 천장을 향해 휙 던져 올렸다. 쪽파는 형광등에 부딪혀 바닥으로 떨어졌고 곧이어 엄마의 발에 밟혔다. 쪽파 머리가 짓이겨지는 줄도 모르고 엄마는 발을 힘차게 들어올려 허공을 걷어찼다. 그토록 해괴한 춤은 그때껏 한 번도 본 적이 없었다. 국적 불명, 시대 불명의 춤이었다. 뿜어져 나오는 에너지를 주체하지 못하고 이리저리 흔들리는 몸뚱이. 작두를 타는 강신무도 박자를 맞추는 법인데 이건 뭐, 혼령에게 이리로 오시라는 건지 멀리 가시라는 건지.

엄마, 음악을 듣고 있는 거야?

나는 박자를 무시하고 음악과 완벽히 분리된 채 춤을 추는 엄마에게 물었다. 그러나 엄마는 춤에 몰입하느라 내 말을 듣지 못한 듯했다. 엄마는 캉캉 춤을 추는 것처럼 치마를 걷으며 다리를 힘차게 차올렸는데, 엄마의 다리는 캉캉 댄서처럼 높이 솟아오르는 대신 허리 높이까지만 간신히 올라왔다. 그렇더라도 엄마가 얼마나 혼신을 다해 춤을 추는지 알 수 있었다. 어깨를 들썩이고, 제자리에서 빙빙 돌고, 고개를 흔드는 요상한 막춤을 추며 엄마는 계속 웃었다. 반면에 내 얼굴에선 웃음기가 점점 사라졌다. 나는 휘둥그레진 눈으로 엄마를 쳐다보았다. 엄마는 헛! 헛! 하는 소리를 내며 치맛자락을 붙잡고 깃발처럼 휘두르다 마침내 몸을 둥그렇게 만 채로 바닥에 엎드렸다.

나는 음악을 껐다. 온 집안에 정적이 흘렀다. 뭐 그런 이상한 춤을 추느냐고 면박을 주려는 찰나, 엄마가 갑자기 입을 열더니 방언 같은 말을 쏟아냈다. 귀기울여 들어보니 아버지 욕이었다. 아버지는 평생 동안 바람을 피우며 밖으로 나돌기만 하다 암환자가 되어 돌아왔고, 엄마는 그런 아버지를 미워하면서도 병상을 지켰다. 상놈의 새끼, 끝까지…… 끝까지 참았어, 내가. 바닥에 엎드린 채로 엄마는 죽은 아버지를 욕했다. 그러더니 탈진한 사람처럼 대자로 드러누워 멍한 얼굴로 천장을 쳐다보았다. 모든 열기와 의지가 빠져나간 표정이었다.

 엄마의 깊은 회한에 내 속이 다 울렁거렸다. 나는 아무 얘기도 못 들은 양 휴대폰을 보는 척했다. 얼마 안 돼 엄마가 몸을 일으켜세우더니 나뒹구는 쪽파를 집어들고 자리에 앉았다. 엄마는 무표정한 얼굴로 짓이겨진 쪽파 머리를 잘라내고, 잎끝의 시든 부분을 떼어냈다. 아무 일도 없었던 것처럼 다시 쪽파를 다듬는 엄마를 보다가 이윽고 물었다. 엄마, 춤을 왜 그렇게 춰?

 뭐가.

 이상해.

 엄마는 그럴 리가 없다는 것처럼 고개를 저었다. 춤은 원래 이런 거라는 듯 단호한 표정이었다. 쪽파를 다 다듬은 엄마는 이내 양푼을 아래 두고 숟가락으로 생강 껍질을 벅벅 긁어냈다. 양푼에 담긴 물이 뿌옇게 변해갔다. 엄마의 표정은 춤을 추기 전과 똑같았지만, 엄마의 우주가 활짝 열렸다가 닫힌 것을 목격한 나는 이전으로 돌아갈 수가 없었다.

열일곱 살의 내가 추었던 이상한 춤의 근원은 엄마에게 있었던 걸까. 나의 엄마 김이매 역시 누구도 이해할 수 없는 춤으로 자신을 열어 보이고 슬픔의 더께를 털어내는 사람일까. 그런데 나는 왜 여태까지 그걸 몰랐을까.

엄마와 달리 선매 이모는 어릴 때부터 춤을 잘 추기로 소문난 사람이었다. 이모는 가수가 되겠다며 일찍이 서울로 가서 나이트클럽을 전전하며 노래를 불렀고, 이젠 지방의 작은 행사장에서 댄서로 일하고 있었다. 반면에 엄마는 일찍 시집을 가서 바람기 많은 남편을 평생 참고 살다가 사별 후 혼자가 되었다. 엄마에겐 살풀이춤으로도 다 풀어낼 수 없을 정도로 사연이 많을 것이다. 그러나 그런 사연은 환갑이 넘은 여성이라면 누구나 하나쯤은, 아니 한 다스쯤은……

내 춤이 그렇게 이상하냐?

엄마의 물음에 나는 상념 속에서 빠져나왔다.

어, 정말 이상해.

엄마는 샐쭉해진 표정으로 물었다. 그럼 어떻게 춰야 하는데?

박자에 맞춰서 보기 좋게 춰야지.

엄마는 미심쩍다는 표정을 지었다. 그렇게 대답은 했지만 나 역시 잘 모르기는 마찬가지였다. 아무래도 이모에게 물어봐야 할 것 같았다. 춤이란 어떻게 춰야 하는지. 그리고 엄마의 괴상한 춤을 도대체 어떻게 해석해야 하는지. 나는 해왕성만큼이나 먼 곳에 있는 사람을 보듯 엄마를 바라보았다. 엄마는 쪽파를 씻어서 물기를 탁탁 턴 뒤 커다란 대야에 툭 던져 넣고 나를 불렀다.

이것 좀 부어줘.

나는 엄마 옆에 쪼그려앉아 쪽파가 한가득인 대야에 멸치액젓을 콸콸 부었다. 비릿하고 짭짤한 냄새가 공기 중으로 확 퍼졌다. 그 냄새가 꼭 엄마의 춤 같았다.

선매와 안녀의 춤

선매 이모는 춤출 때마다 개량한복을 입었다. 종로에 놀러 온 외국인 관광객들이 대여해 입는 한복과 비슷한 옷이었다. 저고리는 짧고 치마는 지나치게 풍성하며 치맛단엔 화려한 금실로 수가 놓아져 있는 옷. 이모가 일하는 행사장엔 늘 노래 반주 기계와 타악기가 설치되어 있었다. 전문 가수가 오는 일은 드물었고, 행사에 구경 온 사람들이 마음이 동해 애창곡을 부를 때가 더 많았다. 이모는 그때마다 분위기를 띄우기 위해 춤을 추었다. 그러면 구경하던 관객들이 하나둘 자리에서 일어나 춤을 추기 시작했다. 나는 이모가 일하는 모습을 볼 때마다 매번 진심으로 감탄했다. 이모의 깔끔한 춤사위에 홀딱 반해서였다.

이모의 춤을 한마디로 요약하면 요즘 유행하는 말로 '알잘딱깔센'이라 할 수 있겠다. 알아서 잘 딱 깔끔하고 센스 있게. 이모는 정말로 그렇게 춤을 추었다. 몸을 과하게 흔드는 일 없이 골반만 슬쩍슬쩍 움직이고, 손가락을 한 번씩 튕기면서 흥을 돋우었다. 그게 전부였다. 나머지는 이모를 감싸고 있는 아우라가 다 했다. 이모의 동작을 반박자 늦게 뒤따르는 한복 치맛자락이 만들어내는 물결 같은 움직임조차 아름다웠다. 이모는 한복을 입고 춤추는 게 아니라 한복과 함께 춤추었고 박자를 타는 게 아니라 박자를 이끌었다. 흥이 깊어지면 춤을 추는 게 아니라 그저 놀았다. 그럼에도 감탄이 나올 정도로 잘 추었다. 이모의 춤을 본 관객이 홀린 듯 의자에서 일어나는 광경을 나는 여러 번 목격했다. 그때마다 이모는 그들을 향해 가볍게 손짓했는데, 그럴 때에도 이모의 몸은 박자에 맞춰 흔들리고 있었다. 관객은 이모와 마주보고 서서 그야말로 모든 걸 내려놓고 춤을 추었다. 이모처럼 센스 있게 추지는 못해도 추고 싶은 춤을 열심히 추었다. 양 엄지를 세운 채로 주먹을 꽉 쥐고 막춤을 추는 아저씨, 아랫배에 두 손을 올리고 상체를 들썩거리는 아줌마, 요리조리 고개를 돌리며 춤을 추는 귀여운 할머니도 모두 이모 앞에선 무아지경이 되었다. 이모의 표정은 흐트러짐이 없었고 동작 역시 정확했다. 흥이 올라도 동작이 커지지 않았는데, 그럼에도 흥이 올랐다는 것을 누구나 알 수 있었다. 그게 이모의 능력이었다. 이모는 무대로 나와 춤을 추는 관객에게 격려의 박수를 보내며 환영했다. 웰컴, 저와 함께 춤을 추면 세상만사 고단한 일이 다 사라집니다. 나는 이모의 춤사위에서 그런 메시지를 읽었다.

엄마가 밀폐용기에 담아 비닐로 겹겹이 싸준 파김치를 백팩 안에 넣고서 이모를 만나러 월미도로 갔을 때, 예상했던 대로 이모는 행사장에 온 관객들과 마주보고 서서 춤을 추고 있었다. 나와 눈이 마주쳤지만 이모는 나를 알은체하지 않았다. 나는 빈 의자에 앉아 이모를 바라보다 이모에게 치근거리는 남자 관객을 발견했다. 그는 춤을 추며 이모의 허리에 자꾸만 손을 얹으려 했다. 그때마다 이모는 춤을 추며 빠져나왔고, 남자가 가까이 다가오면 다시 거리를 벌리며 춤을 추었다. 취기 때문인지 남자의 낯빛이 벌겠다. 나는 눈살을 찌푸리다 의자에서 일어났다. 이모의 일이니까 이모가 알아서 할 것이다. 전에 이런 광경을 목격하고 일을 그만두라고 말했다가 이모가 불같이 화를 낸 적이 있어서였다. 나는 차라리 안 보고 말지, 하는 마음이 되어 행사장 근처를 배회하기 시작했다.

젊은 커플과 외국인 노동자들, 가족 단위의 관광객이 유원지를 걸으며 늦가을 주말을 즐기고 있었다. 나는 벤치에 앉아

발치를 맴도는 비둘기를 구경했다. 몸을 기울이고 잤는지 오른쪽 깃털이 죄다 일어서 있었다. 처량한 몰골로 자꾸만 내 눈치를 살폈지만 비둘기에게 줄 만한 건 아무것도 없었다. 비둘기가 파김치를 좋아할 리는 없으니까. 옆 벤치에서 일행과 소주를 마시고 있는 남자의 말이 귓가에 들려왔다. 목소리가 너무 커서 듣고 싶지 않아도 잘 들렸다.

야, 너는 돈을 왜 그렇게 벌어?

일행은 아무런 대꾸도 하지 않았다.

요즘 누가 그렇게 묵묵히 일해서 돈을 벌어. 그러면 언제 부자가 되냐? 투자를 잘해서 한 방에 많이 벌어야지. 마흔이나 먹은 놈이 왜 그렇게 순수해?

남자의 순수한 일행은 역시 묵묵부답이었다. 아무런 대답이 없는 걸 보니 일행도 나와 같은 생각을 하고 있는 것 같았다. 뭘 어쩌라는 걸까, 하는 생각. 나는 남자가 울분에 휩싸여 토해내는 '순수한 마흔'에 대한 지탄을 듣다가 어쩐지 내게 하는 말인 것만 같아서 마음이 점점 불편해졌다.

순수한 마흔. 철없는 마흔. 젊은 마흔. 친구와 술을 마시며 우리는 스스로를 젊은 마흔이라고 말한 적이 있었다. 늙지 않은 마흔이라고. 세상에 기대하는 것 없이, 과도한 욕심을 내세우지 않고, 묵묵히 돈을 벌며 차츰 늙어가되 꼰대는 되지 않으려고 발버둥치는 젊은 마흔이라고. 그리고 이런 사람들이 보통은 집도 없지.

목이 뻣뻣해지더니 머리가 조이듯 아팠다. 두경부 동통은 좀처럼 나아질 기미가 없었다. 일할 때마다 거북목 교정기를 착용해도 그때뿐이었다. 교정기를 착용하지 않으면 자세가 쉽게 흐트러졌고, 스트레스를 받으면 뒷목과 얼굴 전체가 뻐근해졌다. 그 고통은 겪어본 사람이 아니면 모를 것이다. 의사는 근육이완제를 권했는데, 약사가 들어 보인 갈색 약병엔 향정신성의약품이라고 쓰여 있었다.

옆 벤치의 남자는 계속 마흔씩이나 먹은 놈이, 하면서 일행을 나무랐다. 묵묵히 돈을 번다는 남자의 일행은 잔소리도 묵묵히 들어주었다. 뭐든 묵묵히 하는 사람처럼 보였다. 나는 그들에게 차라리 이모와 춤이나 추고 오라고 말하고 싶었다. 그들의 얼굴을 슬쩍 살펴보니 나와 동갑이라는 사실을 모른 척해도 될 만한 상태였다. 나는 마음속으로 말했다. 아저씨, 차라리 이모 옆에 가서 춤을 추세요. 이모와 춤을 추면 모든 걸 잊고 몸만 흔들게 돼요. 아저씨는 어떤 춤을 추나요. 아저씨가 몸을 흔들 때 세상도 같이 움직인다는 거 아세요, 모르세요. 나는 열일곱 살에 이미 알았는데, 그걸 알아도 인생이 바뀌지는 않더라고요. 그래도 춤을 추세요. 그것밖엔 할 수 있는 게 없어요.

나는 벤치에서 일어나 이모가 일하는 행사장으로 돌아갔다.

이모에게 치근대던 남자는 지치지도 않고 여전히 신들린 듯 몸을 흔들고 있었다. 그러나 이모가 강경한 조치를 취했는지 멀찍이 떨어져서 바다 쪽을 보며 춤을 추었다.

행사가 끝나고 이모는 주차해놓은 차 안에서 옷을 갈아입었다. 편안해 보이면서 맵시 있는 트레이닝복 차림으로 뒷좌석에서 나온 이모는 나보다 파김치를 더 반겼다. 주차장엔 알음알음으로 모여든 캠핑족이 취사와 차박을 하고 있었다. 우리는 삼겹살을 구워먹기로 미리 계획을 세워두었기에 서둘러 자리를 세팅했다. 방파제엔 낚시하는 사람들이 띄엄띄엄 앉아있었고, 윤기 도는 등딱지를 가진 작은 게들이 곳곳을 기어다녔다. 바다 건너엔 공단이 보였다.

우리는 바싹 구운 삼겹살에 파김치를 얹어 소주와 함께 먹었다. 이모는 나에게 연애는 하는지, 엄마 집에서 언제 독립할 계획인지, 통장에 돈은 얼마나 모아놓았는지, 회사에서의 미래는 어떤지 따위는 절대로 묻지 않았다. 이모는 그런 것들에 관심이 없었다. 내가 젊은 마흔이라면 이모는 젊은 예순이었다. 세상에 기대하는 것 없이, 과도한 욕심을 내세우지 않고, 묵묵히 춤을 추며 차츰 늙어가되 꼰대는 되지 않으려고 발버둥치는 젊은 예순. 나는 그런 이모에게 춤과 엄마에 대한 질문을 던졌다. 이모가 가장 잘 아는 두 가지였으니까.

이모, 우리 엄마 춤추는 거 본 적 있어?

어릴 때 봤지. 왜?

진짜 이상하게 추더라.

어떤데?

춤이 아니라 몸부림이야. 춤추다가 아버지 욕도 하던데, 방언 터진 사람처럼.

……엄마 닮아가나.

이모가 무심결에 한 말은 나를 놀라게 했다.

할머니가 춤을 췄어?

이모는 돌아가신 할머니를 떠올리는지 생각에 잠긴 표정을 지었다. 할머니는 시부모를 모시고 평생 농사일만 하다가 고구마밭에서 쓰러져 돌아가셨다. 나는 할머니가 도대체 무슨 재미로 사셨을지 궁금해지곤 했다. 생전에 웃는 걸 본 적이 한번도 없었다.

우리 엄마가 춤을 참 이상하게 췄어.

이모는 바다 건너 공단 굴뚝을 아련한 눈빛으로 바라보며 할머니가 어떤 춤을 추었는지 자세히 말해주었다.

그날 할머니는 술을 좀 마셨다. 온종일 굶어가며 밭일만 하다 돌아온 날이었다. 집엔 할머니와 엄마와 이모뿐이었다. 다른 가족은 멀리 떨어진 이웃집에서 벌인 굿판을 보러 가고 없었다. 할머니는 혼자 툇마루에 앉아 막걸리를 물처럼 들이켰다. 그리고 한참 동안 마당을 노려보다가 천천히 일어나더니 갑자기 춤을 추기 시작했다.

 잠자리를 쫓으며 놀고 있던 두 딸은 입을 벌리고 엄마를 쳐다보았다. 나의 할머니 염안녀는 처음으로 아이들 앞에서 춤을 추었다. 제자리에서 빙글빙글 돌다가 다리를 한 짝씩 들어 올리고 두 팔을 휘저으며 크게 원을 그렸다. 손을 내젓고 가슴을 흔들다가 나중엔 온몸을 털었다. 흡사 몸에 붙은 벌레를 떼어내려는 동작처럼 보였다. 엄마의 행동을 구경하던 딸들은 처음엔 그게 춤이라고 생각하지 못했다. 음악이 없었기 때문이었다. 어디에서도 음악소리는 들리지 않았다. 그러나 염안녀는 혼자에게만 음악이 들리는 것처럼 박자에 맞춰 고개를 까딱이고 어깻짓을 하고 무릎을 굽혔다가 폈다. 부드럽던 염안녀의 동작이 점점 과격해졌다. 장독에 한쪽 다리를 척 올리고, 상체를 앞으로 푹 숙였다가 뒤로 휙 젖혔다. 장독에 손을 얹고 무언가를 토해내는 것처럼 짐승 같은 소리를 내며 몸을 흔들었다. 바닥을 구르며 흙을 움켜쥐었다가 놓았고 하늘을 향해 소리를 내질렀다. 어찌나 춤이 괴상한지 두 딸은 경기를 일으키듯 웃었다. 이웃이 보기 전에 엄마를 말려야 한다고 생각하면서도 마당을 구르며 웃었다. 너무 웃어서 울긋불긋해진 뺨 위로 눈물이 흘렀다.

 그 가을 저녁, 감나무에서 떨어진 홍시가 짓이겨져 흙 마당 곳곳에 그려놓은 땡땡이를 이모는 지금도 생생하게 기억하고 있었다. 할머니 춤의 피날레는 빨랫줄에 두 손을 올리고 마치 바람에 말려지는 빨래처럼 힘없이 축 늘어져 있는 동작이었다. 빨랫줄에 널려 있는 빨래라기보다 빨랫줄에 내팽개쳐진 빨래 같았다고 이모는 말했다.

그땐 몰랐는데 나중에 현대무용극을 보고 깨달았어. 엄마 춤에 의미가 있다는 걸.

나는 할머니가 장독을 붙잡고 이상한 소리를 토해냈다는 말을 곱씹었다. 할머니 역시 엄마처럼 방언 같은 욕을 터뜨리고 싶었을까. 속에 가득찬 것을 쏟아내고 싶었을까. 하지만 딸들 앞이라 차마 그러지 못한 걸까. 나는 한 번도 보지 못한 할머니의 춤을 떠올리며 할머니를 이해해보려 노력했다. 언어가 개입되지 않은 움직임. 마음 가는 대로 팔다리와 몸뚱이를 흔들어보는 일. 어쩌면 말은 아무런 소용이 없다고 생각했을지도 모르지. 그 시대에 할머니의 말이 어떤 무게를 가졌을지 짐작해보면, 말은 정말로 아무런 소용이 없었을지도 모른다.

이모의 말을 듣고 나서야 나는 엄마가 왜 그런 춤을 추었는지 비로소 알 것 같았다. 엄마의 마음속에는 할머니가 춤으로 자신을 마음껏 드러내는 순간이 각인되어 있었던 것이다. 언젠가 자신도 저렇게 춤을 추겠다고 결심했는지도 모른다. 그날이 할머니가 돌아가신 나이가 되어서야 오리라는 것을 엄마는 알았을까.

이모, 할머니가 그때 울었어?

아니.

그럼 웃었어?

다 끝나고 나서. 다 끝나고 허공을 보며 서 있다가 한참 뒤에 우리를 돌아보더니 웃더라. 우리가 거기 있다는 걸 뒤늦게 안 것처럼.

나는 자신을 바라보는 딸들을 보며 할머니가 무얼 느꼈을지 짐작해보았다. 계속 살아가겠다는 결심이었을까. 세상이 지긋지긋하다는 깨달음이었을까. 춤을 추던 순간 할머니는 자신을 묶어둔 무거운 닻을 자르고 아주 높이 솟아올라 수면 위로 머리를 내밀고 태양을 봤을지도 모른다.

이모, 춤이란 뭘까?

나는 이모와 소주 두 병을 나누어 마시고 그렇게 물었다. 이모는 술기운이 올랐는지 트레이닝복 상의를 벗어서 허리에 묶었다.

춤은 테크닉이지. 근데 테크닉은 누군가 정해놓은 규칙이야. 우스꽝스럽게 움직이지 말라는 규칙. 그러니까 테크닉보다 진심이 중요해.

이모의 말대로라면 할머니와 엄마의 춤은 진심만 있고 테크닉은 전혀 없었다.

이모는 춤이 왜 좋아?

이모는 슬며시 바다로 눈길을 돌렸다. 공단 굴뚝에서 흰색 연기가 솟아오르고 있었다. 바다는 일몰 직후의 붉고 푸르스름한 기운에 잠겨 있었다. 이모가 천천히 입을 열었다.

어릴 때, 내가 정말 싫어하던 애가 있었거든. 근데 학교에서 걔랑 짝이 돼서 부채춤을 춰야 했어. 걔도 나를 싫어해서 서로 딴 곳만 보며 춤을 췄는데, 나중엔 서로를 볼 수밖에 없었어. 안 보면 동작이 안 맞으니까. 그래서 마주봤더니, 걔 눈이 참 예뻤어. 걔도 내 눈을 빤히 보더라. 그랬더니 어느 순간 우리가 춤을 추고 있었어. 진짜 춤 말이야. 진심이 담긴 춤…… 나중엔 걔랑 친구가 됐어. 아주 가까운 친구.

그 친구랑 아직도 연락해?

안 하지. 어디서 뭐하고 사는지 궁금하긴 해.

찾아보지.

싫어. 그냥 그리워하는 마음을 갖고 사는 게 좋아.

그게 왜 좋은데?

이모는 들릴락 말락 한 소리로 대답했다.

춤을 잘 추게 되니까.

나는 이모의 마음을 알 것 같았지만 그런 마음으로 춤을 추는 이모가 가엾기도 했다. 그냥 즐겁게 추면 안 돼? 그렇게 말하고 싶은 것을 참았다. 즐겁게 추는 춤에는 진심이 담겨 있지 않으니까. 적어도 이모에겐 진심이 아니니까. 엄마와 할머니에게도 그럴 것이다. 나는 그들의 춤을 차례대로 떠올리다 할머니가 근원이라는 결론을 내렸다. 열일곱 살의 어느 밤에 내가 그런 말도 안 되는 춤을 추었던 것도 할머니 때문이었다. 할머니가 가장 먼저 우리의 우주를 활짝 열었던 것이다. 막춤의 우주를.

너 아직도 두통 있니?

있지.

춤을 춰봐. 나아질걸.

나 춤 못 춰.

우리집에선 나 빼고 다 못 춰. 다들 요상한 막춤만 추지.

큰 소리로 웃는 이모에게 나는 이모처럼 재미있게 사는 사람은 못 봤다고 말했다. 이모는 내가 더 재미있게 사는 것처럼 보인다고 했다. 내가 거짓말하지 말라고 받아치자 이모는 순순히 인정했다.

그래, 너 참 재미없어 보여. 왜 그렇게 사니?

회사 다녀서 그래.

이모는 내 말에 수긍했다. 나는 이모와 대화할 때마다 이모가 나보다 젊고 활기차게 느껴져서 가끔은 싫다고 말했다. 언제 시들 거야? 그렇게 묻기도 했다. 취해서 한 말이었는데 이모는 갑자기 눈물을 쏟았다. 시든다는 표현이 너무 싫다면서.

내가 사과해도 이모는 받아주지 않았다. 그리움을 안고 시들어 가면서 계속 춤을 추며 살아갈 거라고 말했다. 나는 누군가를 마음껏 그리워하는 이모의 삶이 비현실적으로 느껴졌다. 나도 출근 걱정이 없다면 아무나 붙잡고 그리워할 수 있을 것 같았다. 내 말에 이모는 팍팍하게 살지 말고 차라리 회사를 때려치우라고 했다. 나는 그러겠다고 외치며 자리에서 일어나 숙취 해소 음료를 사러 갔다. 출근할 때 고생하고 싶지 않았다.

꽃씨와 홍시의 춤

초안산 근처에 사는 선매 이모를 만나러 엄마와 함께 집을 나섰다. 엄마의 생일이었다. 이모는 우리를 집으로 초대하더니 결국 예약해놓은 고깃집으로 데려갔다. 직접 차린 생일상 같은 건 없었다. 역시 젊은 예순이었다. 미역국도 안 끓였냐고 툴툴거리는 엄마에게 이모는 기막힌 미역국이 나오는 집으로 데려갈 테니 걱정하지 말라고 큰소리쳤다.

우리는 생갈비와 성게미역국을 안주 삼아 소주를 나눠 마셨다. 술기운이 오른 엄마는 장남인 외삼촌에게만 재산을 증여한 할아버지와 자기는 온갖 연애를 다 했으면서 여동생들은 엄하게 단속했던 외삼촌을 길게 욕했다. 집에 쌀이 없어서 술지게미를 먹고 취하곤 했던 박계선이라는 어릴 적 친구를 그리워했고, 카스텔라를 지붕 위에 널어놓고 햇볕에 말려서 먹었던 대복이네를 부러워했다고 털어놓았다. 어릴 적 엄마와 이모는 카스텔라를 훔쳐먹을 계획까지 세웠는데, 결국 실행하진 못했다. 자나깨나 양반 가문 운운하는 할아버지한테 걸리면 맞아 죽을 것 같았기 때문이다. 내가 이제부터라도 카스텔라를 많이 사주겠다고 말하자 엄마는 달아서 싫다며 단박에 거절했다. 나는 머쓱해진 표정으로 두 사람의 대화를 듣기만 했다. 평소엔 먹지 않는 후식 냉면까지 기어이 추가해서 먹은 엄마는 소화가 되지 않는다고 계속 신트림을 했다. 고깃집을 나오며 엄마와 나는 깊이 후회했다.

너무 많이 먹어서 토할 거 같아, 이모.

선매야, 나는 바지가 안 잠겨.

이모가 우리를 돌아보며 혀를 차더니 동네 뒷산을 오르자고 제안했다. 우리는 낮부터 술기운이 올라 벌게진 얼굴로 초안산을 향해 걸어갔다.

초안산은 동네 뒷산치고는 범상치 않은 곳이었다. 엄마는 쓰러진 묘비나 상석을 볼 때마다 멈칫거렸다. 나는 무너져내린 봉분이나 기우뚱하게 서 있는 석물과 맞닥뜨릴 때마다 한숨을 쉬었다. 이모는 우리에게 초안산이 어떤 곳인지 뒤늦게 알려주었다.

내시는 후손이 없잖아. 죽고 나서 챙겨줄 가족이 없는 거지. 여기에 그런 무덤들이 많이 모여 있어.

이모는 그렇게 말하며 쓸쓸한 표정을 지었다. 내가 초안산에는 얼마나 자주 오는지 묻자 이모는 거의 매일 온다고 답했다. 자식 없는 이모가 내시들의 무덤으로 뒤덮인 산을 자주 오르는 게 영 탐탁지 않았다.

〈전설의 고향〉에 나올 만한 곳이네.

엄마의 말에 이모는 정말 그렇다고, 낮엔 괜찮지만 밤에 오면 진짜 무섭다고 대꾸했다.

밤에 여길 왜 와!

엄마와 나는 동시에 소리를 내질렀다. 이모는 밤에 오는 것도 괜찮다면서, 묘비를 볼 때마다 인간의 생은 짧고 돌은 영원하다는 생각이 들어 겸허해진다고 했다.

다음 생엔 돌로 태어나면 되겠네.

엄마는 농담인지 진담인지 모를 말을 했다. 뜻밖에도 이모는 싫다고 말하지 않았다. 나는 돌로 다시 태어나는 상상을 했다. 사람들의 발에 차이고 물속에 던져져도 부서지지 않으니 좋을 것 같았다. 회사에서도 돌이 되어 앉아 있고 싶었다. 그러면 사람들의 말에 차여도, 발표 자리에 던져져도 부서지지 않을 것 같았다. 한 사람씩 분기 실적을 발표하는 자리에서 나는 평소보다 심한 두경부 동통에 시달렸다. 진통제도 소용없을 정도였다. 한번은 머리통 전체가 깨질 것처럼 아파서 그만하면 안 되냐는 말을 토해내듯이 입 밖으로 꺼내고 말았다. 사장은 어리둥절한 표정으로 뭘 그만하겠다는 거냐고 물었고, 나는 길게 침묵하다 죄송하다고 말한 뒤 형편없는 실적을 발표했다.

길이 험준하지 않아 우리는 산책하듯 걸었다. 처음엔 쓰러진 묘비나 석물을 볼 때마다 마음이 안 좋았지만 점점 그런 광경에 익숙해졌다. 어떤 형태로든 편히 쉬었으면 좋겠다는 마음이 들었다. 비스듬히 기울어서든 모로 누워서든 바닥에 얼굴을 대고 엎드려서든 그저 편안히 쉬었으면 좋겠다고.

한참 걷다보니 다리가 아팠다. 우리는 적당한 곳에 자리를 잡고 앉았다. 나는 점퍼를 벗어서 엄마의 엉덩이 아래에 깔아주었다. 엄마의 생일이니 오늘은 엄마를 공주님처럼 대해주고 싶었는데, 막상 하고 보니 낯간지러웠다. 엄마는 내 점퍼 위에 드러누웠다. 먹고 바로 누우니까 살이 찌는 거라고 참지 못하고 잔소리를 해버렸다. 이모가 엄마의 뱃살을 세게 꼬집었다. 엄마가 몸을 일으켜 이모의 등짝을 찰싹 때렸다. 이모가 얄궂게 웃더니 엄마에게 말했다.

언니, 내가 퀴즈 낼게. 맞혀봐.

싫어.

여자도 사정을 할까, 안 할까?

엄마는 저게 미쳤나, 하는 표정으로 이모를 흘겨보았다. 이모는 원래부터 엄마 앞에서 야한 농담을 자주 했다. 오늘은 엄마 생일이라서 참는가보다 했는데 역시 아니었다. 이모는 엄마가 화를 낼 때마다 깔깔거리며 웃었다. 평생 동안 남자라곤 아버지밖에 못 만나본 엄마를 놀리는 것도 같았다. 나는 두 사람의 대화를 못 들은 척하며 허공만 쳐다보았다.

이모가 자리에서 일어나 두 팔을 위로 쭉 뻗어 올리며 가벼운 스트레칭을 하기 시작했다. 셔츠가 짧아서 옆구리가 훤히 드러났다. 엄마가 왜 그렇게 짧은 셔츠를 입었냐고 나무라는 여자는 배가 차면 안 된다는 말을 덧붙였다. 이모는 코웃음을 치더니 말했다.

춤추면 항상 더워.

수족냉증으로 고생 중인 엄마는 잠깐 생각에 잠긴 표정을 짓더니 말했다.

그럼 나도 춤 좀 배워볼까?

내가 알려줘?

이모가 엄마를 향해 팔을 뻗더니 일어나라고 손짓했다. 의외로 엄마는 순순히 자리에서 일어났다. 이모가 휴대폰으로 노래를 틀었다. 적당히 빠른 리듬의 트로트였다.

여기서 추려고?

아무도 내 말에 대답하지 않았다.

이모가 먼저 몸을 흔들기 시작했다. 이모다운 깔끔하고 센스 있는 몸짓이었다. 이모는 손가락을 튕기더니 제자리에서 한 바퀴 빙그르르 돌았다. 한복을 입지 않아도 이모의 몸짓을 따라 너울거리는 아우라가 이모를 감쌌다. 엄마는 이모와 마주보고 서더니 손뼉을 치기 시작했다. 그리고 서서히 몸을 움직였다. 이모를 따라 골반을 좌우로 흔들면서 슬쩍슬쩍 움직였지만 엄마에게선 도통 맵시가 나지 않았다. 이모가 웃으며 왜 그렇게 몸이 뻣뻣하냐고 물었다. 엄마는 그 말에 휙 돌아서더니 반대편을 보고 몸을 흔들기 시작했다. 엄마의 몸짓이 점점 커졌다. 나는 춤추는 두 사람을 바라보다 웃음이 터졌다. 이모는 나에게도 같이 추자고 했지만 어림도 없었다. 누가 보면 어쩌려고! 나는 그렇게 소리치면서 휴대폰을 꺼내 동영상을 찍었다.

이윽고 엄마의 진심이 드러나기 시작했다. 엄마는 이번에도 테크닉은 전혀 없고 진심만 가득한 춤을 추었다. 두 팔을 뻗어 마구 휘젓고 고개를 획획 돌리고 다리를 척척 들어올리면서 몸부림에 가까운 막춤을 추었다. 이모는 그런 엄마를 보며 웃었고 박자 좀 맞추라고 소리치다 나중엔 자기도 박자를 놓쳤다. 멈칫거리던 이모가 갑자기 막춤을 추기 시작했다.

난생처음 보는 이모의 막춤은 엄마의 막춤만큼이나 이상했다. 이모는 기울어진 묘비 앞에서 어깨를 흔들고 연이어 엉덩이를 흔들었다. 야했다. 엄마가 그런 이모를 보더니 바닥에 두 손을 짚고 엉덩이를 위아래로 흔들었다. 세상에. 엄마도 야했다. 나는 누가 볼까봐 계속 주변을 두리번거렸다. 다행히 아무도 없었다. 죽은 내시들이 묻힌 산은 괴괴했다. 새소리조차 들리지 않았다. 이모와 엄마의 춤에 경악해 모두가 입을 꽉 다문 것 같았다. 엄마는 바닥에서 일어나 가슴팍을 손바닥으로 치더니 짐승 같은 소리를 내며 머리를 흔들었다. 이모는 근처 나무로 달려가 둥치를 꽉 부여잡고 거친 웨이브 동작을 반복했다. 박자에 맞지도 않고 아름답지도 않은 춤이었다. 나는 두 사람의 춤이 너무 이상해서 말문이 막혔다. 저런 춤을, 대낮에, 죽은 내시들의 무덤 앞에서, 부끄러운 줄도 모르고 추다니. 불경했다. 상스러웠다. 야했다. 이상했다. 짐승 같았다. 그럼에도 내 마음속에선 군고구마처럼 뜨겁고 달달한 것이 자꾸만 치솟았다.

함께 춤을 추라고 포효하는 누군가의 목소리가 들렸다. 경상도 어느 시골 마을에서 지박령처럼 살다가 죽은 여자. 고구마를 노잣돈처럼 손에 꼭 쥔 채 저세상으로 떠난 여자. 장독에 기대어 울음을 토하던 여자. 빨랫줄에 매달려 자신의 숙명을 온몸으로 표현하던 여자. 나는 막춤의 우주를 연 할머니를 떠올렸다. 그리고 지금 내 앞에서 춤을 추고 있는 여자들. 쓰러진 묘비 주변을 맴돌며 춤을 추는 불온한 여자들. 원시적인 여자들. 홍시처럼 다디단 과육이 가득 차올라 터질 것 같은, 어쩌면 이미 터져버린 여자들. 과육만 먹고 씨는 툭 뱉어내며 자란 삐딱한 나와 그런 나를 조건 없이 사랑해준 여자들. 내가 사랑하는 여자들. 또다시 막춤의 우주가 열렸다.

할머니와 엄마가 도달하려는 지점은 회귀일까, 진화일까. 이모가 도달하려는 지점은 그리움일까, 재회일까. 내가 도달하려는 지점은 돌일까, 인간일까. 우리의 막춤을 무보_{舞譜}로 그리면 어떤 형태와 의미를 담은 기록이 될까.

기록이 될 수 있긴 할까?

기록이 되든 안 되든 나는 춤은 영원하다고 믿었다. 우리의 유전자에 흐르는 막춤은 영원하다. 누구도 막을 수 없다.

엄마와 이모는 이제 서로 마주보고 서서 안정적으로 춤을 추었다. 동작은 작고 부드럽고 섬세해졌다. 이모는 다시 자신의 춤을 추었고, 엄마는 그런 이모를 열심히 따라 했다. 두 사람의 댄스 클래스가 이제야 시작된 것 같았다. 진심이 가득 담긴 춤으로 준비운동을 모두 마치고 난 뒤에.

이모는 손가락을 튕기며 골반을 살짝살짝 흔들었고, 엄마는 두 손을 허리에 올리고 빙그르르 돌았다. 돌고 다시 돌고 계속 돌았다. 왜 저러나 싶을 정도로 빙글빙글 돌기만 했다.

선매야, 찬희야. 나는 꽃씨다. 봐라, 날아간다. 내가 날아가.

꽃씨처럼 가벼워진 엄마가 이윽고 바닥에서 붕 떠올랐다.

나는 엄마가 너무 멀리 날아가지 못하도록 붙잡기 위해 두 팔을 뻗었다. 어느새 나팔꽃 줄기처럼 변한 나의 두 팔이 엄마를 향해 길게 뻗어나갔다. 그러나 엄마는 나를 가볍게 지나쳐 저 멀리 날아갔다. 나는 엄마가 빙글빙글 돌면서 사라지는 것을 망연히 바라보기만 했다.

그만 가자.
엄마가 몸을 일으키며 말했다. 나는 엄마의 몸 아래에 깔려 있던 점퍼를 집어들어 축축한 흙을 털어내고 다시 입었다. 그러곤 엄마와 나란히 걸었다. 걸으면서 엄마의 옆얼굴을 훔쳐보았다. 아무렇지 않은 얼굴로 곁에서 걷고 있는 엄마. 멀리 날아가지 못하게 해서 미안했다.

나는 엄마와 이모가 영원히 춤을 추는 광경을 상상하며 산길을 걸었다. 꽃씨가 된 엄마는 하늘을 날았고, 이모는 돌이 된 나를 쓰다듬어주었다. 슬프고, 따뜻했다.

광합성

런치

정오부터 시작되는 한숨 릴레이. 차진혜는 그 소리를 짐짓 못 들은 체하며 마른 수건으로 고무나무 잎을 닦아내는 데 집중했다. 두 달 전 이케아에 들렀다가 충동적으로 사온 것인데, 극진한 보살핌 덕분인지 그새 한 뼘이나 자랐다. 고무나무는 햇볕과 물만 있으면 살 수 있지만, 인간은 당연히 그 이상의 것들이 충족되어야 생명과 활기를 유지할 수 있다. 그러므로 식대 칠천원으론 먹을 수 있는 게 너무 없다고 말하는 직원들의 얼굴에 비참한 표정이 스치는 것도 당연했다. 최근 시작된 런치플레이션 탓에 회사 건물 근방에는 갈 만한 식당이 없다는 걸 차진혜도 알고 있었다. 그러나 재무팀장이라는 자신의 직책을 의식해 "잘 찾아보면 있어"라는 말만 반복할 뿐이었다.

동해식당에선 아직도 대구탕을 칠천원에 팔고 있다. 회사에서 도보로 십 분 남짓 걸리고 언덕길을 걸어올라가야 하며, 위생을 그리 신경쓰지 않는다는 단점이 있지만. 물론 동해식당에서 파는 생대구탕은 만천원이다. 그러나 그걸 주문하는 손님은 거의 없었다. 동해식당을 찾는 건 다들 고만고만한 규모의 인근 IT회사에 다니는 직장인들이었다. 차진혜는 종종 인사팀 홍차장과 동해식당에서 점심을 먹었다. 지난달엔 신입 사원 박이재가 처음 동행했는데, 그때 홍차장은 이런 말을 했다.

"예전에 여기 근처에서 산 적이 있었는데, 동네가 얼마나 지저분했는지 몰라요. 사람들이 쓰레기를 아무데나 막 버렸어요. 벌금을 부과하겠다는 안내문이 걸려도 달라진 게 전혀 없었고. 근데 어느 날 쓰레기를 불법으로 투기하면 출입국관리사무소에 신고하겠다는 현수막이 걸렸어요. 그랬더니 거리가 기막히게 깨끗해졌어. 휴짓조각 하나 없었다니까."

홍차장은 큰 소리로 웃었고, 차진혜 역시 작게 웃음을 터뜨렸다. 그러나 박이재는 웃지 않았다. 차진혜는 박이재가 사전 지식이 부족한 것이리라 판단하고 설명을 덧붙였다.

"여긴 동포분들이 많이 사시니까요. 벌금보다 강제 추방이 더 무서운 거죠."

박이재는 그제야 이해했다는 듯 고개를 끄덕였지만 웃지는 않았다. 오히려 심기가 불편한 듯 미간을 살짝 찡그리다 입술을 꾹 다물어버렸다. 그들은 다시 대구 살을 발라 먹는 일에 집중했지만, 차진혜는 홍차장의 말과 자신의 웃음이 차별적인 언행이었는지 극심하게 고민했다. 아무래도 그런 것 같았다. 회사가 입주해 있는 건물에 드나드는 사람만 보더라도 중국 동포와 한국인의 비율이 엇비슷했다.

화제를 전환하기 위해 고심하던 차진혜는 회사 인근 부동산의 지가 상승에 대한 소식을 꺼냈다. 홍차장이 얼른 맞장구를 치더니 얼마 전 신속통합기획 구역으로 선정된 곳을 알려주었다. 거기에 집을 샀으면 지금쯤 얼마나 마음이 편했겠느냐고 후회막심한 기색을 드러내면서.

"이재씨는 집 살 생각 안 하죠? 요즘 MZ세대는 그렇다고 하던데."

홍차장의 말에 박이재는 눈을 동그랗게 뜨며 "MZ요?"라고 되묻더니, 숟가락 위에 한 줄기의 쑥갓과 함께 정갈히 올려놓은 대구 살을 내려다보았다. "MZ가 아니라 Z겠죠."

확신이 담긴 어조에 차진혜는 그들 사이에 뚜렷한 경계선이 그어진 기분을 느꼈다. M세대 팀장과 Z세대 신입 사원 사이엔 자산 규모의 공통점을 찾기 어렵다는 의미라는 걸 알았으나 그럼에도 차진혜는 약간 서운했다.

"저도 아파트가 아니라 빌라 샀잖아요, 썩빌."

광합성 런치

박이재는 썩빌이 뭐냐고 조심스레 묻더니, 차진혜가 '썩은 빌라'의 줄임말이라고 알려주자 입을 가리고 큰 소리로 웃었다. 차진혜는 그 모습에 용기를 얻어 자신이 매수한 빌라가 얼마나 썩었는지 자세히 설명했다. 천장에선 빗물이 똑똑 떨어지고, 창문 틈새론 황소바람이 불어들어오고, 바닥은 군데군데 꺼졌고, 회사에 차를 두고 간 적이 수두룩할 정도로 매일이 주차 전쟁이라고. 박이재는 공감하는 눈빛으로 고개를 끄덕였다. 차진혜는 박이재의 반응을 보곤 덧붙이려던 말을 삼켰다. 작년부터 재개발사업 동의서를 걷기 시작한 걸 보면 결론적으로 그 집을 매수한 건 큰 행운이었다는 말을.

그날 이후로 박이재는 그들과 함께 점심을 먹지 않았다. 아마도 동해식당보다 깨끗한 다른 식당에 가는 모양이라고 차진혜는 짐작했고, 어느 곳일까 궁금해했다. 그러나 그걸 알아내기도 전에 런치플레이션이 시작되면서 직원들 사이에서 불만이 터져나왔다. 식대 칠천원으론 먹을 수 있는 게 정말이지 없다면서. 너무나 당연한 말이었지만 차진혜는 식대 인상에 관해선 말을 아꼈다.

재무관리를 총괄하는 팀장으로서 차진혜는 대표의 의중을 누구보다 빠르게 파악하고 회사의 곳간을 지켜야 하는 의무가 있었다. 하지만 같은 팀의 한주원 대리로부터 낮은 식대 때문에 박이재가 퇴사를 고민하고 있다는 말을 전해들은 후 대표의 의중이고 뭐고 간에 박이재를 이렇게 떠나보낼 수는 없다는 마음에 자다가도 벌떡 일어나곤 했다.

불혹의 나이에 짝사랑을 시작하다니 어처구니가 없다고 생각했지만 차진혜는 박이재를 향한 마음의 불꽃을 꺼뜨리지 못했다. 불혹은 '미혹되지 아니함'이라는 뜻임에도 박이재 앞에선 그러지 못했다. 이렇게 쉽게 흔들리는 불혹이 있을까? 자신의 마음이었지만 스스로 인정하기 어려울 정도로 당혹스러웠다.

박이재를 볼 수 있는 양지 같은 하루와 볼 수 없는 음지의 날은 극히 달랐다. 이룰 수 없는 사랑이라는 것을 알면서도 차진혜는 박이재의 손길을 받는 관상용 식물에 준하는 존재가 되고 싶었다. 박이재의 인스타그램 프로필에서 '식집사'라는 단어를 본 뒤로 차진혜는 종종 기이한 꿈을 꿨다. 식물이 되어 박이재의 다정한 보살핌을 받는 꿈이었다. 꿈속에서 차진혜는 종을 뛰어넘는 사랑이 뭔지 절감했지만, 눈을 뜨면 허망함이 밀려와 밤새 뒤척였다.

식대 만원으로 인상.

그것이 모든 직원의 바람이었고, 거스를 수 없는 시류였으며, 박이재를 계속 볼 수 있는 방법이었다.

그렇다면 해내야지.

차진혜는 굳게 결심한 뒤 이른새벽에 자리를 박차고 일어나

냉수 샤워를 했다.

*

대표실로 들어간 차진혜는 열중쉬어 자세로 고개를 숙이고 있는 홍차장과 맞닥뜨렸다. 대표에게 결재 서류를 올린 뒤 또 꾸중을 듣고 있는 것 같았다.

홍차장은 엑셀을 거의 다룰 줄 몰랐다. 수식과 도표로 정리할 사안도 한글 문서에 줄줄이 문장으로 나열했다. 21세기에 그런 사람이 인사팀장이라는 사실이 차진혜는 믿기지 않았다. 대표는 차진혜를 보는 둥 마는 둥 하더니 끊임없이 홍차장을 질책했다.

"데이터를 문장으로만 쓰시면 어떻게 분석하라는 거예요?"

"문장이 이해하기 더 쉬울 것 같아서……"

"그걸 말이라고 해요? 엑셀을 할 줄 몰라서 이렇게 하신 거잖아요."

홍차장은 붉어진 얼굴로 연신 고개를 조아리며 죄송하다 했고, 대표는 한숨을 길게 내쉬었다. 홍차장이 월급 루팡이라는 건 모두가 알고 있었다. 홍차장의 예스러운 언행도 직원들이 그에게 거리를 두는 이유였고, 차진혜 역시 한때는 그랬다. 그러나 이젠 홍차장을 어느 정도 알 것 같았다. 몇 년간 함께 일해보니 그에게도 나름의 섬세함이 있다는 걸 알게 되었다. 홍차장의 취미는 레고 조립이었고, 연애는 꿈도 꾸지 않았다. 어디선가 공짜로 얻은 물건이 다소 부드러운 감수성을 풍긴다면 회사 여직원들에게 선뜻 나눠주었다. 차진혜도 꽃무늬 마스크와 토끼가 그려진 마우스패드, '베스트콜렉션'이라는 80년대 브랜드 같은 이름이 로고로 박힌 장미향 핸드크림을 선물받은 적이 있었다. 그때마다 자신의 취향이 아님에도 거절하지 못하고 집으로 가져와 쓰레기통에 버렸지만, 홍차장의 마음까지 버린 것은 아니었다.

"차장님은 참 변함이 없으세요."

대표의 비꼬는 말을 홍차장은 질책의 마무리로 받아들인 것 같았다. 갑자기 표정이 밝아지더니 열중쉬어 자세를 풀며 말했다.

"내일 회식은 주꾸미집 예약했습니다."

"저 주꾸미 안 먹는 거 모르세요?"

대표는 황당하다는 얼굴로 홍차장을 쳐다보았다. 연체동물을 먹지 않는 대표의 특이한 식성은 직원들 모두 알고 있었다. 홍차장은 허리를 더욱 꼿꼿하게 펴더니 말했다.

"대표님은 다른 걸 드시면 되죠."

"주꾸미집이라면서요?"

"다른 것도 팝니다."

대표의 표정이 구겨졌다. 회식 장소 예약은 홍차장의 고유 권한이었는데, 당황스럽게도 그는 대표의 식성을 전혀 반영하지 않았고 늘 자신이 가고 싶은 식당을 예약했다. 처음엔 그의 행동에 모두가 깜짝 놀랐지만 이젠 몇 년간 반복된 기행에 익숙해진 상태였다. 섬세하면서도 한편으로는 무례한 홍차장은 식도락가였고, 누가 뭐래도 먹고 싶은 건 꼭 먹어야 하는 사람이었다. 홍차장은 대표의 반응은 살피지도 않고 묵례를 하더니 대표실 밖으로 나갔다.

대표는 기분 잡쳤다는 표정으로 허공만 쳐다보았다. 차진혜는 회의용 탁자 앞에 조심스럽게 앉았다. 하필 이런 순간에 식대 얘기를 꺼내야 하는 게 불편했지만 시급한 사안이었기에 더는 미룰 수가 없었다.

"대표님, 식대 문제로 드릴 말씀이 있는데요."

"말씀하세요."

대표의 목소리에 날이 서 있었다. 차진혜는 크게 심호흡한 뒤 입을 열었다.

"물가가 너무 많이 올랐어요. 런치플레이션이라고 요즘 기사도 많이 나오는데, 보셨죠?"

"못 봤어요. 그렇게 많이 올랐어요?"

차진혜는 시침을 뚝 떼는 대표가 얄미웠지만 어쩌면 정말로 모르는 것일 수도 있다고 생각하려 노력했다.

"지난번에 참치김밥 세 줄만 사다달라고 하셨을 때, 제가 영수증 드렸더니 깜짝 놀라셨죠? 김밥 세 줄이 왜 이리 비싸냐고. 식대가 칠천원인데, 이젠 분식집 오므라이스도 팔천원이에요. 식대 만원으로 올려야 합니다. 그러지 않으면 직원들이 줄줄이 퇴사할지도 몰라요."

"이미 그러고 있잖아요."

과도한 업무량 때문인지 아니면 업계 특성인지 지난달에만 세 명의 퇴사자가 나왔다. 대표는 이런 일이 왜 발생하는지 인사 담당 홍차장에게 물었고, 자기도 모르겠다는 뻔뻔한 대답을 내놓는 홍차장 대신 차진혜가 짐작 가는 이유를 알려주었다. 단순했다. 동종 업계 타 회사의 연봉이 더 높다. 대표는 그 말을 듣고도 반성의 기미를 내비치지 않았는데, 코로나 특수로 매출이 상승세를 그리다가 이젠 하락세로 반전된 상황을 떠올렸는지 아무 말도 듣고 싶지 않다는 얼굴로 그만 나가라고 손짓했었다.

"꼭 올려야 하는 거예요?"

"꼭 올려야 합니다, 대표님."

대표는 그걸 말이라고 하느냐는 표정으로 차진혜를 빤히 쳐다보았다. 차진혜는 준비한 묘안을 제시했다.

"현재는 팀마다 법카를 주고 각자 칠천원 내에서 자유롭게 사 먹으라는 시스템이잖아요. 그런데 식대 관리 앱을 이용하면, 만원으로 올리더라도 식대를 아낄 수 있을 것 같아요."

"그게 절감이 돼요? 앱 사용료만 더 나가지 않나?"

"결제 횟수를 제한하면 가능할지도요."

대표는 눈빛을 번뜩이더니 결제 횟수를 하루에 한 번으로 제한하는 시스템이 가능한지 물었다. 차진혜는 그 말의 의미를 곧바로 알아들었다. 만원을 줄 수는 있어. 근데 그걸 매번 꽉 채워 써야겠대?

대표는 자신만 손해보는 일이라고 생각하면 선뜻 결정을 내리려 하지 않았다. 차진혜는 되도록 윈윈 전략을 짜기 위해 노력했다.

"다음주에 강남에서 소프트웨어 박람회가 열리는데 식대 관리 업체들도 참여하더라고요. 주중에 방문해서 자세히 알아보고 오겠습니다."

"이런 건 원래 홍차장이 해야 하는데 워낙에 일을 못하니…… 미안해요."

대표는 차진혜에게 곧잘 사과했는데, 그건 사실 고맙다는 의미였다. 내 마음 알아줘서 고마워. 차진혜는 대표의 기분을 더욱 좋게 해주려고 미리 준비한 정보를 알려주었다.

"해외 매출로 발생한 달러를 지금 환전하시는 게 좋을 것 같아요. 많이 올랐습니다."

대표는 반색하더니 당장 환전해야겠다고 대꾸했다.

대표실 밖으로 나온 차진혜는 재무팀장의 자리로 돌아왔다. 허리 통증을 줄여보려고 자비로 장만한 구십만원짜리 의자에 앉아 등빋이에 몸을 기댔다. 평소보다 책상이 널찍하게 느껴졌다. 회사에서 자신의 입지가 더욱 확장된 기분이 들어서일 것이다. 대표를 설득해 직원의 복지를 향상시키려면 아첨과 잔머리는 필수였다. 차진혜는 자신이 관리직에 잘 맞는 체질이라는 걸 알았다. 그래서 가끔 슬픔이 밀려온다는 걸 과연 누가 이해해줄까. 차진혜는 업무에 몰두해 있는 박이재를 힐끗 쳐다보았다.

*

 1990년도에 지어진 재송빌라 201호. 차진혜는 그 집을 자신의 명의로 임대했고, 오 년간 월세를 단 한 번도 밀리지 않았다. 덕분에 마음 편하게 거주하고 있는 김순화는 차진혜가 놀러갈 때마다 콧노래를 부르며 김치볶음밥을 만들어주었다. 차진혜가 그것만 잘 먹어서였다. 다른 음식을 해주면 간이 짜다는 둥 싱겁다는 둥 덜 익었다는 둥 너무 익혔다는 둥 말이 많았다. 그러나 김치볶음밥을 해주면 아무 소리 안 하고 한 그릇을 다 비웠다.

일요일 오후, 차진혜는 무릎이 불거져 나온 추리닝 바지와 보풀이 인 맨투맨 티셔츠를 입고 김순화의 집 작은방에 앉아 김치볶음밥을 먹었다. 그 방엔 다양한 크기의 김치통과 건조 중인 산나물이 널려 있었다. 대충 접은 모기장과 버리지 않고 모아둔 빈 생수병이 차진혜의 정리벽을 자극했지만 아무 소리 안 하고 밥만 먹었다.

"생생마트 참 좋더라."

김순화가 차진혜의 맞은편 자리에 앉으며 말했다. 생생마트는 인근에서 가장 큰 마트였고, 김순화의 단골 가게였다.

"뭐가 좋은데?"

"리어카를 끌고 저녁마다 오는 할머니가 있어. 그러면 마트 아저씨가 모아놓은 채소를 거기에 실어줘. 안 팔려서 시든 채소 있잖아. 그걸 다 줘. 착한 사람이야."

김순화는 틈을 두었다가 말했다.

"나도 좀 줬으면 좋겠네."

차진혜는 숟가락질을 멈추고 김순화의 얼굴을 쳐다보았다.

"요즘 물가가 얼마나 많이 올랐는지 몰라."

차진혜는 아무런 대꾸도 하지 않고 숟가락을 내려놓았다. 더 먹으면 체할 것 같았다. 차진혜의 눈치를 살피던 김순화는 뜬금없이 전날 티브이에서 본 다큐멘터리 얘기를 꺼냈다.

"평생 소금을 실어나르는 야크가 있대. 차마고도를 걷다가 힘들어서 쓰러지거나 발을 헛디뎌 벼랑으로 떨어지기도 하는데, 그러면 신에게 간 거라고 아무도 슬퍼하지 않는대. 너무하지 않니? 야크가 불쌍해. 정말로 신이 있으면 야크한테 평생 소금만 나르라고 하겠니."

"사람도 평생 노동해야 하는 건 똑같아."

"맞아. 사람도 그래. 가난한 사람들은 그러지. 부자들은 안 그러고."

그때 차진혜의 등뒤에서 벽체가 진동했다. 가끔 그 방에선 정체 모를 기계음이 들려왔다. 위층의 오래된 냉장고에서 나는 모터 소음이거나 아래층 보일러가 힘겹게 작동되는 소리일지도 모르겠으나, 김순화는 원인을 알아내려 노력하지 않았다. 어차피 김치통과 나물이 잠드는 방이니까. 차진혜 역시 그렇게 생각하며 소음을 방치했다.

김순화가 방 두 개짜리 집을 구했으면 좋겠다고 말했을 때, 차진혜는 방이 왜 두 개나 필요하냐고 묻지 않았다. 혼자 살더라도 두 개가 필요할 수도 있다고 그렇게 이해했다. 김순화는 차진혜의 친모가 아니었지만 단지 그 이유로 두 사람이 함께 살지 않는 건 아니었다. 그들에겐 서로가 유일한 가족이었다. 하지만 함께 살며 일상을 공유하는 것보다 거리를 두고 서로의 집을 오가는 것이 서로를 더 가깝게 느끼게 해주었다.

"그래도 너는 집을 잘 샀어. 아파트가 들어오면 집값이 뛸

거 아니야."

차진혜는 묵묵히 고개를 끄덕였다. 며칠 전 재개발추진위원회가 운영하는 인터넷 카페에 들어가봤는데 아무런 공지사항 없이 잠잠하기만 하고, 건설 경기가 좋지 않아 재개발 추진이 쉽지 않은 분위기인 것 같다는 말은 하지 않았다. 두 사람에게 그 집은 유일한 희망이었으니까.

김순화를 만나고 나면 늘 그랬듯 차진혜는 노동의 당위성을 되찾았다. 주말마다 의식처럼 김순화의 집에 들르며 마음을 단련시켰다. 은퇴할 때까지 회사에서 버티는 것이 유일한 목표임을 상기하면서.

김순화의 집을 나와 버스정류장으로 걸어가던 차진혜는 문득 박이재의 얼굴을 떠올렸고, 어쩐지 김순화에게 미안한 마음이 들었지만 이내 그런 자신이 싫어졌다. 이 나이에 엄마 눈치를 보며 사랑하고 싶진 않아. 차진혜는 그렇게 생각했으나 엄마의 눈치뿐 아니라 모두의 눈치가 보이는 현실 앞에선 한숨이 저절로 나왔다.

*

"이런 데 와본 적 있어요?"

박이재는 고개를 젓다 말고 다시 끄덕이더니 '써코'에 한 번

가본 적은 있다고 답했다. 차진혜는 써코가 뭔지 궁금했지만 나이든 사람처럼 보일까봐 차마 묻지 못하고 아는 척 고개를 끄덕거렸다. 박이재가 부스를 휘둘러보는 사이 차진혜는 얼른 휴대폰을 꺼내 써코를 검색했다. 써코, 아니 '서코'는 서울코믹월드의 줄임말이었다. 만화 대잔치 같은 건가? 코스프레 복장을 한 청년들의 사진이 이미지 검색 페이지에 떠올랐다. 그걸 보는 동안 차진혜는 박이재와 한층 더 멀어진 것 같은 기분이 들었다.

그들은 넓은 박람회장을 어떤 순서로 관람할 것인지 의논했다. 왼쪽 끝부터 차례대로. 그렇게 쉽게 합의를 보고 왼편 가장자리 부스로 이동했다. 소프트웨어대전은 온갖 IT 기술이 총집합한 장이었는데, 대부분 AI를 기반으로 한 것들이었다. 차진혜는 박이재에게 그들이 알아볼 것은 식대 관리 앱이라고 미리 말했지만 그들의 발걸음이 오래 머문 곳은 스트레스 경감 앱을 만든 업체의 부스였다. 많은 방문객이 그곳으로 홀린 듯 걸어갔다. 다들 똑같은 마음인 거지. 일하러 왔으나 스트레스에 시달리는 삶이 더욱 골치인 것은. 차진혜 역시 부스 안쪽으로 들어가려 했으나 방문객이 워낙 많아서 결국 뒤로 밀려났다. 박이재는 입구에서 받은 명찰을 목에 걸고서 무표정한 얼굴로 가만히 서 있었고, 그 공간의 모든 것에 무관심해 보였다. 차진혜는 마음이 다급해졌다. 빨리 임무를 해치우고 박이재에게 커피와 에클레르를 사주고 싶었다. 새벽같이 일어나 검색으로 미리 찾아놓은 디저트 카페가 있었다.

금요일은 원래 퇴근 시각이 빨랐다. 오후 다섯시만 되면 직원들 모두 자리에서 일어나 칼같이 퇴근을 준비했다. 그러므로 박람회를 두 시간 정도 돌아본 후 곧바로 퇴근하면 되었지만, 차진혜는 한 시간만 관람한 뒤 티타임을 가질 계획이었다. 서둘러 걸음을 옮기며 그녀는 원격 면접과 자소서 관리 프로그램에 잠깐 관심을 보이다가 RPA, 협업 툴, 그룹웨어를 홍보하는 부스에 들렀고, 마침내 그들의 목표였던 식대 관리 앱 부스에 도착했다. 직원은 태블릿에 설치된 앱을 보여주며 여러 가지 장점을 알려주었다. 차진혜는 궁금했던 것을 물었다.

"공휴일 사용은 막을 수 있는 거죠?"

"그럼요. 물론입니다."

"하루에 한 번만 결제할 수 있게 만드는 것도 가능한가요?"

"원하는 결제 횟수, 요일, 시간, 금액 모두 설정 가능합니다."

직원은 재무팀장이라고 쓰여 있는 차진혜의 명찰을 흘깃 보더니 더욱 열의를 담아 설명했다. 차진혜는 홍보 책자를 가방 안에 넣으며 사용료와 할인 프로모션에 관해 물었고, 대답을 듣고 나선 머릿속으로 계산기를 두드렸다. 사용료에 대한 부담은 있었다. 하지만 직원들이 매일 만원짜리 메뉴를 먹을 가능성은 작기에 하루에 한 번만 결제할 수 있게 설정한다면 결국 평균 식대가 만원 이하로 나올 거라는 게 차진혜와 대표의 생각이었다. 만약 만원을 몇 차례로 나누어 결제할 수 있게 한다면, 어떻게든 만원을 다 쓰기 위해 되도록 저렴한 식당에서 밥을 먹고 남은 돈으로 메가커피에서 크림이 잔뜩 올라간 커피를 사 마시는 직원도 있을 것이기에 결제 횟수를 제한하는 일이 중요했다. 물론 박람회 이벤트로 제공되는 할인 프로모션을 놓치지 않는 것도.

차진혜의 질문을 들은 박이재는 회사의 계략을 알아챘을 것이고, 어쩌면 치사하고 쪼잔하다고 생각할지도 몰랐다. 하지만 이게 그들이 하는 업무의 일부라는 걸 알려주고 싶었다.

박이재의 업무 능력은 뛰어난 편이었다. 차진혜는 실수가 잦고 짜증을 곧잘 내는 한주원 대리 대신 박이재를 후임으로 정해놓은 상태였다. 한대리는 베이킹 유튜버로 성공한 언니 이야기를 들먹이며 툭하면 다른 일을 하는 편이 낫겠다고 투덜거렸다. 야근을 할 때마다 그랬다. 차진혜는 한대리의 짜증을 받아주느라 힘들었지만, 한대리는 도리어 차진혜의 업무 스타일을 버거워했다. 어느 날은 대놓고 이렇게 말하기도 했다. 마이크로 매니징 타입의 팀장을 두면 팀원들이 돌아버린다고. 차진혜는 자신이 마이크로하다는 생각을 전혀 하지 않았기에 깜짝 놀랐고, 한대리는 차진혜의 반응에 더욱 놀랐다.

"모르셨어요? 팀장님은 완전히 마이크로 컨트롤 타입이시잖아요."

　차진혜는 한대리가 자신을 꼰대로 생각하는 건 이해할 수 있었지만, 재무관리팀을 회사 내에서 유능한 팀으로 위치시키려는 노력을 고작 '마이크로'라는 단어로 설명하는 게 마음에 들지 않았다. 한대리는 진정한 마이크로가 뭔지 모르는 것 같았다. 나 정도는 댈 것도 아니지. 건설회사에 다닐 때 만난 상사야말로 마이크로의 화신이었다. 그는 접대 자리에서 새벽까지 술을 마셔도 다음날 헬스클럽에 들러서 한 시간 동안 러닝한 뒤 출근하는 괴물이었는데, 어떻게 그럴 수 있는지 묻자 이런 대답이 돌아왔다. "술 안 마시고 일 잘하는 게 잘하는 거냐? 당연한 거지." 그는 그런 식으로 차진혜를 가스라이팅했다. 부하 직원이 만든 문서는 페이지마다 트집을 잡았고, 일의 결과가 좋아야 하는 것은 당연하며 과정 역시 자신의 방식을 무조건 따르라고 말했다. 부하 직원들이 자신처럼 되길 바랐던, 나르시시즘이 과잉되다못해 끓어 넘쳤던 인간. 마이크로는 그런 사람에게나 어울리는 말이었다. 차진혜는 정반대였다. 개개인의 컨디션을 배려했고, 마음에 안 드는 걸 발견해도 농담으로 넘겼다. 심지어 얼마 전엔 결산 자료의 숫자를 왕창 틀리게 기록한 한대리에게 이렇게 말하기도 했다. "주원씨, 요즘 조용한 퇴사가 유행이라던데 지금 그거 한 거지?" 차진혜는 그렇게 말하며 큰 소리로 웃었지만 한대리는 웃지 않았다.

X세대 대표와 Z세대 부하 직원 사이에 끼인 M세대 팀장인 차진혜의 고충은 아무도 헤아려주지 않았다. 차진혜는 대표에게 야근하지 않으면 도저히 소화할 수 없는 업무량 때문에 직원들의 사기가 떨어지고 있다고 수차례 말했지만, 대표는 늘 딴생각에 빠진 척하며 선을 그었다. 포괄임금제를 시행하고 있는 회사이기에 야근은 통상적인 업무 범위에 속한다는 게 대표의 생각이었다. 그러나 워라밸을 당연하게 생각하는 부하 직원들의 마음은 달랐다. 야근이 있을 때마다 차진혜는 부하 직원들의 눈치를 살피며 전전긍긍하다 자비로 커피 기프티콘을 보내줬지만 이제까지 고맙다는 말은 한 번도 듣지 못했다. 하긴, 바보가 아닌 이상 알 것이다. 고작 기프티콘으로 잦은 야근에 대한 노고를 퉁치겠다는 고약한 심보를. 그러나 차진혜 역시 혹사당하고 있는 건 마찬가지였기에 부하 직원들이 자신을 미워할 때마다 마음이 아팠다. 그래도 나는 재택근무 할 때 보스웨어를 깔아놓고 감시하는 상사는 아닌데, 어째서 내가 마이크로 컨트롤러라는 걸까……

계획대로 한 시간 동안 박람회장을 둘러본 뒤 차진혜는 박이재와 함께 로비로 나왔다. 박이재가 휴대폰을 들여다보더니 말했다.

"팀장님, 오늘은 일찍 퇴근해도 될까요?"

"그럼요. 들어가서 쉬어요."

차진혜는 실망한 마음을 감추며 흔쾌히 답했고, 박이재는 머뭇거림 없이 돌아섰다. 차진혜는 박이재를 붙잡으며 커피 마실 시간도 없는지 묻고 싶었지만 당연하게도 그런 행동은 할 수 없었다.
　추잡하게 이게 무슨 마음이야…… 에스컬레이터를 타고 지하층으로 내려가며 차진혜는 기분이 한없이 가라앉는 걸 느꼈다.

　집으로 향하는 지하철을 기다리던 차진혜는 반대편 플랫폼에서 박이재를 발견했다. 휴대폰을 보느라 차진혜가 자신을 바라보는 줄도 모르는 듯했다. 박이재의 표정이 어두워 회사에 질린 것은 아닐까 염려되었다. 그렇지만 관리직은 이런 역할을 잘해내야 하는 거야. 이재씨도 그걸 할 줄 알아야 안정적으로 벌어먹고 살지. 차진혜는 그런 생각을 하다 서글퍼졌고, 박이재의 모습이 열차에 가려지자마자 시선을 아래로 내려뜨렸다. 바닥에 껌 종이가 떨어져 있었다. 그걸 보니 알루미늄 수출 회사에 다니던 시절이 떠올랐다. 껌을 포장하는 데 알루미늄포일만큼 좋은 것도 없다. 껌의 수분을 적절하게 보존해주고, 여름엔 열을 밖으로 내보내 껌이 녹는 것을 방지해준다. 버릴 땐 작게 뭉쳐서 버릴 수 있으니 편리하기까지 하다. 얇은 종이에 그렇게 많은 기능이 있다는 것을 사람들은 알까. 우리 회사에선 내가 껌 종이 같은 사람이라는 걸 이재씨는 알까. 식대 인상을 제안하며 대표를 설득하기 위해 얼마나 잔머리를 굴렸는지를 알까. 대표가 너무 까칠해지지 않도록 마음의 수분을 적절하게 보존해주고, 직원들의 열을 밖으로 내보내 녹는 것을 방지해주는 사람. 그러나 버려질 땐 껌 종이처럼 꼬깃꼬깃하게 뭉쳐져 가차없이 던져지는 존재, 그게 나라는 걸.

알루미늄 수출 회사에 다닐 때 만났던 상사는 심각한 알코올중독자였다. 매주 회식 자리에서 그가 제조한 폭탄주를 열 잔 가까이 마셔야 했는데, 거부하면 일거리를 주지 않고 온종일 책상만 바라보게 하는 악질이었다. 그러나 지나고 보니 그런 경험도 다 득이 되었다. 적어도 우리 회사엔 그런 상사가 없잖아. 그것만으로도 훌륭한 회사라는 걸 모든 직원이 알아야 하는데…… 물론 이런 마인드를 두 글자로 압축하여 표현할 수 있다는 건 알았다. 알파벳으로 나열하면 일곱 자. KKONDAE. 꼰대.

*

차진혜의 친구 신오연은 지난해에 이혼했다. 배우자에게 오피스 와이프가 생겼기 때문인데, 그들은 회사에서만 지저분한 애정을 나누고 밖에선 일절 만나지 않았다. 톡이나 이메일로 사적인 대화를 나눈 기록도 없었다. 만일 신오연의 배우자가 느닷없이 이실직고하지 않았다면 신오연은 영원히 그 사실을 몰랐을 것이다. 이혼 후 신오연은 직장을 옮겼고, 괴상하게도 얼마 지나지 않아 오피스 와이프가 되었다. 상대는 배우자가 있는 사람이었다. 차진혜는 닳고 닳은 불륜 스토리는 듣고 싶지 않아 신오연을 만날 때마다 연애 이야기를 피했지만, 이번에는 그녀가 먼저 얘기를 꺼낼 수밖에 없었다. 신입 사원 이재씨를 좋아하고 있다고. 신오연은 그럴 수도 있지, 하고 말하더니 짝사랑을 누가 뭐라 하겠느냐며 그냥 혼자 계속 좋아하라고 무심하게 대꾸했다. 짝사랑하며 늙어가는 삶도 나쁘지 않다고. 차진혜는 그 말을 듣다가 점점 슬퍼졌고, 결국 소주 한 병을 다 마시고 눈물을 조르륵 흘렸다. 신오연은 인상을 쓰더니 냅킨을 툭 던지며 말했다.

"짝사랑이 뭐가 나빠. 우리 나이엔 오히려 그게 나아."

"그건 너무 폭력적인 말 아니니?"

"쟁취하라는 게 더 폭력이지."

"차라리 식대 인상은 없던 일로 하고 이재씨가 제 발로 회사를 나가게 할까? 만에 하나 이재씨도 나를 좋아한다면 비밀 사내 연애를 시작해야 하는데, 그건 자신 없어."

신오연은 코웃음을 쳤다.

"걱정 마. 이재씨는 결국 널 싫어하게 될 거야."

"왜 그렇게 단정지어?"

"원래 대다수의 부하 직원이 상사한테 갖는 감정은 하나로 귀결돼. 경멸."

차진혜는 얼굴에 떠오른 복잡한 표정을 숨기지 못했다. 신오연은 술잔을 비우고 연이어 말했다.

"우리 회사는 팀마다 법카를 주면서 식대를 해결하라고 하거든. 그러면 상식적으로 한 식당에서 다 함께 먹고 결제해야 옳잖아? 근데 우리 팀 직원들은 법카를 계주하듯이 전달해. 먹고 싶은 게 다 달라서 그것밖에 방법이 없어."

신오연은 90년대생들의 경이로움에 대해 말했고, 그 말을 들으며 차진혜는 박이재에게서 점점 더 멀어지는 기분이 들었다. 박이재도 자신의 의견을 명확하게 표현하고 싶을 텐데 차진혜에겐 한 번도 그렇게 한 적이 없었다. 재무팀은 타 부서에 비해 회의가 많지 않았고, 자료 정리가 주된 업무였다. 계획을 세우고 시스템을 짜는 일은 차진혜가 도맡고 있었다. 그러니 모든 업무가 하향식으로 이루어질 수밖에 없었다. 내가 이재 씨에 대해 아는 게 거의 없는 건 그 때문인지도 몰라. 차진혜는 신오연의 술잔을 채워준 뒤 박이재의 인스타그램에 접속해 피드를 살폈다. 자신에 대한 언급이 있을지도 모른다고 기대했지만 '유능한 팀장님과 함께'라는 말은커녕 새로운 게시글 자체가 없었다. 이틀 전엔 관음죽 사진, 그전엔 스파티필룸,

스킨답서스, 개운죽 사진이 올라왔다. 죄다 수경 재배로 키우고 있었다. 벌레가 안 생겨서 좋다나. 차진혜는 박이재가 남긴 짧은 글을 통해 그의 성격을 유추했다. 매일 보는 회사에선 업무 얘기만 나누었기에 사적인 건 박이재의 인스타를 통해 알아갔다. 이걸 알아간다고 표현해도 되는지 모르겠지만……대학 시절 싸이월드에 접속해 전 애인의 미니홈피를 염탐했던 것처럼 이젠 인스타에 접속해 짝사랑하는 사람의 일상을 엿보았다.

신오연이 오피스 허즈번드와 통화하는 동안 차진혜는 그들끼리 나누는 애틋한 사랑의 밀어를 떨떠름한 표정으로 듣고 있었다. 짝사랑중인 사람에게 열렬히 불타오르는 커플의 모습은 심히 얄미웠다. 생맥주를 한 잔 주문한 뒤 깔끔하게 잔을 비우고 자리에서 일어나려는 차진혜를 신오연이 다급히 붙잡았다.

"절대로 고백할 생각 하지 마."

"안 해."

"그래, 하지 마. 그거 구애 갑질이야. 너는 팀장이고 걔는 신입인데, 마음이 얼마나 불편하겠니? 그냥 짝사랑만 해. 알았지?"

술집을 나온 차진혜는 작은 콘크리트 조각을 발로 툭툭 차며 집으로 걸어가다 박이재의 인스타그램에 다시 접속했다. 일 분 전에 올라온 게시글이 있었다. 카페 유리창에 반사된 자신의 모습을 찍은 사진 아래 평소와 달리 긴 글이 쓰여 있었다. 차진혜는 걸음을 멈추고 찬찬히 읽어보았다.

점심의 다른 말은 뭘까? 중식, 런치, 주찬, 진지, 끼니, 요기 등등 다양하다. 하지만 나는 오늘 '사료'라는 단어를 떠올렸다. 런치플레이션이 불러일으킨 비극일까, 자본주의의 본성일까. 나는 런치, 때로는 진지를 먹고 싶지만 회사는 나의 밥상에 사료를 올려주고 싶은 눈치다. 저는 사료가 아니라 런치가 먹고 싶습니다. 제가 식물이면 광합성 런치라도 할 수 있지만, 이건 뭐 사료를 보고도 런치인 척해야 합니까?

차진혜는 사진 속 박이재의 얼굴을 물끄러미 보았다.
안다, 나도…… 그 치사한 마음을.
한 명당 일 년에 이백사십만원 남짓. 그 돈 때문에 대표는 심통을 부리고, 직원들은 쩨쩨하게 구는 회사를 미워하며, 자신은 어떻게든 중재안을 내보려고 발을 동동거린다. 끼여도 제대로 중간에 끼였다.

차진혜는 집으로 힘없이 걸어가다 걸음을 멈췄다. 야장 호프집 앞이었다. 차진혜는 호프집 야외 의자에 털썩 앉아버렸다. 왜 이재씨를 박람회에 데려갔을까. 혼자 슬쩍 가서 알아보고 와도 됐을 텐데. 신오연의 말이 맞다. 상사는 결국 부하 직원에게 경멸받을 짓을 하게 된다. 조직에 충성하려는 태도가 그런 결과를 낳고 만다. 차진혜는 동료들의 식탁에 무얼 차려낼지가 자신의 손에 달린 것처럼 기고만장하다가도 그들의 입에 들어가는 걸 낚아채 회사 곳간으로 다시 가져다놓는 그악스러움에 스스로 치를 떨었다. 그래서 박이재를 박람회에 데려갔나. 함께 그악스러워지면 마음이 조금 덜 무거우니까. 박이재는 모를 것이다. 차진혜 팀장은 곳간 열쇠를 빼앗기면 껌종이처럼 힘껏 구겨져 버려질지도 모른다는 두려움에 떨고 있는 한심한 겁쟁이라는 걸.

차진혜는 호프집 야외 테이블에 엎드려 비관적인 생각을 잔뜩 했다. 이마에 열이 나고, 목덜미에 끈적거리는 땀이 흐를 때까지. 주인과 산책하던 푸들이 목줄이 팽팽하게 당겨져도 아랑곳 않고 그녀를 향해 자꾸만 몸을 일으키며 하이파이브를 하려 들었지만, 차진혜는 끝까지 알은체하지 않았다. 얼마 후 호프집 주인이 나타나 테이블 위에 엎드려 있는 그녀에게 뭘 주문할 거냐고 물었다. 차진혜는 그제야 상체를 서서히 일으켜세운 뒤 생맥주랑 노가리요, 라고 대꾸했다.

*

 벽면에 붙어 있는 가격표를 본 차진혜는 기함하며 두 눈을 크게 떴다. 대구탕 가격이 만삼천원으로 올랐다.
 늘 동행하던 홍차장은 어디로 갔는지 보이지 않았다. 여기까지 함께 걸어오긴 했던가? 곰곰이 생각해도 떠오르지 않았다. 처음부터 혼자서 동해식당까지 걸어왔던 것도 같았다. 기억이 흐릿했다. 만원이 넘는 대구탕을 먹을 수는 없었기에 결국 식당 밖으로 나온 차진혜는 회사 주변의 모든 식당이 문을 닫았다는 걸 뒤늦게 깨달았다. 배가 고팠으나 들어갈 수 있는 곳이 한 군데도 없었다. 어쩔 수 없이 회사로 돌아가던 중 문득 정수리에 따뜻한 기운이 감도는 걸 느끼고서 걸음을 멈추었다. 햇빛이 그녀를 가만히 비추고 있었다. 마치 페트리접시 위에 놓인 미미한 생명체를 비추는 불빛처럼 태양은 차진혜의 몸을 구석구석 들여다보았다. 차진혜는 광합성하는 식물처럼 두 팔을 쫙 펼쳤다. 그러자 차진혜의 정수리에 연녹색의 작은 잎이 삐죽 돋아났다. 곧이어 누군가 이파리를 부드럽게 어루만졌다.
 그 다정한 손길의 주인일 수 있는 사람은 한 명밖에 없었다. 차진혜는 잠에서 깨지 않고 오래오래 그 순간에 머물기를 바랐다.

*

 다음주 월요일이 되어 차진혜가 대표실 문을 노크하자, 들어오시라는 대표의 나긋한 음성이 들려왔다. 차진혜는 기대에 찬 표정으로 자신을 바라보는 대표에게 식대 관리 앱의 장점을 설명했다. 다른 건 차치하고서라도 하루에 한 번만 결제할 수 있게 해놓으면 직원들이 매일 만원을 쓰진 않을 것이고, 결국 제한 없이 만원으로 인상하는 경우보다 식대 절감 효과가 있을 거라고 주장했다. 대표는 그녀의 말에 수긍했다. 나중엔 앱 사용료를 두고 구시렁댔으나 박람회 할인 프로모션에 대해 말해주자 이내 잠잠해졌다. 보고를 마치고 자리에서 일어나려는 차진혜를 대표가 다시 불러앉히더니 은밀한 목소리로 물었다.
 "홍차장을 저렇게 내버려둘 수는 없지 않겠어요?"
 "엑셀 학원에라도 보내시려고요?"
 "홍차장에게 더이상 기대를 하면 안 될 거 같아요. 나는 지쳤어."
 대표는 정말이지 지쳤다는 표정이었다. 숱 없는 정수리를 드러내며 고개를 숙이고 마른세수를 하던 대표는 다시 얼굴을 들고 차진혜를 빤히 쳐다보았다.
 "차팀장이 식대 문제를 깔끔하게 해결하는 걸 보고 내가 많은 걸 느꼈어요."

대표의 눈빛에 형광등처럼 밝고 서늘한 기운이 감돌았다. 차진혜는 이어질 말이 두려웠다.

"내가 인사관리에 대해서 고민해봤는데, 그것도 프로그램을 쓰면 어떨까? 그걸 쓰면 엑셀도 필요 없고, 항목만 입력하면 자동으로 다 된대요. 개인, 팀 단위로 목표를 관리할 수 있어서 히스토리가 한눈에 쫙 보이고. 법이 변경되면 그것도 즉각 반영되는 구조라서 따로 알아볼 필요도 없고. 사용료가 좀 드는데, 그거야 연봉만 하겠어?"

대표의 말은 누군가를 자르자는 의미였다. 길게 생각해보지 않아도 홍차장을 가리키는 말이라는 걸 알 수 있었다. 그러나 정직원을 해고하기는 어려운 세상이었다. 대표에게 그런 말을 흘리면서 홍차장을 설득해 엑셀 학원에 보내겠다고 말했지만, 대표는 그녀의 말을 귀담아듣지 않았고 나중엔 의외라는 표정을 지었다.

"차팀장도 나처럼 효율성을 중요하게 생각하는 사람 아니었나?"

차진혜가 아무런 대답도 하지 않자 대표는 지난번에 환전했던 달러가 지금 더 올랐다고 말하며 그녀를 은근히 질책했다. 차진혜는 입이 열 개라도 할말이 없었다.

"우리 회사 전망이 밝지가 않아요. 알잖아, 차팀장도. 매출 계속 줄고 있는 거."

대표실을 나온 차진혜는 자리로 힘없이 돌아왔다. 의자에 앉자 평소보다 책상이 더욱 작아 보였다. 대표의 의견에 반박한다는 건 그녀의 입지를 좁히는 일이나 다름없었다. 대표의 의견을 끝내 따르지 않으면 그녀의 책상은 점점 더 줄어들어 밤톨만해질지도 몰랐다.

구십만원짜리 의자도 야근을 밥먹듯 하는 노동자의 허리를 보호해주진 못했다. 차진혜는 서랍에서 에어 파스를 꺼내 셔츠를 살짝 걷고 허리에 골고루 뿌렸다. 차갑고 시원한 입자가 피부에 들러붙어 잠시나마 열을 내려주는 것 같았다. 그녀는 뒷목에도 에어 파스를 뿌린 뒤 눈을 감고 의자 등받이에 기댔다.

대표의 의중이 뭔지는 잘 알았다. 홍차장을 자르고, 인사관리 프로그램을 구매한 뒤 그녀에게 모든 일을 떠맡기려는 심산이었다. 홍차장의 업무 능력 부족으로 재무팀은 재무'관리'팀이 되었는데, 이젠 재무관리'인사'팀이 될 판국이었다. 홍차장과 그의 부하 직원들은 잘리거나 일 잘하는 직원 한 명만 그녀의 팀으로 옮겨올 것이다. 그러면 인건비 절감 효과가 상당하다. 프로그램 사용료를 내고도 많은 돈이 남는다. 회사의 수익은 상승할 것이고, 그녀의 장래도 조금 더 밝아질 것이다. 그러나 사람이 하던 일을 프로그램에게 하나씩 떠맡기며 일자리를 줄여가면, 재무관리인사팀도 언젠가 달랑 한 사람만 남게 되지 않을까.

　문이 열리며 홍차장이 슬그머니 들어오더니, 차진혜의 자리로 걸어와 몸을 기울이며 물었다.

　"팀장님, 우리 회사에 비혼 축의금이 있나요?"

　"갑자기 그게 무슨 소리예요?"

　"직원들이 물어서요. 그런 게 있는지."

　차진혜는 황당한 표정으로 우리 회사엔 없다고 잘라 말했다. 식대 인상이 이제 막 결정된 참인데 대표에게 그것까지 건의할 자신이 없었다. 그러나 홍차장은 쉽게 물러나지 않았다.

　"그거…… 저도 받고 싶어서요."

　"차장님 비혼주의였어요? 하고 싶은데 못하신 게 아니고?"

　차진혜는 실례라는 걸 알면서도 그렇게 퉁을 놓았다. 박이재와 한대리가 그들 대화에 귀기울이고 있다는 걸 알아챘지만, 홍차장에게 화가 치미는 건 어쩔 수 없었다. 지금 비혼 축의금 챙기실 때가 아니에요. 퇴직금 챙기시게 생겼어요. 그러나 이런 상황을 꿈에도 모르는 홍차장은 차진혜에게 종이 한 장을 내밀며 말했다.

　"제가 비혼식을 올리긴 좀 면구스럽고, 비혼을 맹세하는 글을 써봤는데 이걸로 축의금을 받을 수 있나 해서요."

　차진혜는 이게 무슨 해괴한 짓이냐고 물을 힘도 없었다. 그저 홍차장이 쓴 글을 순순히 읽기만 했다.

홍차장은 스무 살에 첫사랑에 실패한 뒤 곧바로 입대했다. 그뒤론 한 번도 누군가를 사랑해본 적이 없었다. 대학에서도, 직장에서도, 레고 동아리 활동을 하면서도 늘 남자하고만 어울렸고, 여자 앞에만 서면 마음이 편치 않아 맞선 한번 보지 않았다. 그렇게 살아간 세월이 서른 해가 넘어간다. 이젠 사랑이 뭔지 모르겠고, 부하 직원들이 추천해준 '환승연애' 시리즈를 봐도 아무런 감흥을 느끼지 못한다. 혼자 눈을 뜨는 아침이나 잠드는 밤에도 외로움은 느껴지지 않고 사방이 고요하니 좋기만 하다. 살아 있음에 감사하는 마음까진 아니지만 이렇게 사는 것도 퍽 행복하다. 노년의 삶 역시 혼자서 담담한 마음으로 살아갈 예정이다. 명백히 혼자서.

차진혜는 마지막 문장까지 읽고 나서 탄식을 흘렸다. 나는 짝사랑이라도 하고 있지, 홍차장의 삶엔 사랑의 시옷 자도 없어. 차진혜는 마음이 쓰라렸지만 내색하지 않았다.

"차장님, 이런 걸 주셔도 축의금은 못 받으세요."

"왜요?"

"차장님은 이미 결혼하셨잖아요."

"제가요? 누구랑요?"

"……레고랑요."

홍차장은 차진혜의 농담에 와하하 웃더니 잘 좀 부탁드린다고 말하며 자신의 자리로 돌아갔다. 차진혜는 비혼 선언문을 내려놓고 무심결에 고개를 들다가 박이재와 눈이 마주쳤다. 박이재는 시선을 피하지 않고 그녀를 가만히 보다가 다시 모니터로 고개를 돌렸다.

이재씨도 비혼 축의금이 받고 싶을까.

차진혜는 궁금했지만 묻지 못했다.

*

모든 직원이 서둘러 집으로 돌아간 금요일 오후 다섯시 삼십분. 박이재의 한 손엔 두유 세 팩이, 다른 손엔 가방이 들려 있었다.

박이재는 휴게실에서 두유를 훔치려다 상사에게 들키고서 민망한 표정을 지었다. 차진혜는 그럴 필요 없다는 의미를 전달하기 위해 두 손 들어 안심하라는 몸짓을 했다. 그리고 원두를 그라인더에 넣고 버튼을 꾹 눌렀다. 오늘까지 마쳐야 하는 업무가 있어서 또다시 야근을 해야만 했다. 그라인더와 가정용 에스프레소 머신은 그녀가 자비로 휴게실에 들여놓은 것이었다. 커피를 내리며 그때까지도 휴게실에 머물러 있는 박이재에게 그녀가 말했다.

"다른 간식도 챙겨가요. 과자 같은 거. 주말에 넷플릭스 볼 때 입이 심심하잖아."

박이재는 그제야 손에 들고 있던 두유를 가방 안에 넣었지만 선뜻 휴게실을 나가진 않았다.

"먼저 가도 돼요."

머뭇거리던 박이재는 가방을 의자 위에 올려놓더니 그녀 옆으로 다가왔다. 차진혜는 주춤거리며 한 걸음 떨어져 섰다. 요즘 들어 박이재가 곁으로 다가올 때마다 차진혜는 일부러 거리를 두었다. 마음이 기우는 것은 견딜 수 있어도 몸이 가까워지는 건 곤란했다. 호흡이며 표정, 손끝의 떨림 같은 것을 절대로 들키고 싶지 않았다.

박이재는 창가에 놓인 화분으로 손을 뻗었다. 누가 언제 가져다놨는지도 알 수 없는 식물이었다. 잎끝은 노랗게 말랐고, 흙은 회색빛이 돌고 푸석했다. 박이재는 그걸 안아 들더니 가방을 어깨에 둘러멨다. 차진혜는 아무런 말도 하지 않았다. 다 죽어가는 화분쯤이야. 두유 몇 개쯤이야. 물론 대표가 알면 난리겠지만 휴게실엔 감시카메라가 없었다.

출입문으로 걸어가던 박이재가 문득 걸음을 멈추더니 차진혜를 돌아보며 말했다.

"팀장님, 요즘도 동해식당 가세요?"

"안 간 지 좀 됐는데, 왜요?"

"거기 생대구탕이요."

"가격이 올랐죠?"

"아니요. 만원으로 내렸어요."

박이재는 차진혜에게 꾸벅 인사하고 휴게실 밖으로 나갔다.

값이 내렸다니…… 이제 냉동 대구탕 대신 생대구탕을 먹을 수 있겠구나, 하는 기쁨은 의외로 옅었다. 오히려 의구심이 들었다. 동해식당 사장님은 어떻게든 우리에게 생대구탕을 먹이고 싶었던 걸까. 냉동 대구탕을 먹는 우리가 그렇게나 가여웠던 걸까. 아니면 생대구탕이 많이 팔리길 원한 걸까. 그렇지만 식대가 만원인 회사가 이 구역에서 몇 개나 된다고. 더 깊고 큰 의문도 있었다. 이재씨는 동해식당에 발길을 끊은 것 같은데 가격이 내렸다는 걸 어떻게 알았을까. 내가 대구탕을 좋아하는 걸 알고서 일부러 알려준 것이겠지. 설마, 같이 가서 먹자는 걸까. 간지러운 생각들이 어지럽게 날아올랐다가 마음을 묵직하게 눌렀다.

휴게실 창으로 내려다본 오피스 밀집 거리는 퇴근하는 사람들과 커피를 사 들고 회사로 돌아가는 사람들이 뒤엉켜 묘한 활기가 흘러넘쳤다. 차진혜는 박이재를 찾기 위해 거리 이쪽 저쪽을 살폈지만 끝내 그의 모습을 발견하지 못했다.

군집한 오피스 건물 사이로 사납고 기세 좋은 바람이 통과했다. 직장인들의 머리칼과 옷자락이 깃발처럼 나부꼈다. 횡단보도 앞에 붙은 노동 실태 조사 알림 현수막도 둥글게 부풀어올랐다.

당신의 회사에는 휴게실이 마련되어 있습니까?

차진혜는 현수막에 커다랗게 쓰여 있는 문장을 읽다가 희미하게 고개를 끄덕였다. 네, 마련되어 있습니다. 그러므로 우리 회사는 좋은 회사일 것입니다…… 속으로 마침표 대신 말줄임표를 붙이며 차진혜는 뜨거운 커피를 한 모금 마셨다. 쌉쌀한 뒷맛이 혀 위에 오래 머물렀다.

AKA

신숙자

헬레나 루빈스타인의 초상화를 보았을 때 숙자씨는 엉뚱하게도 무당을 떠올렸다. 어릴 적 고향집 마당에서 굿을 하던 무당의 이목구비가 숙자씨의 눈에는 여러 겹으로 흔들려 보였는데, 그림 속의 얼굴도 그와 비슷했다. 바람에 펄럭이다 제자리로 돌아오길 반복하는 것처럼 보였다. 그렇게 그려달라고 부탁이라도 한 걸까. 내 얼굴을 부동의 모습으로 그리지 말아주세요, 라고.

역사에 기록될 가능성이 거의 없는 우리가 역사에 남은 대부호로 살았던 여성의 마음을 짐작하기는 어려웠다. 그럼에도 우리는 제각기 다른 날에 같은 그림을 오래 바라보며 우리로서는 영원히 알 수 없는 마음을 상상했다. 그림은 볼수록 묘했고, 끊임없이 말을 걸어왔다.

*

 두 시간이면 미팅 끝나. 전시 관람 예약 인증 화면을 숙자씨의 휴대폰에 띄워주며 나는 다시 한번 당부했다. 전시 보고 나서 다른 층으로 가지 말고 여기 있어. 숙자씨가 휴대폰을 건네받으며 어서 가라고 손짓했다. 코너를 지나며 돌아보았더니 숙자씨의 다부졌던 표정이 살짝 풀어져 있었다. 마음이 편안해진 것이리라. 요즘 들어 부쩍 기억력과 총기를 테스트하려 드는 딸의 과도한 관심에서 잠시 멀어진 것에 안도하는 듯한 얼굴을 보니 그간 내가 어지간히 엄마를 괴롭혔다는 생각이 밀려왔다.
 요즘 숙자씨는 혼자 있을 때보다 나와 함께일 때 정신을 더욱 똑바로 차려야 한다. 행동이 지나치게 굼뜨거나 뭔가를 잊거나 상황과 동떨어진 말을 하면 내가 눈을 크게 뜨고서 언제부터 그런 거야? 치매는 아니지? 하고 득달같이 물어서다. 혼자 사는 엄마의 건강이 염려되어 한 행동들이었으나 그때마다 숙자씨는 자신을 불안하게 만드는 딸에게 짜증을 냈다. 얘, 난 멀쩡해. 네가 너무 과민한 거야.
 나를 정의하는 세 개의 명사는 박미리, 프리랜서 작가, 부양

자일 텐데 그중 어느 것이 나를 과민하게 만드는지 업무 미팅 장소인 아래층 카페에 도착하기 전까지 생각해보자. 먼저 박미리부터.

타인에게 박미리라는 이름으로 나를 소개할 때마다 성을 '신'으로 바꾸길 요구하던 숙자씨의 얼굴이 떠올랐다. 박미리든 신미리든 나에겐 매한가지처럼 느껴졌지만 숙자씨는 달라도 한참 다르다고 주장했다. 박미리가 되면 전남편의 피가 섞였다는 걸 인정할 수밖에 없기 때문일 것이다. 신미리로 살아간다고 해서 그 사실이 달라지는 건 아니었지만, 숙자씨는 내게서 '박'이라는 성을 뚝 떼어내고 싶어했다. 그런 생각이 박미리로 살아가는 나에게 죄의식과 부채감을 갖게 한다는 걸 모르는 것 같았다. 박신미리나 신박미리라는 해결책도 있었지만 숙자씨는 신과 박이 나란히 붙는 것도 싫어했다. 꼭 신미리가 되라며 다그치진 않았으나 내가 계속해서 박미리로 살아가고 있는 것에 끈질긴 의문과 자글자글 끓어오르는 분노를 품고 있었다. 나는 성을 제거하고 '미리'라는 이름으로 살고 싶었지만 그렇게 할 수 있는 방법은 없었다. 그 사실이 나를 과민하게 만드는 건지도 모른다.

프리랜서 작가라는 나의 직업 역시 요인이 될 수 있을 것이다. 불안정한 수입은 둘째 치고 정규직, 계약직, 파견직, 플랫폼 노동직 중 그 어느 분류에도 속할 수 없어 쓸쓸했고, 프리

랜서 작가는 자영업자나 다름없다는 말을 들었을 땐 억울함마저 느꼈다. 주인집 할머니는 글을 써서 먹고산다는 내 말을 이해하지 못했다. 당시 남자친구와 동거중이라는 이유로 나를 새댁이라고 부르던 할머니는 낮에도 집에 머무는 위층 새댁의 직업을 무척 궁금해했고, 결국 무슨 일을 하는지 알게 되었으나 그때부터 꼬리를 무는 수수께끼에 빠져들었다. 새댁이 글을 판다고? 어디에? 출판사에 팝니다. 신문사에 팔 때도 있고요. 새댁의 글을 누가 돈 주고 사는데? 할머니는 내가 이미 답한 질문을 다시 던졌다. 나는 할머니가 빌라 층계참마다 장독대를 빼곡히 놓아두어 복도에 된장 냄새가 진동하게 만든 것도 이해했으며, 돌아가신 자신의 아버지를 욕할 때마다—나한테 일을 얼마나 많이 시켰는지 몰라. 우리집 소보다 내가 더 많이 일했어—할머니의 어깨를 가만히 보듬어주고 싶은 충동을 느끼기도 했지만, 당최 누가 백수 새댁의 글을 돈 주고 사가느냐는 의구심까지 용인해주긴 힘들었다.

코너를 돌자마자 카페 구석진 자리에 앉아 나를 기다리는 갑의 얼굴이 보였다. 출판사 계약서와 다르게 저자인 갑이 건넨 계약서엔 내가 '을'로 표기되어 있다. 그 계약서야말로 관계의 진실을 가장 명확하게 보여주는 것인지도 모른다. 단순하고도 명쾌한 도식. 나 너한테 받고 싶은 게 있어. 돈 줄 테니까 내놔. 나 너한테 돈을 받고 싶어. 네가 원하는 거 줄 테니까 돈 내놔. 나를 과민하게 만드는 세번째 요인이자 나를 자꾸 '돈돈'거리게 만드는 그것은 부양자라는 정체성이다.

생활비를 부치고 나면 나는 가게에서 술을 마시면서 숙자씨에게 전화를 걸어 생색을 냈다.

엄마, 오늘 돈 보냈어. 좀 적게 보냈어. (이번달엔 힘들었어.)

할 수 없는 말을 괄호 안에 넣어두지만, 어릴 적에 도깨비불을 보았고 귀신과 마주친 적도 있으며 무당의 카리스마에 홀딱 반했던 숙자씨는 내 속내를 알아챘을 것이다.

적게 보내도 돼. 고마워.

요양보호사 일은 알아보고 있는 거야? (왜 감감무소식이야.)

지난번에 가봤어.

상담부터 해보라니까. (그게 뭐 어려운 일이라고.)

상담할 것도 없어. 그냥 하면 돼.

그럼 해. (돈 좀 벌어와.)

그게…… 이런 말을 들었어. 요양보호사로 일하는 아주머니가 그러는데, 환자 목욕시키는 게 너무 힘들대.

당연히 힘들겠지. (안 힘든 일이 어디 있겠어.)

기저귀 찬 남자 환자를 목욕시켜야 할 때가 있잖아. 근데 거기에 대변이 묻으면 잘 안 지워진대. 주름이 있어서.

주름이 어디에 있다는 건데?

숙자씨는 내가 왜 너한테 이런 말을 하는지 모르겠다고 하면서도 자세히 알려주었다. 어디에 묻고 왜 잘 안 지워지는지. 한참 듣다보면…… 정말이지 생생한 현장 이야기가 아닐 수 없었다. 숙자씨의 불길한 상상도, 고된 노동을 알아달라는 과장도 아닌 그저 현장에서 매일같이 일어나는 심상한 일일 뿐. 나는 아랫입술을 잘근잘근 씹었다. 나에게 이런 말을 하는 이유가 뭘까. 실은 잘 알면서도 모르는 척했다. 엄마가 다시 입을 열었다.

환자여도 손가락 까딱할 힘만 있으면 몸이 반응한다고 그래. 아휴, 내가 결혼도 안 한 딸한테 별소릴 다 한다.

결혼은 안 했지만 알 만한 걸 모른다고 잡아뗄 나이는 아니었기에 나는 짐짓 아무렇지 않은 척하며 그래도 어떡해, 해야지, 하고 말했다. 그러자 숙자씨가 한숨을 푸욱 내쉬었다.

남자 환자는 못 맡겠다고 미리 말해도 될까. 그렇게 하는 게 가능할지 모르겠어. 미운털이 박혀서 일을 못 받으면 어쩌지. 나는 왜 이렇게 예민할까. 어릴 때부터 그랬어. 우리 아버지랑 어머니가 자식들 중에서 내가 제일 예민하다고 했어. 이 나이에도 여전해.

그럼 하지 마.

숙자씨가 기다리고 기다리던 말이 마침내 내 입에서 나왔다. 안도한 목소리로 다른 일도 알아볼게, 하고 냉큼 전화를 끊었던 숙자씨. 괜스레 짜증이 밀려와 소주 한 병을 추가로 주문했던 나.

 그런 나를 고용한 갑의 입은 지금 내 앞에서 열렸다 닫히길 반복하고 있다. 덩달아 내 입도 열리거나 닫히거나 둘 중 하나를 정하지 못해 머뭇거렸다. 표나지 않게 한숨을 쉬고 허리를 곧추 세우고 점점 힘이 빠져 고개를 수그리고 다시 꼿꼿하게 세우면서 미팅을 반복해도 좁혀지지 않는 간극을 어찌해야 하나. 나를 고용한 오십칠 세 졸부 장성진씨가 말했다.

 이게 나오기만 하면 대박 칠 책인데 내가 문장을 쓰는 능력이 없어요. 지난번에 보내주신 샘플 원고는 잘 봤습니다. 처음부터 말했듯이 내가 원하는 건 어린아이도 이해하기 쉬우면서 기품 있는 문장이에요. 그런데 박작가님 문장은 밋밋하고 건조해요. 촉촉함이 없어. 쓸데없는 데서 날을 세우고. 처음 만났을 때 잘 안 웃는 거 보고 내가 짐작은 했는데…… 그동안 힘들게 살았어요? 얼굴에 그늘이 있어. 작가님 얘길 좀 해봐요. 결혼은 안 했죠? 애인은 있어요?

 (장성진씨, 지금 선 넘으셨어요.)

 나는 삼 년 연애에 종지부를 찍은 뒤 애인이 떠난 집에서 혼자 살고 있었다. 전 애인에게 빌려준 돈을 월세 보증금으로 대신 받을 생각이었는데, 집주인이 계약자가 아니면 보증금을 돌려줄 수 없다고 정당히 주장하는 바람에 오도 가도 못하는 신세가 되었다. 전 애인은 만나서 얘기하자는 내 제안을 거절했고 함께 살던 집을 처분하는 것도 계속 미루었다. 도대체 어쩌라는 걸까. 그가 다시 돌아올 가능성을 상상하면서 보내는 시간은 길고 지루하다가도 가끔은 설렜으며 결론이 나지 않는 문제라는 것이 당연하게 느껴지기까지 했다. 우리가 함께 보낸 시간을 생각해보면 더욱 그랬다.

숙자씨에겐 애인과 끝났다는 것만 알리고 이사를 미루는 이유는 말하지 않았다. 자연스레 숙자씨는 나와 같이 살게 될 거라고 예상했다.

또 하루가 멀다하고 싸우면 어쩌지.

왜 그랬는지는 잊었으나 사소한 문제들로 노상 싸웠다는 사실만은 둘 다 기억하고 있었다. 나는 비유적인 말로 숙자씨의 예상을 뒤집었다.

엄마, 한번 독립한 새는 다시 둥지로 돌아가기 힘든 법이야. 비좁은 둥지 안에서 복닥거리며 어떻게 같이 살겠어. 나는 이제 새끼 새가 아닌데. 엄마도 먹이를 성실히 물어다주는 어미 새가 아니잖아.

숙자씨는 고개를 끄덕이더니 내가 독립하던 날 밤에 무얼 했는지 처음으로 알려주었다.

잠이 하도 안 와서 김치부침개를 한 장 부쳐 먹었어. 의외로 너무 맛있더라. 그래서 다음날엔 호박전을 해 먹었고, 그다음날엔 돼지갈비를 양념간장에 잘 재워놨다가 구워먹었어. 그 얘기를 동네에서 만난 아주머니한테 했더니 손뼉을 치며 웃는 거야.

우리 딸도 제발 내 집에서 나갔으면 좋겠어요.

아주머니의 속사정을 알아챈 숙자씨가 물었다. 집에 나이 많은 딸이 있는가봐요?

예, 안 나가고 끝까지 버티고 있어요.

아주머니는 날을 잡았다는 듯 푸념을 길게 늘어놓았다.

팬티 한 장 자기 손으로 안 빨아요. 결혼까진 바라지도 않아. 결혼 얘길 꺼내면 조목조목 따지고 들면서 나를 가르치고, 결혼 때문에 엄마 인생이 망했다는 식으로 말해서…… 자나깨나 비혼을 외쳐대요. 결혼은 됐고, 독립이나 했으면 좋겠어요. 우리도 자유롭고 싶잖아요. 안 그래요?

숙자씨는 독립하지 않으려는 아주머니의 딸을 함께 욕해주었다. 나는 그 말을 듣다가 둘이 얼마나 친한 사이냐고 물었다.

그날 처음 만난 사람이야.

근데 그런 말을 해?

얘, 더한 말도 해. 우리는 다 말해.

숙자씨는 엄마들이 모이면 무슨 말을 하는지 자세히 알려주었다. 애깃거리의 대부분은 독립하지 않은 자식들에 대한 신랄한 뒷담화였다. 이 집엔 나이 많은 아들, 저 집엔 나이 많은 딸이 있었다. 둘이 눈 맞으면 딱이겠네. 드디어 집에서 쫓아낼 수 있겠어. 그런 계략을 품은 엄마들이 그 자리에서 연락처를 주고받기도 한다고 했다.

심지어 직업도 안 물어봐. 그저 집에서 내보내기만 했으면 좋겠다는 거야.

언제부터 엄마들이 그렇게 변했지? 나는 문득 의문이 들어 물었다. 원래 옛날 엄마들은 모성애가 넘쳐서 자식을 무한히 품어주고 그랬잖아.

숙자씨가 코웃음을 쳤다. 모성애는 무슨. 무릎도 시원찮은 어미한테 속옷 빨래나 맡기는 자식들아, 정신 차려라. 해방이니 평등이니 외쳐대면서 우리한텐 해당 안 되는 것처럼 구는 얄미운 것들. 집 나가면 월세 들고 집안일도 혼자 다 해야 하니까 힘들어서 안 나가는 거잖아. 영악해가지고.

나는 그 말을 들으며 빈 둥지 증후군만이 아니라 비워지지 않는 둥지 증후군도 있다는 걸 깨달았다.

엄마, 그 아주머니는 어디서 만났어? (엄마한테 비워지지 않는 둥지 증후군을 가진 아주머니들을 끌어당기는 힘이 있는 건가?)

그날, 동네 마트에서 원 플러스 원 할인 행사중인 대용량 고추장을 바라보고 있던 숙자씨에게 낯선 아주머니가 말을 걸어왔다. 같이 사서 한 통씩 나눌래요? 숙자씨는 선뜻 반기며 그러자고 했다. 고추장을 한 통씩 안고 마트 밖으로 나오는데,

아주머니가 대뜸 호떡을 사주면서 숙자씨를 근처 벤치에 잡아 앉히더니 다짜고짜 자기 얘기 좀 들어달라고 했다.

그 집 딸이 엄마를 놀리는 게 취미래.

나는 뜨끔했지만 짐짓 모른 체하며 물었다. 뭐라고 놀리는데?

섣불리 연애하지 말라고. 아주머니 나이가 일흔인데 매일 구청 앞에 앉아서 지나가는 사람들을 구경한대. 그게 하루 일과래. 딸이 제발 그러지 좀 말라고 제 엄마를 타박하다 어느 날은 그러더래. 그 앞을 지나다니던 할아버지가 엄마가 외로워 보여서 연애를 걸면 어떡할 거냐고. 조심해, 엄마. 그런 할아버지는 절대로 따라가면 안 돼. 아무 생각 없이, 연애 건다고 덜컥 연애하면 안 돼.

나는 왜 연애를 하면 안 되냐고 물었다. 숙자씨는 딸이 한 말을 더 들어보라고 했다.

할아버지가 엄마를 데리고 가려는 곳이 어딘지 알아? 종로 무료 급식소야. 거기에서 같이 밥 먹고 데이트하려고 할 거야. 그러니까 구청 앞에 그만 좀 앉아 있어요. 딸이 되바라지게 그런 말을 하더래.

숙자씨는 말미에 깔깔깔 웃었다. 나는 숙자씨가 왜 웃는지 알았다. 나도 비슷한 말을 한 적이 있었다. 이 집 딸이나 저 집 딸이나 왜 엄마를 못 놀려먹어서 안달일까. 팬티 한 장 자기 손으로 안 빨면서, 새벽에 일어나 무료 급식소를 찾아가는 이의 절박한 마음을 가벼운 농담으로 소비하는 것에 죄책감을 느끼지도 않고. 나는 허어, 하고 개탄의 신음을 내뱉었다.

엄마, 옆집 할머니는 아직도 연애중이야?

그럼. 할아버지가 매일 집에 놀러와. 둘이 같이 드라마 보고 음식도 해 먹어. 벽이 얇아서 내 방까지 소리가 다 들리거든.

둘이 사랑을 나누면 그 소리도 다 들리겠구나. 숙자씨는 그런 소리를 들으면 무슨 생각을 할까. 숙자씨의 성생활에 대해선 아는 것이 전무했다. 섹스 파트너가 있는지 없는지(당연히 없겠지), 자위는 하는지 안 하는지(어떻게 하는 건지는 알까), 성욕이 모두 사라졌는지 약간 남아 있는지 (혹시 전보다 더 강해졌을까). 한 번도 묻지 못했고, 앞으로도 물을 용기는 나지 않을 것이다.

*

업무 미팅을 끝내고 전시장이 있는 위층으로 다시 올라갔다. 숙자씨도 그 그림을 봤을까. 헬레나 루빈스타인의 초상화. 굴지의 화장품 회사를 세운 여성. 20세기 역사에 굵은 획을 그은 대부호. "못생긴 여자는 없다. 다만 게으른 여자가 있을 뿐." 그가 남긴 가장 유명한 말이다. 실로 화장품 회사 창업주

다운 말이 아닐 수 없다.

거대한 화분 사이에 숨바꼭질하듯 놓인 벤치를 둘러보다 고개를 숙인 채 앉아 휴대폰을 보고 있는 숙자씨를 발견했다. 등 뒤로 다가가 화면을 엿보았다. 헬레나 루빈스타인 리플라스티 리커버리 나이트크림. 최저가 사십삼만구천이백원. 숙자씨의 손길이 화장품 사진 위에 가만히 머물러 있었다.

초상화 봤구나?

숙자씨는 비싼 화장품을 훔치다 들킨 사람처럼 깜짝 놀랐다. 그러곤 죄의식이 깃든 표정으로 휴대폰 화면을 끄며 말했다. 나도 그 여자 알아. 못생긴 집은 없다. 다만 게으른 집주인이 있을 뿐. 그렇게 말한 사람이잖아.

그 말이 아닌데?

숙자씨가 새침한 표정을 지었다.

예전에 집 수리해주러 왔던 사람이 장부에 나를 코가 오똑한 미인이라고 써놨었어. 그 사람이 해준 말이야. 못생긴 집은 없다. 게으른 집주인만 있을 뿐. 따지고 보면 같은 말이잖아.

그게 같은 말인가?

헬레나 루빈스타인도 나처럼 코가 오똑한 미인이더라.

나는 긍정도 부정도 하지 않았고, 숙자씨에게 작업을 건 수리 기사에 대해서도 더 묻지 않았다. 고용주의 일장연설에 시달렸던 터라 배가 고팠다.

AKA 신숙자

엄마 집으로 가서 떡볶이나 해 먹자.

숙자씨는 지체 없이 옷자락을 털며 일어났다. 그래, 어서 가자.

지하철에서 내려 역사 밖으로 나왔더니 장대비가 퍼붓고 있었다. 숙자씨가 핸드백에서 우양산을 꺼냈다. 우리는 예보에 없던 비에 오도 가도 못한 신세가 된 사람들을 지나쳐 걸었다. 하지만 얼마 가지 않아 걸음을 멈출 수밖에 없었다.

야아오오오옹.

얼핏 보면 쥐와 구별되지 않을 정도로 작고 거의 뼈만 남은 어린 고양이가 온몸이 흠뻑 젖은 채 우리를 올려다보며 필사적으로 울었다. 야아아오오오옹. 가까이 다가가 들여다보았더니 누런 콧물을 줄줄 흘리고 있었다. 쪼그려앉아 손을 내밀자 힘없이 하악질을 했다. 하지만 별수없었다. 다시 일어나 갈 길을 가다가 문득 돌아보자 고양이가 더욱 크게 울어댔다. 야아아아오오오오옹. 내 귀엔 그 소리가 이렇게 들렸다.

가지 마, 이 매몰찬 사람아!

*

고양이의 이름은 퐁이가 되었다. 숙자씨는 투박한 이름을 지어줘야 오래 산다면서 돌쇠나 개똥이 같은 이름으로 바꾸자고 했다. 나는 단박에 거절했다.

엄마는 개명하고 싶은 생각 없어?

내 또래에선 흔한 이름인데, 뭐.

숙자씨는 자신과 같은 돌림자를 쓰는 천경자와 정강자를 언급했다. 천경자의 그림은 서울시립미술관, 정강자의 그림은 아라리오갤러리에서 함께 봤다. 숙자씨가 가장 좋아하는 화가들이었다.

죽을 때까지 계속 일하고 싶다는 노인들을 보면 숙자씨는 못마땅한 표정을 지었다. '노인'이라는 단어는 질색하면서 '시니어'라는 영단어는 반기는 여느 노년층과는 달랐다. 다른 직업을 찾아 인생의 2막을 여는 시니어를 경계했고, 생산 활동에서 멀어진 노인으로 당당히 인정받아 좋아하는 취미활동만 하며 여생을 보내길 원했다. 숙자씨는 물감과 붓을 사와서 광고지 뒷면에 그림을 그리고 그림에 어울리는 동시를 지었다. 도서관 자료열람실에서 책을 읽고, 멀티미디어실에서 영화를 봤다. 〈노인을 위한 나라는 없다〉를 보고 나선 내게 제목의 의미를 묻기도 했다. 천변 공원에 모여 에어로빅을 하는 아주머니들 사이에 섞여 열심히 춤을 췄고, 마음이 편안해진다는 이유로 〈청산별곡〉을 수시로 읊어댔다. 살어리 살어리랏다. 청산에 살어리랏다. 얄리 얄리 얄랑셩 얄라리 얄라. 최청자가 만든 한국 무용 작품 〈살어리랏다〉를 자기 마음대로 해석한 막춤을 추기도 했다. 춤, 그림, 작문, 독서, 서예를 진심으로 즐겼다. 내가 이러고 사는 걸 알면 사람들이 나한테 돌을 던질 거야. 늙어서도 가난한 주제에 아직 철이 안 들었다면서. 숙자씨는 종종 그런 말을 중얼거리면서도 결코 변할 생각은 하지 않았다.

엄마는 엄마가 늙었다고 생각해?

쉬어도 될 만큼은 늙었다고 생각해.

쉬면서 뭘 하고 싶은데?

생각을 좀 하고 싶어. 나와 나의 독신생활에 대해.

헬레나 루빈스타인의 초상화 앞에서 숙자씨 역시 나처럼 발길을 옮기지 못하고 오래 머물렀다. 그림 속 여성의 얼굴은 바람에 부드럽게 휘날리는 실크 같았다. 한 가지 모습으로 고정되어 있지 않았다. 돈을 적게 받았나. 왜 초상화를 저렇게 그렸지. 속물적인 생각이 들면서도 숙자씨는 그 그림을 점점 마음에 들어하는 자신을 발견했다. 머릿속에 자주 맴도는 두 가지 질문이 다시금 떠올랐다.

신숙자는 무엇일까.

신숙자는 궁극적으로 무엇이 되고 싶나.

같은 고향에서 나고 자란 친구가 두툼한 소설을 출간했다는 걸 알았을 때 숙자씨는 그 책을 얼른 사와서 프로필 사진을 보고 또 보았다. 글은 읽다가 말았다. 내용이 너무 우울했다. 곧

죽을 사람이 쓴 글 같았다. 얘는 우리 고향에서 유일하게 책을 낸 여자인데 왜 이렇게 암울한 글을 썼을까. 궁금했지만 물어볼 수는 없었다. 연락이 끊긴 지 오래였으니까. 박미리가 대필한 책을 보러 서점에 갔다가 우연히 그 책을 발견하지 않았더라면 평생 모르고 살았을 일이었다. 나랑 함께 산나물을 캐러 다녔던 노경심이가 책을 내다니. 재밌었더라면 타격이 컸겠지만 첫 페이지부터 중반부에 이르기까지 더럽게 재미가 없었고, 읽는 사람마저 우울하게 만들었다. 숙자씨는 경심이가 되게 힘든가보다고 생각했다. 그러자 내심 다행이라는 마음이 밀려왔다. 너만 잘 살면 안 되지. 다 같이 힘들게 살아야지. 박미리에게 넌지시 그 말을 했더니 노경심이 쓴 책보다 더 우울한 소리를 했다.

엄마, 나는 자낳괴야.

자낳괴가 뭔데?

자본주의가 낳은 괴물의 줄임말.

네가 왜 괴물이야?

내가 요즘 가장 설레는 단어가 뭔지 알아? 국비 무료 교육, 코인 반등, 무순위 로또 청약, 부양 의무자 기준 폐지, 납부 의무 면제 같은 거야. 글쓰는 사람이 이래도 될까. 내가 파는 게 지성인지 상품인지도 모르겠어.

얘, 너 또 과민하다.

설날부터 시작된 피로감이 아직도 안 사라졌어. 인간은 달걀을 찜이나 프라이로 만들어 먹는 데서 만족하지 못하고, 닭이 먼저인가 달걀이 먼저인가 고심하는 존재라는 게 슬퍼.

미리야, 책 쓰는 게 많이 힘드니?

가난이 너무 무거워. 이젠 예전처럼 그걸로 농담도 못하겠어.

난 또 뭐라고.

숙자씨는 박미리를 웃게 해주려고 옆집 할머니와 모종의 라이벌 관계로 지냈던 나날에 대해 알려주었다. 지난겨울, 옆집 할머니가 낸 가스비는 숙자씨의 그것보다 사천원이나 적었다. 어떻게 그럴 수가 있지. 아무리 생각해봐도 불가능한 일이었다. 숙자씨는 밤새 오들오들 떨다 새벽녘에야 보일러를 잠깐 틀었고, 한 냄비에 모든 식재료를 넣고 재빨리 끓여먹었다. 박미리는 왜 그런 잡탕을 먹느냐고 잔소리했지만 가스비를 절약하기 위한 것임을 모르지 않았다. 그 겨울에 숙자씨는 거의 목숨을 걸었다고 말할 수 있을 정도로 가스비를 아꼈는데 그럼에도 불구하고 옆집 할머니에게 대패하고 말았다. 사백원이 아니라 사천원이나 덜 나왔다는 건 거의 동면에 들어간 것이나 다름없었다. 세상에, 할머니에게 동면 기술이 있었을 줄은! 옆집 할머니는 온종일 냉골인 집안에 누워 아무것도 안 한 게 분명했다. 숙자씨는 할머니를 찾아가 묻고 싶었다. 도대체 비결이 뭐예요? 어떻게 그 돈으로 겨울을 났어요?

봄이 되자 옆집 할머니는 분주해졌다. 동면으로 버틴 겨울이 끝나자 할머니는 만개한 목련처럼 활짝 피어났다. 분홍색, 빨간색, 초록색 반짝이가 붙은 옷을 온몸에 휘감고 지나치게 멋을 부린 차림새로 어딘가를 나다닌다 싶더니만 결국 연애를 시작했다. 할머니는 또래로 보이는 할아버지와 거의 매일 만났다. 숙자씨는 기가 차고 어처구니가 없다는 생각이 절로 들었다. 저렇게 나이든 할머니도 연애를 하는데 나는 무얼 하고 있나. 겨울에 가스비를 사천원이나 더 썼으면서 봄이 와도 활짝 피어나지 못했구나.

매사에 '돈돈'거리는 '자낳괴' 박미리가 심통 난 태도로 엄마는 도대체 무슨 생각을 하며 사느냐고 쿡 찌르듯 물었다. 퐁이도 대답을 재촉하는 듯이 숙자씨의 발가락을 살짝 깨물었다.

무슨 생각을 하는지 정말 궁금하니? 어릴 때 내가 도깨비불이랑 귀신을 자주 봤어. 마당에 무심히 돌아다니고 있는 걸 봤지. 그래서 우리 어머니, 아버지가 굿을 하려고 무당을 불렀어. 참 카리스마가 흘러넘치는 여자더라. 그 시대를 견뎌야 했던 시골 여자들은 어쩔 수 없이 시시하게 살고 있었는데, 내가 본 여자 중에 온전한 자신으로 화끈하게 살고 있는 유일한 사람이 그 무당이었어. 굿을 시작하기 전에 나를 빤히 쳐다보는데 눈 속으로 빨려 들어갈 것만 같았고, 제대로 홀렸는지 정신을 못 차리겠는 거야. 그때부터 나는 무당이 점술가가 아니라 예술가라고 생각했어. 죽음과 삶을 구현하는 예술가. 나도 언젠가 무당이 될지도 모른다는 생각이 들더라. 근데 싫지가 않았어. 그건 하는 게 아니라 되는 거잖아. 배우는 게 아니라 그렇게 되는 거. 하지만 나한텐 그런 기회가 안 왔지.

배우는 게 싫어?

응. 나는 그냥 깨우치고 싶어.

배움에 대한 숙자씨의 생각은 남달랐다. 배움 같은 건 가능하지 않다고 생각하는 눈치였다.

왜 그럴까?

숙자씨가 난데없이 말했다.

내가 가장 좋아하는 책이 『호밀밭의 파수꾼』이야.

그럴 리가.

정말이야. 내 일기장 같았어.

말문이 막혔다. 내가 숙자씨에 대해 아는 게 과연 뭘까.

나는 내 미래가 너무 잘 보여서 점술 같은 것엔 도통 관심이 생기지 않았다. 가진 게 적을수록 미래가 잘 보이는 법이다. 어쩐지 빤한 것이다.

*

퐁이가 갑자기 사료를 먹지 않았다. 물도 거부했다. 밤새 노란 액체를 게워내더니 온몸이 뜨거워졌다. 병원에 데려가기 전에 나는 퐁이를 안고 짧게 기도했다.

제발 큰 병이 아니길, 내 새끼.

작게 중얼거리는 내 말을 알아들은 숙자씨가 개가 네 새끼니? 하고 물었다.

어, 내 새끼야.

숙자씨는 의문스럽다는 표정으로 퐁이를 빤히 쳐다보았다.

퐁이를 안고 병원에 달려가 검사를 받았다. 퐁이 보호자님! 간호사의 호명을 듣고 얼른 진료실로 들어가 의자에 앉았다. 의사가 심각한 표정으로 혈액검사 결과표를 가리켰다.

염증 수치가 상당히 높죠? 이 병은 치료약이 없어서 대중요법을 하며 상황을 지켜봐야 합니다. 고양이 흑사병이라고도 하는데 혹시 들어보셨나요? 늦어도 닷새 뒤엔 사망할 가능성이 높아요. 집으로 그냥 데려가시면 이틀 안에 죽을 거고요. 구조한 고양이라고 하셨잖아요. 입원 치료를 해야 하는데 어떻게 하시겠어요? 비용이 많이 들어요. 하루에 칠십만원 정도 예상하셔야 됩니다. 적극적인 치료를 하지 않으면 나을 가망성이 거의 없어요. 할 수 있는 건 다 해야 한다는 의미입니다. 여기 검사 키트를 보세요. 빨간 선이 진하죠? 곧 설사를 시작할 거고, 바이러스가 백혈구를 무자비하게 공격할 겁니다. 그래서 범백혈구 감소증이라고 하는 거예요. 시간을 좀 드릴 테니까 대기실에서 생각해보세요.

나는 진료실 밖으로 나와 대기실 의자에 무너지듯 앉았다.

엄마, 퐁이가 정말로 죽을까?

숙자씨가 도리어 내게 물었다. 미리야, 치료비를 감당할 수 있겠어?

나는 고양이가 하악질을 하듯이 성질을 냈다.

엄마는 돈 때문에 자기 새끼를 죽게 내버려둘 거야?

너한테 그만한 돈이 있느냐는 의미야.

돈은, 있었다. 통장에 칠백만원이 있었다. 의사 말대로 길어야 닷새를 살 수 있다면 입원 치료를 받기엔 충분한 돈이었다. 나는 사실대로 말해야 할지 고민했다. 숙자씨가 원하는 치매 간병인 보험을 돈이 없다는 핑계로 내년에 가입해주겠다고 말했던 것이 마음에 걸렸다. 때마침 카운터 근처에 앉아 있는 보호자들의 대화가 들려왔다. 얘는 어디가 아파요? 심장이 안 좋구나…… 우리집 애도 심장이 안 좋아요. 사람 병원으로 치자면 여기가 3차 병원 같은 곳이잖아요. 내가 여기서 일 년에 쓰는 돈만 오천인데, 지금까지 삼 년 동안 치료를 받았으니 계산을 한번 해봐요. 숙자씨가 놀란 표정으로 보호자를 돌아보았다. 그리고 연이어 나를 쳐다보았다. 제 사랑이 얼마나 큰지 시험에 들지 말게 하옵소서. 나는 마음속으로 기도했다. 숙자씨가 어떤 의구심을 품고 있을지 잘 알았다. 듣자 하니 반려동물을 키우려면 부자여야 하는 것 같은데, 내 딸이 과연 부자인가?

의사가 내미는 입원 동의서에 사인하면서 나는 굵은 눈물방울을 뚝뚝 떨어뜨렸다. 내가 계속 코를 풀며 울자 의사는 숙자씨만 쳐다보면서 최선을 다해 치료하겠노라고 엄숙하게 말했다. 병원에 퐁이를 입원시키고 나와 집으로 걸어가는 발걸음이 땅에 박힐 것처럼 무거웠다.

미리야, 저 병원 너무 비싸지 않니? 숙자씨가 악취를 맡은 듯한 표정으로 물었다.

이 시간에 문을 연 곳이 저기뿐이잖아. 나는 그렇게 말하면서도 휴대폰을 꺼내 검색창에 병원 이름을 입력했다. 홈페이지를 클릭하니 메인 화면에 '소중한 반려동물을 위한 상위 일 퍼센트 동물병원'이라는 문구가 대문짝만하게 쓰여 있었다. 상위 일 퍼센트라고? 나는 휘둥그레진 눈으로 사이트를 자세히 살펴보았다. 다른 동물병원보다 비싸다는 암시가 여기저기에 드러나 있었다.

그럴 줄 알았어. 닷새만 입원해도 삼백만원이 훌쩍 넘는데 너 정말로 그 돈이 있니?

나는 대꾸 없이 고개만 끄덕였다. 할 수 있는 모든 방법을 동원해야 살릴 수 있다는 의사의 말이 떠올랐다. 만약에 퐁이를 다른 병원으로 옮겼다가 잘못되면 두고두고 후회할 것 같았다. 내 끄덕임에 숙자씨는 놀란 어조로 네가 돈이 있었구나, 했다.

고작 일주일 키웠으면서 돈이 아깝지도 않은가보네.

……엄마, 풍이가 얼마나 귀여운지 알아?

나는 잘 모르지.

집에 데려온 날 밤에 풍이가 잠도 안 자고 내 몸에 자기 몸을 계속 대보는 거야. 내 몸이 얼마나 더 큰지, 어떻게 생겼는지 알아보려는 것처럼 여기저기 비비면서 자기 몸이랑 맞대보더라. 그러다 내가 손을 내미니까 전력으로 달려와서 손등에 박치기를 했어.

박치기를 왜 해?

좋아서.

걔는 좋으면 박치기를 하는구나.

그리고 저녁마다 내 아랫배에 붙어서 젖 빠는 시늉을 했어. 걔는 내가 지 엄만 줄 알아.

딱하다, 참. 둘 다 딱해.

의사가 말한 닷새가 지나고 이틀이 더 흘러갔다. 나는 매일 병원으로 면회를 갔고, 그때마다 풍이는 한쪽 다리에 링겔을 꽂고 눈도 제대로 뜨지 못한 채 기운 없이 엎드려 있었다. 식음을 전폐한 게 풍이의 가장 큰 문제였다. 어떤 동물이든 먹으면 살아요. 그런데 이 아이는 도통 먹지를 않네요. 현재로선 폐사할 가능성이 높습니다. 부원장이 면회실에서 침통한 표정으로 내게 말했다. 폐사라니. 무슨 의미인지 순간적으로 이해되지 않았다. 내 새끼가 무슨 가축도 아니고 폐사라니. 따져 묻고 싶었으나 그럴 기운이 없었다. 나는 집으로 돌아와 곧 폐사할 동물처럼 식음을 전폐하고 엉엉 울었다. 나를 지켜보던 숙자씨가 실로 엉뚱한 말을 꺼냈다.

미리야, 노인과 고양이를 위한 나라는 없나봐.

뭐?

내가 굿이라도 해줄까? 저승사자가 네 새끼 데려가지 못하게.

나 몰래 신내림이라도 받았어?

아니.

잠깐만, 병원에서 전화 왔어. 여보세요? 네, 제가 퐁이 보호잔데요. 우리 퐁이가요? 호흡수가 왜 그렇게 높아요?

나는 전화를 끊고 나서 다시 울음을 터뜨렸다.

엄마, 어떡해. 퐁이가 오늘 새벽에 무지개다리를 건널지도 모른대. 난 이대로 못 보내.

……딱한 것. 암, 못 보내지. 지금까지 들인 돈이 얼만데.

숙자씨가 자리에서 일어나더니 잠시 눈을 감고 있다가 서서히 몸을 흔들기 시작했다. 어깨를 들썩이며 막춤인지 굿춤인지 알 수 없는 춤을 췄다. 이윽고 덩실덩실 팔을 흔들며 바닥에서 쿵쿵 뛰어올랐다. 막춤임이 분명해졌다.

천지신명님이시여, 제 딸 신미리의 아기 퐁이를 무지개다리 앞에서 데려오시고, 상위 일 퍼센트 동물병원에서 지금까지 쓴 치료비만 오백만원 가까이 되니 반드시 데려와야 합니다, 대신 이 몸이 퐁이가 진 빚을 갚겠나이다. 노동하는 시니어 여성이 되어 몸 바쳐 그렇게 하겠나이다. 얄리 얄리 얄랑셩 얄라리 얄라. 신미리의 아기 퐁이가 지은 죄를 제가 대신……

엄마! 태어난 지 칠 주밖에 안 된 퐁이가 무슨 죄를 지었다는 거야?

숙자씨가 춤을 우뚝 멈추더니 말했다.

지었어. 이 땅에서 태어난 것들은 다 죄를 지었어.

*

티브이 음량은 무음이었고 창문은 닫혀 있었다. 옆집 할머니와 종일 노닥거리던 할아버지는 집으로 돌아갔고, 할머니는 오늘밤엔 코를 골지 않았다. 하지만 분명 어디선가 소리가 들려왔다. 숙자씨는 침대에 누운 채로 가만히 귀를 기울였다. 아주 작은 소리였다. 발 달린 미세한 생물이 움직이는 소리. 매우 하찮은 것들이 줄지어 어딘가로 이동하는 소리. 개미인가? 숙자씨는 침대에서 내려와 형광등을 켠 뒤에 침대 옆 벽면으로 눈길을 옮겼다.

 그것은 벌레떼였다. 바퀴나 개미가 아닌 처음 보는 벌레. 어찌나 작은지 참깨의 십분의 일 크기쯤 되는 듯했다. 움직이지 않았다면 벌레인 줄도 몰랐을 것이다. 그 작디작은 벌레들이 떼 지어 천장으로 이동하고 있었다. 천재지변이 일어나려는 걸까. 그러나 사위는 고요했고 재앙의 조짐은 전혀 느껴지지 않았다. 숙자씨는 침대의 철제 프레임을 두 손으로 붙잡고 방의 중앙으로 잡아당겼다. 벌레가 침대 위로 기어오르는 것을 막기 위한 조치였다. 숙자씨는 그 상태로 밤새 벌레떼가 이동하는 걸 바라보며 날을 꼬박 새웠다. 다음날 아침에 숙자씨는 지물포로 달려가 흰색 도배지를 사왔다. 벌레는 그때까지도 같은 곳에서 계속 나타났다. 어찌나 많은지 새까맣게 떼를 이룬 모습이 얼핏 보면 얼룩 같기도 했다. 숙자씨는 그게 자기 눈에만 보이는지도 모른다고 생각했다. 무당 흉내를 낸 대가로 봐서는 안되는 게 보이는지도 모른다고. 벌레떼는 어떤 목적을 갖고 움직이는 것 같았다. 어릴 적에 보았던 도깨비불이나 귀신처럼 무심히 주변을 맴도는 게 아니었다. 천장을 향해 위로 기어올랐다. 이윽고 천장에 도달하면 어딘가로 뿔뿔이 흩어졌다.

 숙자씨는 도배지를 길게 오려 벌레가 나오는 곳에 단단히 붙였다. 삐뚤지 않게 반듯이. 그러곤 서랍에서 물감과 붓을 꺼내어 도배지에 꽃과 풀잎을 그렸다. 일종의 부적이었다. 신내림을 받은 적이 없고, 부적 그리는 법도 배우지 않았지만 숙자씨는 음산한 벌레떼를 막기 위해 도배지에 밝은 색으로 꽃과 풀잎을 그려넣었다. 이 정도면 됐어. 방은 전과 달리 따스해 보였다. 못생긴 집은 없다. 다만 게으른 집주인이 있을 뿐. 숙자씨는 오래전 집을 수리하러 온 남자가 했던 말을 주문 외듯이 중얼거렸다. 미인은 기똥차게 알아봤던 놈이었는데.

집 청소까지 마친 숙자씨는 밖으로 나가려다 외출하려는 옆집 할머니와 마주쳤다. 이번에도 할머니의 옷차림은 지나치게 화려했다. 어찌나 멋을 부렸는지 눈살이 찌푸려질 정도였지만 숙자씨는 웃으며 눈부시다고 말했다. 어디 좋은 데 가시나봐요?

맛있는 거 먹으러 가요. 이유는 모르지만 숙자씨와 대화할 때마다 말을 아꼈던 할머니가 자랑하듯이 말했다. 숙자씨는 계단을 내려가는 할머니의 뒷모습을 보면서 할머니가 할아버지와 무료 급식소에서 데이트하는 광경을 상상했다. 할머니, 지금 가시면 늦어요. 밥 못 먹어요.

대문을 나선 숙자씨는 구청 쪽으로 쉬엄쉬엄 걸어갔다. 벤치에 노상 앉아 있는 아주머니가 있었는데, 그날도 보였다. 아주머니는 요즘 파킨슨병 자가 진단법에 푹 빠져 있었다. 딸이 날마다 시키는 것이라고 했다. 어떻게 하는 건데요? 숙자씨가 묻자 아주머니는 자리에서 일어나더니 양팔을 옆으로 올리고 자기 손이 떨리는지 안 떨리는지 자세히 봐달라고 했다.

내 손 떨려요?

안 떨려요.

확실히 안 떨리죠?

예, 확실히 안 떨려요.

팔을 내리고 자리에 앉은 아주머니가 숙자씨에게 똑같이 해보라고 권했다. 숙자씨는 대번에 거절했다. 손이 떨리면 어쩌나. 혼자 있을 때 몰래 해보고 싶었다. 우리 딸은 내 손이 떨리나 안 떨리나 매일 감시해요. 이 집 딸이나 저 집 딸이나 하는 짓이 비슷하죠? 그런 말들을 나누던 중에 숙자씨는 이동 가방을 등에 멘 채로 멀리서 걸어오는 박미리를 발견했다.

가방 안엔 퐁이가 있었다. 퐁이는 후유증으로 신경계 장애를 갖게 되었으나 다행히 목숨은 건졌다. 퐁이가 입원해 있는 동안 박미리는 매일 밤 기도를 올리다 지쳐 잠들었고, 숙자씨는 요지경 돌팔이 무당 흉내를 딱 한 번 내고선 굿이 아니라 기도 춤이었다고 나중에 정정했다. 종국엔 막춤이었다고 인정했다. 딸을 위로해주고 퐁이가 무지개다리를 건너지 못하게 하기 위해 추었던 몸부림 같은 춤이었는데 의외로 효과가 있었다. 퐁이가 무슨 죄가 있냐며 씩씩거리던 박미리는 이내 숙자씨의 기이한 행동을 말리지도 않고 두 손 모아 간절히 빌며 중얼거렸다. 내 새끼, 아직 그 다리 건너지 마오. 제발 그 다리 건너지 마오.

딸이에요? 아주머니가 숙자씨를 돌아보며 물었다.

어떻게 알았어요?

웃고 있어서요. 아직 공부를 하고 있나? 커다란 가방을 멨네.

저 안에 칠백만원짜리 고양이가 들어 있어요.

그렇게 비싼 고양이를 어디서 샀어요?

길에서 주웠어요.

이름이 뭐예요?

신숙자요.

아니, 딸 이름이요.

⋯⋯신미리요.

왜 딸내미 성씨가 같아요?

왜 같겠어요, 눈치가 참 없네. 숙자씨는 그렇게 말하고 싶은 걸 꾹 참았다.

걔는 왜 데려왔어?

벤치에서 일어나 내게로 걸어온 숙자씨가 물었다. 나는 엄마와 나란히 걸으며 잘 걷지 못하는 퐁이를 집에 혼자 두기가 싫었다고 대꾸했다.

벌레 잡는 데 오래 걸릴 수도 있잖아. 애가 걷다가 자꾸 넘어져서 옆에서 붙잡아줘야 하거든. 그래도 살아서 다행이야. 다들 죽을 거라고 했는데 살았어.

퐁이는 살 거 같았어.

그걸 어떻게 알았어?

원래 아줌마들은 직감이 너무 발달해서 주체가 안 될 정도야.

그럼 내가 엄마한테 시키려는 일이 뭔지도 알려나?

뭔데? 숙자씨가 잔뜩 긴장한 표정으로 쳐다보았다. 나는 일부러 가벼운 어조로 말했다.

양말 포장하는 거야. 비닐에 넣기만 하면 되는 일. 엄마 집에서 안 멀어.

까짓것. 드라마 보면서 하면 금방 하겠네.

회사에서 누가 드라마를 봐.

내가 통을 놓자 잠시간 말이 없던 숙자씨가 천천히 입을 열었다.

미리야…… 나는 중요한 일을 하려고 태어난 사람이라는 생각이 이 나이에도 자꾸만 든다. 왜 그럴까. 이 우주에서 신숙자로 태어나 헬레나로 살어리랏다, 가 되는 건 불가능한 일인데.

엄마, 양말 포장하는 것도 중요한 일이야.

맞아, 그것도 중요하지, 하고 숙자씨가 순순히 답했다. 우리는 신호등 앞에서 걸음을 멈추었다. 숙자씨가 이동 가방 안을 들여다보며 혀를 튕겨 똑딱거리는 소리를 냈다.

얌전하네. 너 어릴 때랑 닮았다. 내가 일 나가면 혼자 얌전히 기다렸는데.

내가 그랬다고? 이젠 거의 기억나지 않는 일이었다. 숙자씨가 부양자였고 내가 피부양자였던 시절이 분명히 있었는데 그걸 잊고 산 지 오래였다.

보행 신호가 바뀌길 기다리는 동안 구직 앱에 접속해 숙자씨의 이력서를 대신 작성했다. 십 년 전에 찍은 증명사진도 업로드했다. 특기를 적는 칸에 히죽거리며 '막춤의 대가'라고 적었다가 지웠다. 미사여구를 곁들인 다섯 줄의 자기소개를 일사천리로 완성했다. 쓸 만한 것이 그다지 없어서 이력서 작성은 금방 끝났다. 횡단보도를 연달아 두 번 건넜다. 우리의 어깨 위로 미지근한 바람이 불어왔다. 말이 없던 숙자씨가 이내 입을 열어 양말 포장하는 방법을 물었다. 나도 정확히는 몰랐지만 떠오르는 방법을 몇 가지 얘기했고, 숙자씨는 고개를 끄덕이며 듣다가 불쑥 말했다.

미리야, 너는 내가 아프면 얼마나 쓸 거니?

음…… 그건 왜.

나는 당황한 나머지 꽈배기가게 쇼윈도에 일렬로 놓인 꽈배기만 쳐다보았다. 저걸 한 봉지 사주고 대답을 얼버무리고 싶은 마음이 굴뚝같았다. (엄마도 알잖아. 내리사랑이 무섭다는 거. 어떤 사랑은 너무 커서 무섭고, 어떤 사랑은 작아서 무겁지.)

짧은 침묵 끝에 숙자씨가 다시 양말 얘길 꺼냈다. 사람들이 양말을 어떤 주기로 얼마나 많이 사는지 궁금하다고 말했다. 살면서 그게 궁금했던 적이 한 번도 없었는데 이젠 무척이나 궁금하다며 말을 멈추지 않았다.

양말이라는 건 꿰매 신으면 새로 살 일이 없잖아.

숙자씨가 약간 그늘진 얼굴로 말했다. 우리는 양말 이야기만 계속했다. 분명히 양말에 대한 이야기였지만 나는 우리가 다른 이야기를 하고 있다는 걸 점점 깨달아갔다.

서운한 마음을 구멍난 양말 얘기로 감추는 신숙자는 어떤 사람인가. 코가 오뚝한 미인. 배움은 질색하는 사람. 예술을 향유하며 여생을 보내고 싶은 노인. 초상화 속 헬레나 루빈스타인처럼 여러 겹의 얼굴을 갖고 있는 여성. 별나고 이상하며 가끔은 기이하기까지 한 엄마. AKA 신숙자. 신숙자라고도 알려진 누군가. 그러나 밋밋하고 단순한 이력서는 그것을 조금도 드러내지 못한다. 나 역시 숙자씨의 진짜 얼굴은 모른다. 신숙자인 척하며 문장을 길게 써봐도 펄럭이는 깃발처럼 형태가 자꾸만 변해 도무지 부동 상태의 얼굴은 볼 수가 없다. 뾰족한 핀으로도 뚫리지 않아 박제가 불가능한 나비 같다.

구인 업체에서 숙자씨의 이력서를 열람했다는 알림이 울렸다. 그 사실을 알려주자 숙자씨가 빠르기도 하다고 대꾸했다. 양말 포장할 사람이 급하게 필요한 걸 보니 양말이 잘 팔리는 것 같다면서 새삼 기쁜 표정을 지었다. 나는 내일까지 연락을 기다려보자고 말했다. 초여름의 석양이 우리의 붉어진 얼굴 위로 천천히 드리워졌다.

운동장

바라보기

1

 카페 창가 자리에 앉아 거리를 오가는 사람들을 무심히 바라보고 있을 때 인경에게서 메시지가 왔다. 계획에 없던 야근을 하게 됐다는 내용이었다. 거듭 사과하는 인경에게 나는 괜찮으니 저녁이나 잘 챙겨 먹고 나중에 연락하라는 답장을 보냈다. 일부러 인경의 회사 근처로 약속 장소를 정했지만 결국 만나지 못하고 돌아갈 것 같다는 예감이 들어맞은 것이었다.
 우리가 함께 보기로 했던 영화는 인경이 좋아하는 감독의 신작이었다. 전작과 매우 다르다는 평과 뚜렷한 연결성을 찾을 수 있다는 평으로 갈리는 작품이었다. 나는 청미가 부탁한 자료 파일을 정리한 뒤 노트북을 가방 안에 넣었다. 그리고 극장까지 택시를 타고 가려 했던 계획을 바꾸고 걸어갈 생각으로 카페를 나섰다. 인경은 일하느라 바쁠 텐데도 내게 간간이 메시지를 보냈다. 극장 매점에서 사용할 수 있는 기프티콘을 선물했고, 뜬금없이 여름휴가 계획을 물었다. 혼자 영화를 봐도 괜찮으니 업무에 집중하라고 말하자 인경은 그제야 잠잠해졌다. 나는 내 것은 남겨두고 인경의 영화표를 취소했다.

목적지는 신구로 NC백화점이었다. 지도 앱으로 경로를 확인하는데 청미에게서 인경을 만났는지 묻는 메시지가 왔다. 나는 못 만났다고, 생일에도 야근하는 인경이 불쌍하다고 답장을 보냈다. 인경과 가까운 곳에 사는 청미는 자정 전에 인경의 집으로 가서 소고기미역국을 끓여 먹이겠다고 했다. 역시 청미답구나, 생각했다. 청미의 별명은 '마미'로, 말 그대로 엄마 같다는 의미였다. 인경에겐 언니가 있지만 엄마는 없었고, 나는 엄마가 있지만 어디에 살고 있는지 몰랐다. 청미에겐 엄마가 있고 함께 살고 있지만 사이가 매우 좋지 않았다. 공통점이 있는 우리는 고달픈 사회생활을 하면서도 꾸준히 만남을 이어갔다. 그러나 요 근래 청미는 논문을 쓰느라, 인경은 야근을 하느라, 나는 한 달 전 메시지 한 통으로 해고당한 뒤 술을 마시고 온종일 누워만 있느라 바빴다. 청미가 내게 논문 참고 자료를 정리해달라며 끈질기게 부탁하고, 인경이 자신의 생일에 같이 영화를 보러 가자며 간청하듯 매달린 것은 나를 덜 바쁘게 하기 위해서였다. 더이상 술을 마시고 온종일 누워만 있지 못하게 하려는 것이었다.

나를 해고한 사장은 툭하면 내가 졸업한 대학을 비하했다. 외국에서 대학을 다니고 부모 돈으로 사업체를 차린 그는 자신보다 성장 환경이 못하다고 생각하는 사람을 일관되게 백안시했다. 지성과 감각이 없다며 나를 깎아내리는 그와 마주할 때마다 나는 가만히 입을 닫고 책상 모서리만 쳐다보았다. 그러다 불시에 해고를 당하자 정신이 번쩍 들었다. 그동안 왜 참고만 살았을까. 뒤늦게 직장 내 괴롭힘 처벌 사례에 대해 알아보았지만 내가 다닌 직장은 오 인 미만의 사업장이기에 근로기준법이 적용되지 않았다. 지성과 감각이 없는 건 내가 아니라 이 시대였다.

한참을 걸어도 지도 앱의 경로 표시 선 길이는 좀처럼 줄어들지 않았다. 여전히 나는 극장에서 멀리 떨어져 있었다. 아무래도 상영 시각 전에 도착하지 못할 것 같았다. 그런 생각을 하자 점점 무언가를 포기하는 마음이 되었고, 나중엔 굳이 보속을 높이지 않고 평소 내 속도대로 천천히 걸었다. 그렇게 걷는 동안 수많은 상점과 가로수를 스쳐지나갔고, 억양이 낯선 한국어를 들었다. 거리엔 한국인보다 중국 동포가 더 많았다.

청미는 이 구역을 연구 대상 지역에 포함시켰다. 청미가 지금 쓰고 있는 논문은 결혼 이주 여성에게 강압적으로 부여되는 여러 역할들에 대한 것이었고, 청미는 특히 마더링에 큰 관심을 갖고 있었다. 면담 참여자들이 공통적으로 호소한 출산 강요와 육아로 인한 부담감에 귀기울인 결과였다. 그들은 새로운 문화에 적응하기도 전에 엄마가 되어야 했다. 한 참여자는 이렇게 말했다. "저는 비행기에서 내리자마자 엄마가 되어야 했어요." 청미는 마미라는 별명을 갖고 있으면서도 누군가 마미가 되는 것을 염려했다. 어쩌면 청미는 마미가 되고 싶지 않았는지도 모른다. 마미가 아니라 그저 오청미일 뿐인데, 내가 청미의 모습에서 '마미'를 가려내고 압축하여 딱지를 붙여 놓은 건지도.

처음 지원 센터에서 참여자들을 만나 면담을 진행했을 때 청미는 한국인 여성들이 거부한 자리를 결혼 이주 여성들이 채우고 있다는 생각을 했다. 나중에야 그 생각이 오만하다는 걸 알았지만. 청미 생각에 그 자리는 가부장적 문화를 강요받는 자리였으나 아무도 이주 여성들에게 그 사실을 미리 알려주지 않았다. 청미에게서 그런 말을 들었을 때 나는 의구심이 들었다. 가부장적 문화라니. 이제 그런 건 거의 사라지지 않았느냐고 물었더니 아직도 남아 있더라는 대답이 돌아왔다. 놀랍긴 했지만 나는 청미의 논문 주제에 관해 딱히 해줄 말이 없었다. 내 생활 반경 안엔 결혼 이주 여성이 없었다. 눈에 보이지 않으니 자연히 관심에서 멀어졌고, '다문화'라는 색인으로 분류되는 특정한 사람들이 있다는 것만 아는 정도였다. 그런 내게 청미가 말했다. "너는 아직도 한국이 단일민족 국가라고 생각해? 이주 노동자가 얼마나 많은데. 그들이 없으면 기반 산업이 무너질 정도라고." 나는 얼굴을 붉히며 몰랐다고 말하면서도 은근한 반발심이 들어 그걸 내가 꼭 알아야 하냐고 대꾸했다. 청미는 알아야 한다고 주장했다. 이 나라의 현재를 모르고 살아서는 안 된다면서. 추천 알고리즘에 따라 설계된 세계 안에서만 살면 균형 잡힌 관점을 갖기 힘들뿐더러, 나중엔 새로운 관점을 가져야 한다는 생각 자체를 하지 못할 거라고 열을 올리며 말했다. 논문을 준비하면서 청미의 표정은 점점 어둡고 진지해졌고, 나는 청미와 대화할 때마다 잔소리를 듣는 기분이 들었다.

청미의 생각이 변한 건 면담 대상 중 한 명인 김희서를 만나고 난 뒤였다. 김희서는 자신이 누군가 거부한 자리를 채우고 있다곤 생각하지 않았고, 개명해 갖게 된 한국 이름을 무척 좋아했다.

"나는 사랑과 행복을 찾으려고 한국에 왔어. 그게 전부야, 언니."

김희서는 누굴 만나든 존대를 하지 않았고, 연상으로 보이는 여성이라면 처음 만났더라도 무조건 '언니'라고 불렀다. 존대 표현을 배우지 않아서 쓰지 못한다고 말했지만 깜짝 놀랄 정도로 한국어를 잘 구사하는 걸 보면 일부러 쓰지 않는다는 걸 쉽게 짐작할 수 있었다. 나중에 김희서는 차별받은 경험을 말하며 존대 표현을 쓰지 않게 된 계기를 털어놓았다.

"한국 사람들, 나를 무시하고 싶으면 반말해. 그래서 나도 반말했어."

그의 진심이 드러났던 날 청미는 큰 소리로 웃었다.

"희서씨가 그 말을 할 때 좋았어. 그전과는 뭔가 달랐거든."

뭐가 달랐는지 묻자 고심하던 청미는 뜻밖에도 눈빛이라고 답했다.

이후 네번째 면담 날에 김희서는 청미에게 두툼한 노트를 빌려주었다. 그건 김희서가 한글로 쓴 일기였다.

나는 경계가 없는 사람이고 용감한 사람입니다. 국경 넘어 사랑과 행복을 찾아다니는 지구 시민입니다. 그러므로 나는 여기저기에 있고, 너무나 많습니다. 앞으로 더 많아졌으면 좋겠습니다.

김희서는 '지구'와 '시민'이라는 단어에 각각 동그라미를 치고 별표를 그려놓았다. 그리고 독특하게도 존대 표현으로 일기를 썼다. 나는 김희서가 타인에게 말할 때와는 달리 일기를 통해 자신에게 말할 땐 존대를 쓴다는 점이 흥미로웠다.

김희서가 주저 없이 한국행을 택한 이유 중 하나는 한국 로맨스 드라마 때문이었다. 드라마 속 한국은 멋지고 깨끗했으며, 한국인은 다정한 말과 행동을 했다. 그러나 김희서가 실제로 목격한 한국과 한국인의 모습은 드라마와는 판이했다. 김희서가 그렇게 말했을 때 청미의 얼굴은 붉어졌고, 김희서를 돕고 싶은 마음이 강하게 들었다. 청미가 희서씨를 돕고 싶다고 말하자 김희서는 화를 냈다.

"나를 왜 도와. 언니는 내가 부족한 사람이라고 생각해?"

청미는 친구라고 생각합니다, 라고 대답하려 했지만 하지 못했다. 친구라니. 고작 네 번을 만났다고 친구라니. 청미는 애먼 나를 붙잡고 길게 한탄하다 결국 김희서에게 사과 편지를 썼다. 그러나 김희서에게 편지를 전하지 못했다. 마지막 면담 날 김희서가 센터에 오지 않았고, 전화도 받지 않았기 때문이었다. 남편에게 미용실에 다녀오겠다 말하고 집을 나선 뒤 그대로 사라져버렸다는 것을 청미는 나중에 센터 직원에게서 전해들었다. 김희서의 일기장은 여전히 청미의 가방 안에 있었다.

어두운 상영관 안으로 들어서자 거의 비어 있는 좌석들이 보였다. 예매해둔 자리에 앉았는데 맨 앞자리에 나란히 앉아 있던 관객 두 명이 주위를 두리번거리다 나와 눈이 마주쳤다. 둘 다 칠십대 정도로 보이는 노인이었다. 의외였다. 저들이 즐겁게 볼 수 있는 영화가 아닐 텐데. 상영관을 잘못 찾아온 게 아닐까. 나는 그들이 신경쓰여 영화를 보는 도중에도 한 번씩 눈길이 갔다. 그들은 한동안은 꼼짝도 하지 않고 영화에만 집중했다. 그러다 할머니가 좌석에서 일어나더니 스크린 앞을 가로질러 밖으로 천천히 걸어나갔다. 잠시 후 할머니는 다시 극장 안으로 천천히 걸어들어와 자리에 앉았다. 영화가 끝나자마자 할아버지가 큰 소리로 외쳤다. "끝이야?" 나는 속으로 답했다. 네, 끝입니다.

백화점 지하 푸드코트로 내려가 조각 피자와 콜라를 사 먹고 밖으로 나왔다. 지하철역 방향으로 걷고 있을 때 인경에게서 전화가 걸려왔다. 인경은 아무래도 자정이 넘어야 일이 끝날 것 같다고 투덜거렸다. 그러고는 영화가 어땠는지 물었다. 나는 혼자 봐서 더 재밌었다고 대답했다. 인경이 작게 웃고 나서 말했다.

"여행 가자. 마미가 경주에 가야 할 일이 있대."

내가 대답을 망설이자 인경은 능이 보이는 곳으로 숙소를 잡아놓겠다고 했다.

"세오 너, 능 좋아하잖아."

작년 봄에 인경과 함께 경주로 여행을 가서 고분 사이를 산책했던 기억이 떠올랐다. 그때 나는 능을 보는 게 참 좋다고 말했고, 인경은 내게 그게 왜 좋은지 물었다. 내가 뭐라고 대답했더라. 죽음을 가까이서 보면 어떤 일이든 담담하게 대처할 수 있을 것 같다고 했었나. 인경이 뒤이어 했던 말은 기억에 고스란히 남아 있었다. 인경은 무덤을 볼 때마다 열렬히 사랑할 수 있는 시간이 얼마 남지 않은 것처럼 느껴진다고 말했다. 나는 연애에 아무런 관심 없는 인경이 그런 말을 하는 게 웃겨서 열렬히 사랑할 사람이 있기나 한지 물었다. 그러자 인경이 말했다. "네가 나에 대해 다는 모르잖아." 그 말에 나는 아무런 대꾸도 하지 못했다.

*

일주일 뒤에 우리는 인경의 차를 타고 경주로 향했다. 인경과 청미가 교대로 운전했고, 운전이 서툰 나는 뒷좌석에 앉아 가는 호사를 누렸다. 청미는 김희서를 만나러 경주에 가는 거라고 말하면서도 김희서가 왜 경주에 있는지, 어떻게 된 상황인지는 자세히 알려주지 않았다. 물어도 딴소리만 했다.

인경은 가는 동안 자주 휴대폰 화면을 들여다보았다. 아직도 연락이 없냐고 묻자 그렇다는 답변이 돌아왔다. 인경은 이틀 전부터 설경 언니의 연락을 기다리는 중이었다. 인경이 잘

지내는지 묻는 메시지를 보내도 아무런 답이 없다고 했다. 얼마 전 설경 언니는 형부와 함께 서울을 떠나 한 바닷가 마을로 이사했다. 충동적으로 내린 결정 같아 보였기에 인경은 내내 언니를 걱정하고 있었다.

경주에 도착하니 늦은 오후였다. 황리단길 근처에 주차를 하고 나서야 청미는 우리에게 김희서의 상황을 알려주었다. 김희서는 인터넷 커뮤니티에서 알게 된 친구를 만나기 위해 경주에 와 있으며 일기장을 돌려받길 원한다고 했다. 인경과 나는 그게 말이 되냐고 동시에 물었다. "택배로 보내면 되는데 뭐하러 여기까지 온 거야?" 청미는 단호한 표정으로 고개를 저었다. "분실되면 절대로 안 되니까. 그리고 깨질 수도 있고."

일기장이 어떻게 깨질 수 있는지 묻자 청미는 말없이 트렁크를 열더니 캐리어에서 작은 종이 상자를 꺼냈다. 상자 안엔 포장용 에어캡으로 둘둘 감아놓은 유리병이 들어 있었다. 한 손에 쥘 수 있을 정도로 작고 둥글며 입구를 코르크 마개로 막아놓은 빈병이었다.

김희서는 로데오거리에 위치한 이층짜리 스타벅스에서 우리를 기다리고 있겠다고 했다. 일층에서 주문을 하고 청미와 내가 먼저 계단을 따라 이층으로 올라갔다. 홀로 들어서자 이주 여성들이 곳곳에 앉아 커피를 마시는 광경이 눈에 들어왔다. 나는 누가 김희서인지 알 수 없어서 그들을 힐끗힐끗 쳐다보았다. 그사이 인경이 커피 세 잔을 들고 올라왔다. 사람들 사이에서 김희서를 발견한 청미가 손을 흔들며 창가 쪽 테이블로 걸어갔다. 김희서는 예상했던 것보다 앳된 얼굴이었다. 체구도 작아 언뜻 보면 십대 소녀 같기도 했다. 얼굴이 동그랗고 눈빛에 총기가 있었다. 그런데 가까이서 보니 어두운 피부색의 광대 아래 희끄무레한 멍자국이 있었다.

자리에 앉자마자 청미는 우리를 김희서에게 짧게 소개하더니 서둘러 종이 상자와 일기장을 꺼냈다. 안부를 묻고 저간의 사정을 듣기엔 시간이 너무 부족하다는 듯이. 마치 누군가에게 쫓기고 있는 것처럼 급히 서두르는 몸짓이었다. 김희서는 커피잔을 옆으로 치우고 상자를 열어 안에 든 유리병을 꺼냈다. 그리고 두 손으로 그것을 조심스레 감싸쥐고서 눈을 감았다. 김희서의 얼굴에 안도감이 퍼졌다. 무척 소중한 물건이라는 것을 표정만 봐도 알 수 있었다. 마침내 김희서가 눈을 뜨더니 청미에게 말했다.

"고마워요, 언니."

나는 청미에게 존대를 하는 김희서의 얼굴을 물끄러미 보았다. 청미가 당부하듯 말했다.

"어디에 있든 일기는 계속 써요. 나는 희서씨가 자신이 누군지 잊지 않으려고 노력하는 게 좋아요. 그리고…… 증거가 될 수 있을 거예요. 희서씨가 겪은 일들에 대한 기록이 여기 다 있잖아요."

김희서는 고개를 끄덕였다. 나는 그녀가 울지도 모른다고 생각했고, 우는 모습을 낯선 사람에게 보이고 싶진 않을 것 같아서 고개를 돌렸다. 청미가 연이어 말했다.

"소중한 기록을 나에게 보여줘서 고마워요."

만남은 깜짝 놀랄 정도로 짧았다. 김희서가 먼저 떠난 뒤 우리는 남은 커피를 천천히 마셨다. 청미는 아무런 말도 하지 않은 채 내내 생각에 잠겨 있었다. 이제 두 번 다시 김희서를 만날 수 없으리라고 예감한 듯한 얼굴이었다.

카페 밖으로 나오자마자 나는 청미의 팔짱을 꼈다. 인경도 반대편에서 똑같이 했다. 청미는 팔짱을 풀더니 우리에게 앞서 걸으라 하고는 뒤따라오며 말했다. 김희서에게 전해준 유리병이 무엇인지를. 그것은 김희서의 고국에 있는 어린 동생들이 김희서에게 준 선물이었다. 동생들은 유리병 안에 차례로 숨을 불어넣어 온기를 가득 채운 뒤 코르크 마개로 입구를 꼭 막았다. 그리고 한국으로 떠나는 언니에게 선물로 주었다. 김희서는 캐리어 깊숙한 곳에 그것을 넣고서 한국행 비행기에 몸을 실었다. 한 손으로 감싸쥘 수 있는 작고 둥근 병 안에 동생들의 따듯한 숨이 담겨 있었다.

"그런데 그 병을 왜 네가 갖고 있었던 거야?"

김희서와 연락이 두절되었던 기간 동안 청미는 실마리가 될 만한 뭐라도 찾기 위해 김희서의 일기장을 꼼꼼하게 읽었고 유리병에 대해 알게 되었다. 용기를 내어 김희서의 집으로 찾아간 청미는 거실 장식장 선반에 있던 유리병을 훔쳐오는 데 성공했다. 도대체 그 집에 어떻게 들어간 건지, 병을 훔칠 때 김희서의 남편은 없었는지 물었으나 청미는 대답해주지 않았다. 다만 일기장을 다 읽고 나서야 김희서의 남편이 어떤 사람인지 알게 되었고, 병을 훔쳐올 수밖에 없었다는 말만 했다.

"센터 직원한테 귀띔해주면 되잖아. 그러면 그 사람이 도왔을 텐데. 넌 깊이 개입하지 말지 그랬어."

이젠 청미가 모두의 마미가 되는 일은 그만했으면 싶었다. 자기 몸 하나 건사하며 살기도 힘든데. 청미는 내 말에 아무런 대답도 하지 않다가 대신 김희서의 남편이 어떤 사람인지 자세히 알려주었다. 그는 김희서가 소중하게 생각하는 것들을 빼앗아 인질로 삼는 사람이었다. 처음에 그건 가족과의 전화였고 그다음엔 수강중인 인터넷 강의와 통장이었으며 마지막은 휴대폰이었다. 청미는 일기장을 다 읽고 나서야 그걸 알게 되었고, 만일 김희서가 집에 유리병을 두고 도망쳤다면 자신이 꼭 가져다주리라 결심했다. 일기장에 쓰여 있듯 유리병이 장식장 선반 안쪽에 없다면, 김희서는 자신에게 가장 소중한 걸 갖고서 도망친 것이니 더이상 걱정하지 않겠다고 다짐했다. 청미는 그렇게 마음먹고 유리병을 훔쳐왔다. 그리고 얼마 안 돼 김희서가 지원 센터를 통해 청미에게 연락해왔고 두 사람은 경주에서 만날 약속을 잡았다.

"남편이라는 놈은 희서씨가 바깥세상과 연결될 수 있는 것들을 빼앗으려고 한 거네?"

"그런 것 같아."

"치사한 새끼."

"희서씨는 고국으로 돌아가지 않겠대?"

내 물음에 청미는 아마도, 라고 답했다. 유리병을 가져다주길 원했으니 김희서가 가려는 곳은 동생들이 있는 고국이 아닐 거라고 했다. 그러면서 김희서의 한국 체류 자격은 아이와 한국인 배우자의 존재 유무에 달려 있고, 아이가 없는 김희서는 남편과 함께 있지 않으면 더이상 한국에 체류할 수 없다고 덧붙였다. 그것이 한국에 체류하기 위해 혼인 파탄의 책임이 남편에게 있음을 입증해야 하는 이유였고, 청미가 김희서의 일기장이 증거가 될 수 있다고 말한 의미였다.

"너희들도 희서씨를 위해 기도해줘."

커다란 능 앞을 지나면서 우리는 걸음을 늦췄다. 청미가 잠깐 쉬었다 가자고 말했다. 마침 근처에 벤치가 있어 우리는 거기에 나란히 앉았다. 청미가 김희서의 일기를 읽어주겠다고 하더니 숄더백에서 작은 노트를 꺼냈다. "논문 참고 자료로 옮겨 적은 거야." 그러면서 우리에게 뒤돌아 앉자고 제안했다. 거리가 아니라 능을 보자고. 우리는 반대편으로 몸을 돌려 푸른 잔디가 촘촘히 돋아난 능을 마주보았다. 저 안에 영원히 잠든 누군가가 있었다. 그는 누워서, 우리는 앉아서, 그렇게 모두가 김희서의 마음을 듣게 되었다.

"중요한 문장을 군데군데 발췌해서 의미가 이어지게 연결했고, 어색한 문장은 매끄럽게 고쳐썼어. 그래서 원문이랑 문장 순서가 달라. 어쩌면 맥락도 달라졌을지 몰라. 내가 정리한 글은 원문과 다르게 투쟁적인 톤이야. 그걸 염두에 두고 들어줘."

나는 두 사람의 합작 글을 듣게 되는 것일까 생각하며 청미의 나직한 목소리에 귀를 기울였다.

당신들은 다른 나라로 이민 갈 때 어머니나 아버지가 되려고 가는 것입니까. 아니면 그곳에서 당신의 꿈을 이루기 위해 가는 것입니까. 나도 당신들과 똑같은데, 왜 나는 오로지 어머니만 되어야 합니까. 내가 배우자 비자로 한국에 왔다는 게 꼭 어머니가 되겠다는 맹세로 들리나요? 나는 결혼 이주 여성이라는 단어가 싫습니다. 차라리 나를 개척자라고 불러주세요. 나는 새로운 삶을 개척하기 위해 이곳에 온 사람입니다. 한국은 내가 어머니가 되길 바라지만 나는 그저 행복한 사람이 되고 싶습니다.

나는 나의 새로운 이름이 마음에 듭니다. 김희서. 내가 다른 나라로 떠난다면 그때 갖게 될 이름도 마음에 들 것입니다. 나에게 이름이란 수없이 많이 가질 수 있는 것 중 하나입니다. 유일한 것이 아닙니다. 나는 아직 오지 않은 나와 연결되어 있습니다. 당신들은 나를 하나의 이름 안에 가둬둘 수 없습니다.

나도 몰랐습니다. 내가 사랑을 받고 사랑을 주는 경험을 중요하게 생각하는 사람이라는 걸. 그러나 남편은 나에게 사랑을 주지 않았고 나를 쓸모없는 사람으로 취급했습니다. 나는 그를 용서할 수가 없습니다. 남편이 집에서 나가라고 말했을 때 나는 생각했습니다.

내가 살고 있는 집은 누구의 집입니까? 당신의 집입니까? 우리의 집입니까?

나는 행복하게 살기 위해 이곳에 왔는데 아무도 그것을 중요하게 생각하고 있지 않다는 걸 알아버렸습니다. 나는 절망했습니다.

청미가 낭독을 마치자 능으로 강한 바람이 불어 잔디가 일시에 옆으로 기울어졌다. 나는 그 광경을 보며 희서씨의 일기에 답장을 써주고 싶은 충동을 느꼈다. 하지만 시간이 흐르면 결국 낭독의 순간조차 잊을 것임을 알기에 조용히 마음을 접었다. 그저 순간의 슬픔을 고스란히 끌어안았다.

2

 인경은 마침내 전화를 받은 설경 언니와 길게 통화했다. 말미에 언니는 인경에게 보고 싶다고 말했고, 인경은 전화를 끊고서 눈물을 흘렸다. 우리는 아침식사로 시래깃국을 한 그릇씩 비우고서 서둘러 경주를 떠났다.
 차는 해안선을 따라 달렸다. 나는 바다와 인접한 도로에 들어설 때마다 차창을 내리고 한 손을 내밀었다. 바다 냄새를 맡겠다고 코를 킁킁거리기도 했다. 경주에서 포항으로, 해안선을 따라 북쪽으로. 줄곧 북쪽으로. 차는 내비게이션이 안내하는 경로를 충실히 달렸다. 인경과 청미가 고카페인 음료를 마시며 교대로 운전대를 잡은 덕분이었다. 인경이 설경 언니의 집에 가자고 한 건 충동적인 제안이었지만 아무도 반대하지 않았다. 그도 그럴 것이 설경 언니가 동생에게 낯간지럽게 보고 싶다고 말하는 캐릭터가 아님을 우리 모두 잘 알고 있어서였다.
 언니의 집이 가까워지자 드넓은 논과 밭, 비닐하우스와 컨테이너 건물이 연달아 보였다. 그것 말고는 볼 게 없어서 눈이 심심했다. 나는 고개를 기울이며 졸다가 커다란 마트를 발견하고 반가운 마음에 두 눈을 크게 떴다. 자세히 보니 동남아 식품을 파는 곳이었다.

*

 설경 언니는 곳곳에 잡초가 돋아난 마당의 평상 위에 앉아 있었다. 약간 무안할 정도로 반기는 기색이 너무 없었다. 언니는 가부좌한 채로 책을 읽던 중이었는데 열린 대문으로 들어서는 우리를 보더니 대뜸 뭐하러 여기까지 왔냐고 말했다. 우리를 반겨준 사람은 언니가 아니라 형부였다. 형부는 그새 햇볕에 많이 탄 것 같았고, 반백에 가까워 보일 정도로 새치가 많이 늘어 있었다. 언니와 형부가 서울에서 돈가스와 메밀을 파는 식당을 운영했을 때도 형부는 우리를 늘 반갑게 맞아주었다. 비록 일 년 만에 문을 닫았지만 말이다.

 "어서 와, 처제들."

 형부가 넉살 좋게 웃으며 우리를 집안으로 안내했다. 박공지붕을 올린 단층집이었는데, 방은 두 개였고 거실과 욕실이 무척 컸다. 형부가 집 뒤편에 백 평짜리 밭이 딸려 있다고 자랑스레 말했다. 짐 정리는 거의 다 끝나 있었고 아직 풀지 못한 짐은 책이 담긴 박스뿐이었다. 박스 맨 위에 『월든』이 보였다. 나는 형부가 뭔가를 단단히 오해하고 귀촌한 게 아닌지 심히 염려되었다. 여기서도 돈을 벌어야 하는 건 마찬가지일 텐데…… 인경이 가구는 어디서 구한 거냐고 물었다. 한눈에 봐도 죄다 중고 같았는데 설경 언니 부부가 쓰던 게 아닌 모양이었다.

"처제, 이게 다 기본 옵션이야."

"집주인이 좋은 분이신가보네요."

청미의 말을 듣고서 어느샌가 우리 곁으로 다가온 설경 언니의 표정이 미묘하게 일그러졌다. 인경이 언니에게 물었다.

"텃세 부리는 사람들은 없어? 외지인이 귀촌하면 그런 일이 많다고 하던데."

"내 눈엔 원래 여기 사는 사람들도 외지인으로 보여서……"

언니는 허공을 바라보며 의미가 모호한 말을 했다. 그때 형부가 바깥에서 나는 인기척을 듣고서 마당으로 얼른 나갔다. 언니와 우리도 분위기가 가라앉은 거실을 떠나 형부를 뒤따라갔다.

열린 대문을 통해 마당으로 들어선 사람은 오십대 정도로 보이는 남자였다. 아마도 근처에 산다는 집주인인 것 같았다. 그의 손엔 삼십 롤짜리 두루마리 휴지 한 팩이 들려 있었다. 뒤이어 젊은 여성이 나타났다. 그녀는 우리를 보자마자 활짝 웃었다. 어두운 피부색과 대비되는 하얀 치아와 경쾌한 단발머리 아래서 빛나는 금목걸이가 눈에 띄었다. 남자가 들고 있던 휴지를 평상 위에 내려놓았다. 형부가 그에게 취하는 태도는 조금 묘했다. 약간 비굴한 표정을 짓다가도 농촌 생활을 체험하러 잠시 들른 관광객처럼 빙글거리며 웃었다. 이 모든 게 자신의 진짜 삶은 아니라는 듯한 표정으로. 여자는 호기심어린 눈빛으로 우리를 쳐다보았다. 나 역시 여자를 힐끔거렸다. 남자가 설경 언니와 형부를 보며 말했다. "필요한 거 있으면 말해요. 젊은 사람들이 여기까지 와서 사는데 우리가 도와야죠."

형부가 겸연쩍은 표정을 지으며 뒷머리를 긁다가 뒤늦게 우리를 그들에게 소개해주었다. 인경은 인사치례로 집이 참 좋다고 말했다. 조용한 것 같다면서. 그러자 남자가 너무 조용해서 탈이죠, 라고 답했다. 그때까지 침묵하고 있던 여자가 설경 언니를 보며 말했다. "안 심심해요―"

억양이 약간 독특했다. 듣기에 따라 안 심심하다고 말하는 것 같기도, 심심한지 묻는 것 같기도 했다. 마침표나 물음표가 있어야 할 자리에 그 중간 기호가 붙어 있는 듯했다. 설경 언니는 아무런 대꾸도 하지 않고 고집스럽게 입을 꾹 다물고 있었다. 나는 언니의 표정을 살폈지만 무슨 생각인지 알 수 없었.

언니가 남자를 보며 말했다. "벌레가 너무 많아요." 남자는 못 들은 척 고개를 돌리더니 형부에게 딴소리를 했다. 평상에 앉아 삼겹살을 구워먹으면 그렇게 맛있다는 별 시답지 않은 얘기였다. 여자가 언니의 얼굴을 빤히 쳐다보다가 입을 열었다. "벌레를 무서워하면 벌레 많은 시골에서 못 살지요." 나는 여자의 눈빛에서 언니를 나무라는 기색을 읽었다. 여기 놀려고 왔어요, 살려고 왔어요, 그렇게 묻는 것도 같았다. 나 역시 언니의 태도가 마음에 들지 않았다. 여자를 애써 보지 않으려 하는 언니의 태도가 누구보다 여자를 강하게 의식하고 있는 것처럼 여겨졌다.

언니는 왜 저러는 걸까. 나는 팔짱을 끼고 한숨을 내쉬며 언니를 힐금거렸다.

*

집주인 부부가 돌아간 뒤 우리는 언니 부부와 함께 차를 타고 시내로 나갔다. 한참을 헤매고서야 영업중인 식당을 겨우 찾아냈다. 옻닭과 삼겹살을 파는 곳에서 삼겹살 오 인분을 주문했다. 우리 셋은 가라앉은 언니의 기분을 의식하느라 잔만 만지작거렸다. 형부는 음식이 나오기도 전에 소주를 잔에 따르더니 물처럼 거듭 마셔댔다.

"처제들, 요즘 귀촌이 트렌드잖아, 알지?"

형부는 금세 취해서 우리에게 자꾸만 허세를 부렸다. 내내 말이 없던 청미는 배가 고팠는지 삼겹살이 익자마자 입안으로 밀어넣기 바빴다. 설경 언니는 누런 벽지만 쳐다보았고 인경은 그런 언니의 눈치를 살폈다. 나 역시 언니의 표정을 간간이 살피면서 형부의 말에 귀기울였다. 형부는 귀촌의 의의와 앞으로의 목표와 전망, 자신의 포부 같은 것들을 끊임없이 늘어놓았다.

경주에서 차를 타고 이곳으로 오는 동안 인경은 우리가 몰랐던 언니와 형부의 사연을 자세히 들려주었다. 퇴사 후 차린 돈가스가게가 망하자 형부는 잠을 줄여가며 배달 일을 했고 그렇게 번 돈을 코인에 투자했다. 그러나 수익을 내기도 전에 언니가 임신했고, 두 사람은 그들의 재정 상태가 서울에서 아이를 낳아 기르기엔 어려운 수준이라는 것을 절감했다. 귀촌을 하면 층간 소음 걱정 없이 아이가 마음껏 뛰어놀 수 있는 집에 살 수 있고, 출산축하금과 양육지원금도 서울에서 살 때보다 많이 받을 수 있었다. 그러나 인경은 그게 문제가 아니라고 덧붙였다. 언니는 무척 속물적인 사람인데 본인만 그걸 모르고 있으며, 인과에 어긋나게도 비현실적인 선택만 하는 속수무책 캐릭터라고.

"내가 이 집을 얼마나 싸게 빌렸는지 알아?" 형부가 불콰해진 얼굴로 우리에게 물었다.

"얼마에 빌렸는데요?"

"백팔십."

"한 달에 백팔십이요?"

"무슨 소리야. 연세지. 일 년에 백팔십. 백 평짜리 밭도 포함해서."

"정말요? 나도 이런 데서 살아볼까?"

아무도 내 말에 대꾸하지 않았다. 인경은 형부에게 앞으로 뭘 해서 먹고살 생각이냐고 공격적인 어조로 물었다. 형부는 인경의 시선을 피하며 유튜브를 해볼까 한다고 답했다. 연세 내고 시골에서 살아보기, 그런 테마라고 했다. 나는 유튜버도 레드오션이 된 지가 한참 전인데 뒤늦게 저런 생각을 하는 형부가 미련해 보였다. 그러나 그런 마음을 감추고 엄지를 세우며 대박 날 것 같다고 무책임한 응원의 말을 퍼부었다. 그러고 나서 설경 언니의 표정을 살폈는데, 언니의 얼굴은 불 꺼진 성냥처럼 까맣게 타들어가 있었다.

"언니, 서울로 돌아가고 싶어?"

인경의 물음에 언니는 힘없이 고개를 저었지만 아니라는 대답은 하지 않았다. 인경은 언니에게 아이를 생각하라고, 산과 들을 뛰어다니며 자연을 벗삼아 자라날 아이는 언니의 이상향과 부합하지 않느냐고, 어쩐지 따지는 것처럼 말했다. 그러자 언니가 한숨을 쉬며 대꾸했다.

"나는 눈치가 빠르고, 미래가 너무 잘 보여서 문제야."

인경이 그게 무슨 소리냐고 물었다. 언니는 음료수 잔을 만지작거리다 입을 열었다.

"부동산에서 처음 집주인 부부를 만났을 때 기분이 좀 묘했어. 나는 서울에서 오래 살았잖아. 그런 결혼을 한 사람들을 가까이서 본 건 처음이고, 집주인으로 그런 사람들을 만난 것도 처음이라 어떻게 반응해야 할지 모르겠더라. 솔직히 내 눈엔 부녀처럼 보여. 왜 그런 결혼을 했을지 자꾸 생각하게 돼."

"언니, 그거 차별이에요."

타들어가는 삼겹살을 집으려던 청미가 젓가락을 거칠게 내려놓으며 말했다. 언니는 고개를 푹 숙이더니 젓가락 한 짝을 집어들고 기름장을 휘휘 저었다.

"나도 알아. 근데 자꾸 따라붙는 편견이 있어. 내가 어린 여자한테 사모님이라고 불러야 해서 이러는 게 아니라, 그냥 기분이 좀 이상하다는 거야. 서울에서 너무 오래 살았나봐."

언니는 인과관계가 없게 느껴지는 말을 하며 모든 걸 서울 탓으로 돌렸다. 형부가 언니 말에 열심히 고개를 끄덕이며 덧붙였다.

"지금 한국 사회의 진짜 모습은 서울이 아니라 지방을 봐야 알 수 있어. 이주노동자가 태반이고 다문화가정도 정말 많아. 서울에 살면 이런 걸 모르잖아. 서울 사람은 정말 무지해. 나도 여기 오기 전까진 그랬고."

청미와 나는 형부의 말에 선뜻 동의하지 못했다. 우리 둘 다 서울에 살고 있는 무지렁이였으므로. 나는 형부가 그저 말만 번지르르하게 하는 게 아닌지 의심했다. 인경은 형부의 말을 들은 체도 하지 않고 언니만 빤히 쳐다보더니 미래가 보인다는 말이 무슨 의미인지 걱정스러운 어조로 되물었다. 그러자 언니가 한 팔로 배를 지그시 감싸며 말했다.

"너희들, 여기에 한국인 엄마가 몇 명이나 있을 것 같아?"

나는 섣불리 짐작할 수 없어서 잘 모르겠다고 답했다.

"우리 포함해서 딱 두 가구야. 베트남, 태국, 캄보디아, 미얀마…… 그런 엄마들이 다수야. 나는 여기서 소수라고. 한국인인데 소수야."

언니의 표정은 무척 복잡해 보였다. 인경은 물론이거니와 청미와 나 역시 침묵했다. 예상 밖의 말이었다. 언니의 입장에서 생각해보려 고개를 기울이고 있는 동안 정적을 깨고 청미가 입을 열더니 적극적으로 언니를 설득하기 시작했다. 지금은 낯설고 서로 잘 모르는 사이니까 그런 거라고. 어떤 사람인지가 중요하지 어디서 나고 자랐는지가 뭐가 중요하냐고. 그러자 언니가 손을 크게 내저었다.

"난 여기 살고 있는 사람이라 하나하나 다 깊게 생각할 수밖에 없어. 너희들은 서울로 돌아갈 거잖아. 그래서 가볍게 생각할 수 있는 거야."

나는 언니가 저토록 걱정하는 게 무엇인지 정확히 알 수 없었다. 이곳이 마음에 들지 않으면 차라리 생활이 빠듯해지더라도 다른 곳으로 가는 게 나을 텐데. 언니에게 그렇게 말하자 또다시 상황을 제대로 이해하지 못하고 있다는 핀잔을 들었다.

"우리는 여기에 그냥 잠깐 머물려고 온 게 아니야. 정말로 살러 온 거라고. 우리가 여행 다니는 사람들처럼 즐거워 보여?"

나는 아무런 대답도 하지 못했다. 형부는 말없이 술만 마셨다. 나는 그런 형부의 얼굴을 보다가 이들은 서울로 돌아올 생각이 없다는 걸 뒤늦게 깨달았다. 아마 인경도 나와 비슷한 짐작을 했을 것이다. 귀촌을 포기하고 언젠가 돌아올 거라고. 그런 시도는 살면서 한 번으로 족하다고. 하지만 언니와 형부는 진지했다. 발이 무거웠다. 이들은 아이를 낳아 잘 기를 수 있는 곳, 평생 발붙일 수 있는 곳을 찾고 있었다. 나는 언니와 형부의 마음을 그제야 깨달았고 뒤미처 이들은 자신들이 마음에 드는 곳을 영원히 찾지 못할 거라는 예감이 들었다.

그런 곳은 없다. 나는 그걸 알고 있지만 언니와 형부는 모르는 것 같았다. 혼자 살아도 마음에 쏙 드는 안전하고 평온한 곳을 찾지 못하는데 하물며 아이와 함께 살아갈 곳이라니. 아이를 생각하면 얼마나 더 많은 조건이 붙을까. 아이를 기준으로 삼으면 이 세상에 과연 안전하고 평화롭고 행복한 곳이 있을까. 나는 언니에게 묻고 싶었다. 언니는 아이가 아무런 시련 없이 어른이 되길 바라는 거냐고. 언니의 가정이 아무런 갈등 없이 유지되길 바라는 거냐고. 언니, 모든 인간은 갈등을 겪으면서 살아가는 거야. 나는 그 말을 속으로 삼켰다.

쓸쓸한 표정으로 소주잔을 만지작거리던 형부가 말했다.

"처제들, 나는 귀촌이 인류의 미래라고 생각해. 도시인은 끝났어. 왜인지 알아? 기후 위기가 심각해지면 식량 위기가 뒤따라올 텐데 도시 것들이 뭘 알아. 자기 손으로 농사나 지어봤어? 나중에 진짜 식량 위기가 오면 도시 사람들은 농촌 사람들한테 애교 부리면서 빌어먹고 살아야 할지도 몰라. 길고양이가 도시 사람들한테 하듯이."

"형부, 길고양이 모독하지 마요." 인경이 쏘아붙였다.

"알았어, 처제. 사과할게. 내 말은 도시인들이 무능하단 뜻이야. 나는 무능함에서 탈출하고 싶었어. 다들 내가 월급 못 받으면 죽을 사람처럼 말하는데, 아니라고. 내 손으로 농사지어서 먹고살 거야. 남의 똥 안 치워줄 거야. 결국 그게 가장 중요해. 자기 손으로 뭘 만들어낼 수 있는지가."

나는 형부의 말을 들으며 생각했다. 나는 도시에서 살아야 하는 도시 사람이고, 남의 똥을 치워주고 살아왔으며, 앞으로도 그래야 한다. 그게 나의 삶이라고 여겨왔는데 설정 언니와 형부는 다른 것을 찾아냈다. 하지만 그것도 결코 녹록지 않아 보였다. 이상향을 찾아다니는 삶만큼 고된 것도 없으니까. 나는 도시에서의 내 자리가 얼마나 작고 보잘것없는지 잘 알면서도 도시를 벗어나지 못한다. 벗어나는 순간, 굶어죽을 거야. 그런 공포에 오래전부터 잠식된 상태였다.

인경이 소주를 잔 가득 따라서 한 번에 마시더니 천천히 입을 열었다. "언니. 우리는 평생 다수로 살았잖아. 서울에선 그랬잖아. 한 번도 소수였던 적이 없잖아. 그래서…… 언니가 이렇게 된 것 같아." 인경은 적극적으로 언니 편을 들어주기로 마음먹은 듯했다. 언니의 잘못이 아니라고. 언니가 차별주의자가 된 건 겉으론 매끈해 보이지만 속으론 곪아터진 서울 탓이라고. 설경 언니는 두 손으로 이마를 감쌌다. 서울이 자신을 그렇게 만든 것에 분노한 걸까, 아니면 동생이 옹호해준 억지 논리가 창피해서 얼굴을 가린 걸까.

형부가 주목하라는 듯이 손뼉을 쳤다. "처제들, 고생하면서 잘 살면 되는 거야."

"뭐라고요?"

"고생하면서 잘 살라고."

"……고생하면 잘 살지 못하는 거 아닌가."

내 말에 아무도 대꾸하지 않았다.

*

언니의 집으로 돌아온 우리는 차례로 머리를 감고 편한 옷으로 갈아입은 뒤 다시 대문 밖을 나섰다. 언니는 아무데서나 담배 피우지 말라고 우리에게 신신당부를 했다. 동네 어른들이 보면 눈살을 찌푸릴 것이고, 꽁초를 아무데나 버렸다가 불이라도 나면 큰일이라고. 인경은 알겠다고 큰 소리로 답했지만 청미는 평상에 내려앉은 잠자리를 쳐다보는 척 딴청을 피웠다.

우리는 언니가 알려준 산책길을 나란히 걸어갔다. 한참 걷다보니 아담한 초등학교가 나왔다. 단층 건물에 작은 운동장이 붙어 있었는데, 그곳에서 네 명의 아이가 모여서 '무궁화꽃이 피었습니다' 놀이를 하는 중이었다. 운동장 벤치에 앉자 잠자리떼가 우리를 둘러쌌다. 우리는 가만히 앉아 아이들을 바라보았다. 술래를 빼고 세 명의 아이는 생김새에서 풍기는 분위기가 엇비슷했다.

아이들은 술래를 향해 걸어가다 멈추고 우르르 뛰어가다가 다시 멈추었다. 아이들을 바라보는 동안 차츰 깨달았다. 세 아이가 술래를 대하는 태도가 이상하다는 것을. 술래가 움직이는 아이를 잡아내도 나머지 아이들은 게임 규칙을 지키지 않았다. 급기야 술래의 뒤통수를 때리고 도망치거나 엉덩이에 발길질을 하기도 했다. 한번은 술래가 돌아보자 자기들끼리 둥그렇게 모여 팔을 두르고 작전 회의를 했다. 세 명의 아이가 술래를 자꾸 밀쳤을 때, 인경이 벤치에서 벌떡 일어났다. 청미가 인경을 말렸다. "그냥 내버려둬." 인경은 왜 그러냐는 표정으로 청미를 돌아보았다.

"우리가 개입한다고 나아질 일이 아니야. 우린 곧 떠날 사람들이잖아."

인경은 머뭇거리다가 다시 벤치에 앉았다. 나는 청미의 말을 곱씹었다. 우리는 이곳에서 무슨 일이 일어나고 있는지 제대로 알지 못한다. 어쩌면 알고 싶지 않은 건지도 모르고. 형부 말대로 무지한 서울 사람이라서 그런 걸까. 이 모든 게 우리에게 닥칠 일이 아닌 것만 같아서.

계속해서 아이들을 지켜보던 인경이 결국 참지 못하고 다시 벌떡 일어나더니 운동장으로 빠르게 걸어갔다. 그러곤 아이들을 손짓으로 불러모아 무언가를 길게 말하더니 벤치로 돌아왔다. 인경을 의식했는지 아이들은 곧바로 운동장을 떠났다. 세 명의 아이가 앞장서 걸어갔고 술래는 그들을 뒤따라갔다.

인경이 벤치에 앉으며 말했다. "술래만 한국인 아이 같아."

"틀렸어. 다 한국인 아이야."

청미의 반박에 인경은 놀란 표정을 짓다 가만히 고개를 끄덕였다.

"……맞아."

우리는 한동안 침묵했다.

청미가 운동화 밑창으로 모랫바닥을 쓸며 말했다. "한국은 인구 소멸 국가가 될 거라고 하잖아. 근데 외모가 어떻든 한국 국적을 갖고 있는 사람들이 많이 살면 이 나라는 한국일 거야. 그렇지만 외국 국적을 갖고 있는 사람들이 많이 살아도 이곳이 한국이라는 건 변함없어. 한국은 언제 한국이 아니게 되는 걸까."

청미와 나는 꼬리를 물고 이어지는 질문과 답변을 주고받 았다.

"거주민이 한 명도 없는 한국은 그래도 한국일까?"

"아마도 한국이겠지. 영토의 경계선을 따라 한국이라고 명명하겠지."

"텅 비어서 경계선 바깥의 사람들이 옮겨와 살게 된다면, 그때도 한국이라고 말할 수 있을까?"

"할 수 있지만 실은 아니라고 봐야겠지. 그게 문제가 되어서 한국을 어떻게 정의할까 고민하는 사람들이 많아지기보단, 사람들은 그냥 한국에 들어와 살거나 살지 않겠지. 한국은 그저 땅일 뿐이니까."

"참…… 뜬구름 잡는 소리다."

인경이 툭 내뱉은 말에 청미와 나는 입을 다물었다.

우리는 벤치에 앉아 어둠에 서서히 잠겨가는 운동장을 바라보았다. 풀벌레 소리가 사방에서 점점 크게 들려왔고 처음 듣는 새소리가 귓가에 닿았다. 누군가를 애타게 부르는 것도 같았고, 누군가를 기다리다가 하도 심심해서 허밍으로 노래하는 것 같기도 했다. 청미가 주머니에서 담뱃갑을 꺼냈다. 인경이 청미의 팔을 툭 치더니 고개를 저었다. 청미는 담뱃갑을 주머니에 도로 넣고서 양볼을 크게 부풀렸다. 해가 지자 그 많던 잠자리가 일시에 사라졌다. 나는 잠자리가 어디에 앉아 잠드는지 궁금하다고 말했지만 아무도 대꾸하지 않았다.

나는 벤치에서 일어나 자박자박 모래 밟는 소리를 내며 운동장 한가운데로 걸어갔다. 문득 희서씨의 얼굴과 일기가 떠올랐다. 바로 전날 만났음에도 오래전에 만난 것 같다는 착각이 일었다. 그사이 많은 일이 있었기 때문일까. 아니지, 많은 일이 아니라 상반되는 일인지도 몰라. 아니지, 그 일들 사이엔 아무런 연관성이 없는지도 몰라. 그걸 찾아내려 애쓰면 섣불리 판단하고 깨달음을 얻었다고 착각해버릴지도 몰랐다. 나는 마음속으로 몰래 청미를 흉보았다. 차별하지 말라는 말은 얼마나 하기 쉬운가. 설경 언니를 판단하기엔 우리는 모르는 것이 너무 많았다. 이곳에서 살면 누가 차별받고 누가 차별하는지 뒤죽박죽 섞여버릴지도 모른다. 그럼에도, 모르는 것투성이임에도 나는 결국 언니를 내 생각대로 판단할 것이다. 서울에서의 나는 자주 똑똑한 척을 하니까.

청미와 인경이 동시에 벤치에서 일어나 나를 향해 걸어왔다. 집으로 돌아가는 길에 우린 어떤 이야기를 하게 될까. 적어도 설경 언니와 형부의 삶에 대한 이야기는 아니기를 바랐다. 우리는 아무것도 모르는 사람. 우리가 돌아갈 도시가 우리의 무지를 흔쾌히 가려주기에. 눈코 뜰 새 없는 그 바쁨으로. 이해가 느리면 뒤에 두고 먼저 가버리는 매정함으로. 마치 주문처럼 나는 나의 무지에 대해 읊조렸다.

"내일 아침에 출발할 거지?"

청미의 물음에 인경이 고개를 가볍게 끄덕였다. 우리는 운동장을 천천히 가로질러 교문을 향해 걸어갔다. 뜨듯한 바람이 불어와 흘러내린 땀을 느리게 식혀주었다. 문득 어릴 적 기억이 떠올랐다. 여름방학 때 학교에 갔던 일이. 무슨 이유였는지는 잊었다. 다만 내가 잘 안다고 생각했던 장소가 낯설게 느껴져 불안해했던 것만은 기억에 남아 있었다. 그리고 지금 어른이 되어 다시 찾은 여름방학의 학교는 그때만큼 낯설지 않았다. 그런 생각을 하며 걷다보니 어느새 인경과 청미에게서 뒤처졌다. 나는 두 사람을 따라잡으려 보속을 높였다. 그러는 동안 나의 절반은 이미 지나간 시절에, 다른 절반은 아직 오지 않은 계절에 둔 채로 멀리 떠나는 기분이 들었다.

잘지내고있어

"주연아, 동의서에 서명하지 마. 고모가 그거 말하려고 전화했어."

일몰이 시작될 무렵에 낯선 휴대폰 번호로 전화가 걸려왔다. 상대는 대뜸 내 이름을 부르며 서명하지 말라는 얘기부터 했다. 누구시냐고 물을 뻔했을 정도로 나는 '고모'라는 단어를 뒤늦게 인지했다.

"이십 년 만에 연락해서 할 소리 아닌 거 알지만…… 고모도 다 해봤어."

이어지는 고모의 말을 통해 나는 경비원으로 일하던 고모부가 사 년 전 뇌경색으로 쓰러졌고, 오랜 기간 요양 병원에 입원해 있다가 작년에 돌아가셨다는 사실을 처음으로 알게 됐다. 그럼에도 찾아뵙지 못해 죄송하다는 말이 입 밖으로 나오지 않았다. 고모부가 손가락 하나 까딱하지 못하고 눈 한 번 뜨지 못한 채로 가족의 희망과 기대를 무참히 저버리고 저세상으로 갔으며, 아버지 역시 그럴 게 틀림없다는 고모의 말을 듣고 나선 미안한 마음보다 은근한 미움이 앞섰다.

"나중에 날 원망해도 괜찮아. 주연아, 연명 의료 그거 정말 힘들다. 오빠도 자식한테 그런 짐 지우는 거 반대할 거야. 아빠 편하게 보내드려라."

나는 고모가 아버지에게 원한이 있었던 게 아닐까 생각했다. 아버지가 쓰러진 지 이 주밖에 안 됐는데 편하게 보내드리라는 말을 듣고 있으려니 그랬다.

"고모부가 쓰러지셨을 때 고모는 기관 절개에 동의하셨어요?"

"내가 아니라 정민이가 했어. 내가 병원에 늦게 도착하는 바람에 정민이가 아버지 살린다고 뭣도 모르고 연명 의료 동의서에 서명했지. 고모부 목에 구멍 뚫고 인공호흡기를 달았어. 주연아, 잘 들어라. 인공호흡기를 달면 아무도 못 떼. 국가가 막아."

"국가가 막는다고요?"

"그래. 그거 떼면 살인이래. 그래서 어쩔 수 없이 삼 년 동안 요양 병원에 있었던 거야. 돈이 얼마나 많이 들었는지 몰라.

고모가 고생을 너무 많이 했어."

구체적으로 일 년에 얼마가 들었는지를 물었다. 곧 내게 닥칠 수도 있는 일이었다. 고모가 선뜻 알려준 비용은 내 예상의 두 배를 넘는 금액이었다.

"삼 년 동안이나 그걸 어떻게 감당했어요?"

고모는 달리 방법이 없어 온 가족이 고생을 너무 많이 했다면서 약간 울먹였다. 그러다 갑자기 맥락에서 벗어난 말을 했다.

"그건 오만원. 그거 드려요?"

무슨 상황인지 어림하지 못하는데 고모가 말했다.

"주연아, 미안. 고모가 지금 일하는 중이야. 구청에서 이불 팔고 있어. 여섯시까지 하는 건데 이제 거의 다 끝나가."

이십 년 동안 모르고 살았던 고모의 일상이 눈앞에 그려졌다. 구청에서 이불을 팔고 있구나. 이불을 팔아야 하는데 조카에게 전화해 오빠를 빨리 보내주라는 말도 해야 하는 고모의 입장을 뒤미처 헤아려보게 되었다.

"고모부는 산재 인정받았어요?"

"계속 안 되다가 작년에 겨우 됐어."

"잘됐네요."

나는 잠시 침묵했다. 고모네 가족은 노력에 대한 보상을 늦게라도 받았다. 고모도 나와 비슷한 생각을 했는지 가라앉은 목소리로 말했다.

"오빠는 산재가 안 될 거야. 자기 식당에서 일하다 쓰러진 거라서."

"알아요."

"너랑 세연이가 힘들어서 안 돼. 결혼도 안 한 애들한테 그런 짐을 짊어지게 하면 안 되지."

아버지의 연명 치료 여부에 대해 이야기하는 이십 분 남짓한 통화로 우리 사이에 존재하던 이십 년의 간극이 순식간에 사라졌다. 아버지와 왕래가 끊긴 지 오래되어 친가 쪽 경조사에도 참석하지 않았던 나는 고모의 소식을 전해들을 수 없었던 사정을 그제야 설명했다. 하지만 고모는 그 이유를 이미 잘 알고 있는 듯했다.

"아빠가 이혼하고 나서 다른 여자랑 살았던 거 알아요?"

"그래, 들었어."

"둘이 혼인신고를 안 했대요. 법적 보호자가 나하고 세연이예요."

"그래서 내가 언니한테 부탁했어. 오빠 폰에서 니 번호 좀 찾아달라고."

고모는 아버지와 함께 살았던 여자를 '언니'라고 칭했다. 그 여자를 인정했구나. 나는 고모에게 약간의 배신감을 느꼈다.

"주연아, 고모 말 들어. 내가 삼 년이나 해봤잖아. 만약에 오빠가 안 죽고 오래 버티면 언니가 뒷바라지 못한다. 고작 일

년 해줄까 말까야. 혼인신고도 안 했는데 도망가버리면 그만이지. 그렇게 되면 너랑 세연이가 다 해야 한다. 그러니까 동의서에 서명하지 말고 기관 절개도 하지 마. 아무것도 하지 말고 편히 보내줘."

내가 아무런 대답도 하지 않자 고모가 연이어 말했다.

"길 가는 사람들한테 물어봐. 이런 상황에서 어떻게 해야 하는지. 다 똑같은 대답 할 거야. 니가 잘못했다고 말할 사람 한 명도 없어. 이건 얼마나 걸릴지 아무도 몰라."

고모는 해볼 만큼 다 해봤잖아. 그러니 나한테 하지 말라고 할 수가 있지. 나는 고모에게 하지 못한 말을 속으로 되뇌었다. 하지만 고모가 이십 년이라는 간극을 의식해 내게 연락하지 않았더라면 나와 세연의 미래는 지금과 아주 다른 모습이 되어 있을 것이다. 그래서 나는 아무런 반박도 할 수가 없었다.

널따란 건물 옥상에 겨울바람이 차갑게 불어왔다. 퇴근하려면 아직 한 시간이나 더 기다려야 했다. 이대로 사무실로 돌아가 아무렇지 않은 표정으로 남은 업무를 처리하는 건 불가능할 것 같았다. 나는 한참 동안 멍하니 바람을 맞다가 세연에게 전화를 걸었다. 내일 오후에 기관 절개 시술이 예정되어 있었다. 그걸 하지 않으면 바이러스에 감염되거나 이물질이 기도를 막아 아버지가 돌아가실 수도 있다고, 어제 오후에 세연이 내게 알려주었다.

*

 일요일이라 그런지 구내 편의점은 문이 닫혀 있었다. 나는 로비에 놓인 소파에 앉아 세연을 기다렸다. 아버지가 쓰러졌다는 연락을 제일 먼저 받은 사람은 내가 아니라 세연이었다. 세연이 아버지의 가게 근처에 살면서 김치와 밑반찬을 종종 가져다 먹었다는 사실을 나는 뒤늦게 알았다. 부모님의 결혼생활이 엉망이 된 건 우리가 아주 어릴 때부터였으나, 합의이혼 후 아버지가 함께 살기 시작한 여자가 예전부터 알고 지낸 사람이었다는 게 마음에 걸렸다. 나는 아버지에게 외도를 했는지 직설적으로 묻는 대신 거리를 두었다. 마지막으로 얼굴을 본 게 삼 년 전, 통화한 게 석 달 전이었다. 아버지가 내게 부탁할 것이 있다며 걸어온 전화였다.
 "주연아, 니 연봉이 얼마나 되나? 삼천 넘나?"
 "갑자기 그건 왜 물어?"
 아버지는 의료비 수급 신청 서류에 기입해야 한다고 덤덤히 답했다. 내 연봉은 삼천만원에 못 미쳤지만 나는 사실대로 말하는 대신 알려주고 싶지 않다며 심통을 부렸다.
 "그럼 니가 직접 와서 써. 나는 안 볼 테니까 와서 써주고 가."
 그게 우리의 마지막 대화가 될 줄도 모르고 나는 바빠서 당장은 못 간다고 어깃장을 부리며 전화를 끊었다. 엄마와 함께 살고 있던 나는 그 시기 이사갈 집을 구해야 했고, 돈 문제로 큰 스트레스에 시달렸다. 아버지의 연이은 사업 실패로 엄마는 이혼할 때 재산을 한푼도 나누어 받지 못했고, 세연과 나는 우리의 미래 때문에 자주 우울해졌다. 우리 자신도 버거운데 엄마의 노후까지 책임져야 해서였다. 아버지 역시 모아놓은 재산이 없어 의료비 수급을 신청하려는 눈치였다.

에스컬레이터를 타고 내려오는 세연의 모습이 눈에 들어왔다. 나 못지않게 표정이 어두웠다. 우리는 아무 말 없이 로비 데스크로 가서 방문증을 받은 뒤 엘리베이터에 올라탔다. 신경계 중환자실 앞에 도착해 세연이 인터폰으로 간호사에게 연락했고, 나는 보호자 대기실에 앉아 티브이를 보고 있는 사람들을 둘러보았다. 다들 무심한 표정으로 예능 프로그램을 보고 있었다. 세연이 내 곁에 앉으며 나직하게 말했다.

"여기서 아버지 상태가 가장 심각한 거 같아. 의사가 다른 보호자들이랑 면담할 땐 서로 웃기도 하고, 언제쯤 일반 병실로 갈 수 있을 거다, 그런 말들을 하는데 아버지에 대해선 항상 똑같은 얘기만 해. 의식이 돌아오지 않았다, 뇌경색이 넓은 부위에 걸쳐 왔다, 앞으로 어떻게 될지 장담할 수 없다, 그런 말만."

의식이 돌아올 가망이 얼마나 있는지, 우리가 가장 알고 싶은 것은 그것이었으나 의사는 좀처럼 확답을 주지 않았다. 나에게서 고모의 말을 전해들은 세연이 병원에 전화를 걸어 기관 절개 시술을 며칠만 보류해달라고 요청하자 눈치 빠른 간호사가 연명 의료 관련 부서를 연결해주었다. 그곳에서 우리를 더욱 고민하게 만드는 대답이 돌아왔다. 기관 절개는 연명 의료에 속하지 않기에 시술하는 편을 추천한다는 것이었다. 나는 즉시 결정을 내리는 대신 뇌성색 환자 인터넷 카페에 가입해 비슷한 사례를 찾아보았고, 고모 말대로 기관 절개를 해도 상태가 악화된 사례가 꽤 있다는 것을 알아버렸다.

십여 분을 기다리니 의사가 숨을 헐떡이며 나타났다. 우리를 만나기 위해 다급히 온 것 같았다. 그에게 아버지가 깨어날 가망성에 대해 묻자 예의 애매모호한 대답이 돌아왔다. 나는 기관 절개가 연명 의료에 해당되지 않더라도 연명 의료에 가까운 치료 단계로 볼 수 있는지 물었고, 의사는 내 생각을 짐작했는지 이번에는 순순히 답했다.

"이 경우엔 그렇게 볼 수도 있습니다."

의사의 확답을 듣고서도 선뜻 결정을 내리기가 어려웠다.

"만일 아버지의 의식이 돌아온다면 몸을 움직일 수 있을까요?"

"현재로서는 알 수가 없어요."

"선생님이 생각하시기에 의식이 돌아올 가능성이 있을까요?"

"그것도 확답을 드리기가 어렵네요. 그래도 지표가 나빠지진 않았어요. 어젯밤부터 호흡이 다시 안정돼서 절개를 좀더 미뤄도 될 것 같아요."

세연과 나는 동시에 서로의 얼굴을 쳐다보았다. '안정'이라는 단어에 온 신경이 집중되었다.

"깨어날 수도 있나요?"

"그건 모릅니다. 이 상태로 십 년을 가기도 하고 하루아침에 안 좋아지기도 해요. 이틀 정도 더 지켜보고 호흡이 계속 안정적이라면 일반 병실로 옮겨도 될 것 같긴 합니다."

세연도 나처럼 의외라는 표정을 지었다. 연명 의료를 포기하느냐 마느냐를 두고 한창 고민하는 중인데 중환자실에서 나올 수 있다니. 예상했던 상황과 달랐다. 우리의 표정을 번갈아 살피던 의사가 이어 말했다.

"요양 병원 말고 일반 병원에 계시는 걸 추천해요. 그리고 간병인을 잘 구하셔야 합니다. 욕창으로 인한 감염 증세로 다시 돌아오시는 경우가 종종 있거든요."

그 말은 아버지에게 희망이 있다는 의미로 들렸다. 나는 기대감을 드러내며 물었다.

"일반 병실로 옮겨도 된다는 건 의식이 돌아올 가능성이 높다는 뜻이죠?"

"아닙니다. 중환자실엔 다양한 바이러스가 있기 때문에 옮기는 게 낫다는 의미예요."

면담을 마치고 나서 의사는 우리에게 아버지를 만나보고 가라고 권했다. 환자 면회가 계속 금지되어 있었기에 그건 뜻밖의 제안이었다. 세연과 중환자실로 이동해 일회용 장갑을 끼고 방명록을 작성하면서 의사가 면회를 권유한 이유를 짐작해보았다. 연명 의료를 포기하려는 기색을 내비치자마자 아버지의 얼굴을 보고 가라고 한 것은 아마도 우리의 마음이 바뀌길 바라서인 것 같았다.

아버지는 병실 한가운데에 놓인 침대에 누워 있었다. 간호사가 우리 주위로 커튼을 둘러친 뒤 자리를 떴다. 나는 아버지의 왼편에, 세연은 오른편에 섰다. 콧줄을 꽂고 산소마스크를 쓴 아버지는 내가 알던 모습과 달랐다. 숱 없는 백발과 실눈을 뜨고 있는 얼굴이 가장 먼저 눈에 들어왔다. 세연은 아버지가 응급실에 실려왔을 때와 똑같은 상태라면서 정말이지 아무런 변화가 없다고 담담한 어조로 말했다. 우리는 아버지의 얼굴에서 눈을 떼지 못했다.

"아버지, 나 왔어."

아버지는 아무런 반응을 보이지 않았다.

"여기가 어딘지 알겠어?"

역시 대답이 돌아오지 않았다. 나는 자꾸만 아버지, 아버지,

하고 불렀지만 이어서 할 말을 떠올리지 못했다. 아버지의 입가에 간당간당하게 씌워진 산소마스크가 자꾸만 턱 아래로 미끄러져 내려갔다. 거친 호흡 때문이었다. 들숨 한 번에 가슴이 크게 부풀며 목구멍 근처에서 가래 끓는 소리가 났다. 날숨 한 번에 가슴이 푹 꺼지며 목구멍에서 바람 빠지는 소리가 났다. 호흡이 가장 큰 에너지를 쓰는 일이라는 듯, 사력을 다해 그걸 해내겠다는 듯, 지금은 그것 외엔 중요한 게 아무것도 없다는 듯이 숨을 쉬었다. 아버지도 아는 것 같았다. 호흡을 멈추면 모든 게 멈추는 상황이라는 것을. 의식의 끈은 이미 놓쳤으나 숨은 필사적으로 붙잡고 있었다.

아버지의 숨소리가 왜 이렇게 이상한지 아느냐고 세연에게 소곤거리듯 물었다. 세연이 모른다고 큰 소리로 답했다. 나는 아버지에게 곧 일반 병실로 옮길 수 있을 거라고, 불편해도 조금만 참으라고 말했다. 그러자 아버지의 눈동자가 내 쪽으로 아주 천천히 움직이는 것 같았다.

"세연아, 아버지가 날 쳐다본 거 같은데?"

세연은 대번에 고개를 젓더니 의식이 없는 상태에서도 눈동자가 움직일 수 있으며, 처음 응급실에 실려왔을 때도 똑같은 반응을 보였다고 맥빠지는 대답을 했다. 세연은 아버지가 우리의 대화를 듣지 못할 거라고 생각하는 듯 비관적인 말을 거르지 않고 뱉어냈다. 나는 더이상 세연에게 아무것도 묻지 않았다. 그저 아버지의 얼굴을 뚫어지게 바라보며 벌어진 입 사이로 흘러나오는 거친 숨소리만 들었다. 그러는 동안 눈앞이 점점 흐려졌다.

할말은 금세 바닥났다. 고작 십 분 정도 지났을 뿐이라는 걸 알면서도 그 시간이 버겁게 느껴졌다. 막상 의식 없는 아버지를 마주하자 어떤 말을 해야 할지 떠오르지가 않았다. 우리가 대화를 할 때면 주로 아버지가 내게 말을 걸어왔다는 걸 뒤늦게 깨달았다. 우리 중에선 아버지가 수다쟁이였다. 나는 아버지의 얼굴을 가만히 내려다보기만 하다가 면회 시간이 곧 끝난다는 걸 의식하고선 최선을 다해 낙관적인 이야기를 지어냈다.

"답답해도 조금만 참아. 여기 아버지 가게에서 멀지 않은 대학병원이야. 금방 건강해져서 다시 집으로 돌아갈 수 있어."

"언니, 그만 가자."

세연이 먼저 커튼을 젖히고 나갔다. 나는 아버지에게 다시 오겠다는 인사를 남기고 세연을 뒤따라갔다. 간호사와 마주친 세연이 아버지를 잘 부탁드린다며 고개 숙여 정중히 인사했다. 나와 달리 세연은 의젓하고 의연했다. 필사적으로 호흡에만 집중하는 아버지의 모습이 머릿속에 박혀버린 나는 간호사의 얼굴조차 눈에 들어오지 않을 정도로 당황한 상태였다. 의식이 없는 아버지를 본 게 난생처음이라 그런 거라고 생각하면서도, 도대체 의식이 없다는 게 무슨 의미인지 모르겠어서 눈앞이 자꾸만 캄캄해졌다. 의식이 여기엔 없고 다른 곳에 있다는 의미일까. 의식이 있는지 없는지 모르겠으나 겉보기에 없는 것으로 판단된다는 뜻일까. 만일 의식이 있는데 우리에게 그걸 감지할 수 있는 감각이 없는 거라면, 아버지는 우리를 보며 얼마나 답답해했을까.

"기저귀가 부족해요."

간호사의 말에 세연은 당장 사오겠노라고 씩씩하게 대답하고 서둘러 중환자실을 나섰다. 병원 근처 약국들을 돌아다녔지만 모두 문이 닫혀 있어 우리는 결국 택시를 타고 멀리 떨어진 약국으로 가 환자용 기저귀를 샀다. 가는 내내 나는 듬직한 언니 역할을 내팽개치고 택시 뒷좌석에 앉아 울기만 했다.

*

삼촌이 세연에게 전화를 걸어왔다. 아버지를 붙잡고 있지 말고 되도록 빨리 보내주라고, 그게 아버지를 위하는 거라고 말하며 삼촌은 울음을 멈추지 않았다.

"형이 죽고 없어지면 자기는 어떻게 살아야 하냐고 나한테 계속 묻더라."

삼촌 역시 세연에게 아주 오랜만에 연락한 것이었다. 고모와 삼촌이 평소 연락도 하지 않던 조카들에게 거의 동시에 전화한 건 두 사람이 사전에 의논한 일이었을 가능성이 컸다. 의식 없는 상태가 지속되고 있다는 소식을 듣고선 우리에게 무거운 짐을 지우지 않기로 합의한 건지도 몰랐다. 연명 의료 포기 서류를 작성하려면 우리뿐 아니라 아버지 형제자매의 동의도 필요하다는 것은 나중에야 알았다. 고모와 삼촌은 그걸 이미 알고 있었기에 서둘러 우리에게 연락했을 것이다. 어려운 형편이라 치료비는 보태줄 수 없으나, 힘든 얘기를 먼저 꺼내서 마음의 짐을 덜어주는 어른 역할을 하겠다고 결심했는지도 모른다. 하지만 그 잔인한 호의를 거절할지 말지는 나와 세연이 결정해야 했다.

나는 비교적 시간을 자유롭게 쓸 수 있는 세연에게 부탁했다.

"앞으로도 병원 일은 니가 맡아줘. 나는 연명 의료를 포기할지 말지 최종적으로 결정할게."

"왜 그 무게를 언니 혼자 짊어지려고 해. 같이 나눠 지면 되지."

나는 그 여자가 언제든 아버지를 버릴 수도 있으니 냉정한 결단을 내릴 사람이 필요하다고 말했다. 그런 역할은 매사에 맺고 끊음이 정확한 내가 더 적합했다. 세연은 동의할 수 없다는 듯 한숨을 내쉬었지만 끝내 다른 해결 방법을 제시하진 못했다. 그때까지만 해도 나는 내가 그 역할을 거뜬히 해낼 수 있으리라고 생각했다.

아버지를 만나고 돌아온 이튿날 저녁, 식당에서 밥을 먹고 있던 중에 세연에게서 다급한 연락이 왔다.

"언니, 병원에서 전화 왔어. 아버지 호흡이 갑자기 불규칙해지면서 산소포화도가 떨어지고 있대. 기관 절개를 정말로 안 할 건지 십 분 내로 정해서 알려달래."

나는 젓가락을 던지듯 내려놓고서 식당 밖으로 뛰어나갔다.

"그걸 십 분 안에 정하라고?"

"어, 급박한 상황이래. 나는 지금 아줌마 만나러 아버지 가게로 가고 있어. 상의해보고 알려줄게. 그사이에 언니도 마음 정해."

세연은 그 여자와 만나 담판을 짓겠다는 태도였다. 어디서부터 어디까지가 우리의 역할인지, 제각기 의무와 책임의 범위를 정하자는 의미 같았다. 평생 끌어안고 살 죄책감의 무게까지 생각하기에 십 분은 너무 짧았다.

식당에서 계산을 마치고 나와 역 근처를 배회했다. 편의점과 술집과 노점 앞을 지나면서 전날 보고 온 아버지의 얼굴을 떠올렸다. 왜 하필 지금 가려는 걸까. 설마 딸들을 기다렸나? 어디선가 주워들은 이야기가 떠올랐다. 위태롭게 목숨을 부지하던 환자가 자식이 병원에 도착하자마자 숨을 거두었다는 기이한 사례였다. 그러나 우리는 임종을 앞두고 만난 게 아니었고, 나는 아버지에게 힘을 내라고 몇 번이나 말하고 돌아왔다. 그런데 뭐가 급해서 벌써 가려는 걸까.

아버지와 함께 십 년을 살았고 쓰러지기 직전까지도 함께 있었던 그 여자는 어떤 결정을 내릴지 궁금했다. 그 여자와 마주앉아 아버지의 목숨을 더 연장할지 의논하는 세연의 모습을 상상했다. 아버지의 가세에 드나들며 그 여자와 안면을 텄을 세연은 친근함을 드러내는 행동까지는 하지 않았겠지만, 아버지의 목숨이 경각에 달린 상황에선 선뜻 만날 수 있는 관계를 만들어놓았다.

내 몫의 십 분이 빠르게 지나가고 있었다. 나는 세연의 고충을 떠올리는 것으로 그 시간을 낭비했다. 내가 감당할 수 없는 시간이라면 그냥 흘려보내고 싶었다. 별수없이, 속수무책으로, 두 손과 두 발이 묶인 것처럼. 시간을 확인해보니 어느덧 십 분이 지나 있었다. 세연에게선 아무런 연락이 없었다. 예상한 일이었다. 이 세상엔 결코 십 분 안에 결정을 내릴 수 없는 일이 있다.

역사 근처 벤치에 앉아 비둘기를 쳐다보고 있을 때 세연에게서 전화가 걸려왔다. 삼십 분이 흐른 뒤였다.

"언니, 어떻게 할지 생각해봤어?"

세연의 목소리는 조심스러웠고 나직했다. 그러나 그 질문은 내가 살아오면서 맞닥뜨린 그 어떤 것보다 무겁고 끔찍했다.

최종 결정은 내가 내릴 테니 병원 일을 도맡아달라고 부탁했음에도 나는 결국 도망쳐버렸다. 질문의 무게를 세연에게 고스란히 떠넘겼다.

"……너는?"

세연은 침묵했다. 내가 비겁하다고 생각하는 걸까. 그렇게 비난하더라도 할말이 없었다. 정적이 길어질 거라 예상했기에 짧은 공백 끝에 돌아온 세연의 단단한 목소리를 듣고선 깜짝 놀랐다.

"나는 포기할래."

"……그래."

나는 그래? 라고 끝을 올려 묻지 않고 그래, 라고 끝을 내려 답했다. 그래, 그러자. 아버지를 기다리지 말자. 네 결정에 나도 슬쩍 올라탈게. 그래선 안 된다는 걸 알면서도 나는 무임승차로 결정을 내렸다. 세연에게 가장 큰 죄책감을 감당하게 했다. 나는 남은 부스러기를 주워들었다. 결정을 내린 사람은 세연으로 기억될 것이다. 한 치의 왜곡 없이. 나의 비겁함을 영원히 떠올리며.

"아줌마가 많이 울었어. 나도 계속 참다가 결국 울었고. 결정은 빨리 내렸는데, 마주앉아서 한참 울었어. 아줌마가 아버지 깨끗하게 보내드리고 싶대. 목에 구멍 뚫지 않고 깨끗하게, 온전하게."

세연은 그 말을 하면서 울먹였지만 금세 원래의 단단한 목소리로 돌아왔다.

"나도 그게 맞는 거 같아."

나는 세연이 전해준 말을 마음속으로 곱씹었다. 깨끗하게, 온전하게 보내주는 것. 그런 표현을 쓸 수 있을 때 비로소 어른이 되는 걸까? 나는 아직 그렇게 할 수 없었다. 상처 내지 않고 깨끗한 육신으로. 아버지를 생각하는 듯한 그런 말로 죄책감을 지우는 건 할 줄 몰랐다. 설령 그 여자의 말이 진실이었다고 한들 내가 아직은 가질 수 없는 삶의 자세였다.

"언니도 그렇게 결정한 거지?"

이제 와선 아무것도 되돌릴 수가 없을 것 같았다. 나는 천천히 입을 열었다.

"병원에 연락해. 기관 절개 안 한다고. 아무것도 하지 말라고."

"알았어. 바로 연락할게."

세연이 전화를 끊었다. 나는 꺼진 휴대폰 화면을 망연히 바라보았다. 그제야 세연에게 또하나의 짐을 넘겼다는 걸 깨달았다. 아무것도 하지 말라고 병원에 말하면서 느낄 세연의 고통과 죄책감을 외면했던 것이다. 나는 세연에게 다시 전화를 걸었다. 통화중일 거라 예상했지만 세연은 곧바로 전화를 받았다. 마치 내 전화를 기다리고 있었던 것처럼.

"병원에 이렇게 말해. 아버지랑 사실혼 관계에 있는 아주머니의 뜻을 감안해서 결정한 거라고."

"뭐? 왜 그런 말까지 해야 하는데?"

나는 이유를 밝히지 않은 채 그렇게 하라고만 강요했다. 세연은 마뜩잖다는 반응을 보였지만 시간을 더 지체할 수 없다는 걸 깨달았는지 이윽고 알겠다고 답했다. 이제 우린 이 문제에 관해 더이상 얘기하지 않아도 됐다. 문득 그 사실이 이 세상에서 일어나는 그 어떤 일보다 무섭게 느껴졌다.

나는 아버지의 목숨을 연장하지 않기로 한 결정이 딸들의 뜻만이 아니라 아버지가 사랑했던 여자의 의지이기도 하다는 걸 모두에게 알리고 싶었다. 그래서 나와 세연에게 쏟아질 차가운 시선과 손가락질을 조금이라도 막고 싶었다.

부인하더라도 이것은 살인일 수밖에 없지 않나.

살인으로 느끼게끔 만들지 않나.

생의 에너지를 악착같이 끌어올리려는 듯 필사적으로 숨을 들이쉬고 내쉬는 아버지의 호흡을 막으려는 살인. 그러나 어떤 살인은 일어날 수밖에 없다. 나는 고모가 감당했던 입원비와 간병비를 떠올렸다. 만일 그걸 십 년 동안 한다면, 아니지, 나는 고모처럼 삼 년을 버틸 자신도 없었다. 악착같이 일해서 번 돈으로 아버지를 계속 살려놓으면 나중에 엄마는 무슨 돈으로 살리나. 엄마도 언젠가 중환자실에 입원하게 되는 날이 올지 모르는데.

가려면 그냥 가지, 왜 우리 가슴에 대못을 박고 가.

나는 아버지를 원망하고, 우리의 미래가 손쓸 도리 없이 어둡고 막막해질까봐 서둘러 아버지의 호흡을 막으려는 우리를 원망했다.

우리 모두를 원망했다.

*

트렁크에 짐을 싸서 집을 나가려는 내게 아버지가 왜 그러느냐고 묻는다. 아무런 흔적도 남기고 싶지 않은 나는 내가 찍힌 사진까지 모조리 다 가방 안에 챙겨넣는다. 다급하게 도망치는 듯한 모습이지만 왜 그렇게 하는지는 나도 알지 못한다.

아버지가 내게 말한다. 이 상황이 도무지 이해되지 않는다고.

이 상황이 어떤 상황인지 나도 모른다. 하지만 꿈에선 상황을 몰라도 감정은 생생하게 작동한다. 나는 아버지를 떠날 것이다. 떠나야만 한다. 아무런 흔적도 남기지 않고 아버지를 그 집에 남겨두고서 떠나야 한다.

그런데, 그 집은 누구의 집이지?

아버지와 엄마가 함께 살았던 집? 아버지가 그 여자와 살던 집?

나는 짐을 싸서 집을 나온다. 아버지를 떠난다.

*

　세연은 그 여자를 찾아갔던 날, 아버지의 휴대폰에 있는 사진을 몰래 보았다고 말했다. 그걸 왜 봤는지 묻는 대신 세연의 마음을 짐작해보았다. 아버지가 그 여자와 단둘이 있을 때는 어떤 모습인지 궁금했을까. 아버지의 의식이 사라지고 나니 그게 가장 궁금했을까. 세연은 아버지가 그 여자와 생일 파티를 했고, 두 사람이 행복해 보였다고 말했다. 세연은 뾰족한 질투심을 숨기지 않았다.
　"언니, 아버지가 우리랑 생일 파티를 한 적이 있어?"
　"없지."
　"거기선 그러고 살았더라. 생일 파티까지 하고."
　의식을 잃기 직전에 아버지는 가게에서 그 여자와 마주앉아 저녁밥을 먹었다고 했다. 반찬은 뭐였을까. 아마도 가게에서 파는 메뉴 중 하나였을 것이다. 수저를 잡은 손에서 자꾸만 힘이 빠졌지만 아버지는 대수롭지 않은 일이라는 듯이 말했다. 식당 일이라는 게 워낙 고되다보니 일시적으로 마비가 올 때가 있다고. 식사를 마친 아버지가 의자에서 일어났다. 그리고 가게문을 열고 밖으로 나갔을 때, 세상이 기울어지면서 암전

되었다.

아버지가 마지막으로 본 것은 뭐였을까. 맞은편 가게의 간판. 지나가는 행인의 옆모습. 도로 위를 달리는 자동차의 측면. 아버지가 쓰러지는 걸 보고 달려나온 그 여자의 얼굴. 암흑이 스며드는 아버지의 의식. 암흑으로 번져가는 아버지의 의식.

한줄기 의식이 남아 있던 순간에 아버지는 말했다.

"이상해."

그게 아버지가 남긴 마지막 말이었다.

*

십 분 안에 기관 절개 여부를 결정해야 했던 날, 우리는 임종을 맞이한 것이나 다름없는 고통을 느꼈다. 내가 두려워했던 것은 우리가 아버지를 죽이려는 결정을 내리고 있다는 것만이 아니었다. 자연스러운 호흡곤란으로 사망할 기회를 빼앗아 인공호흡기에 의지해 삶을 지속하게 만들 경우, 아버지가 우리를 원망할지 그러지 않을지 알 수가 없다는 것이었다. 이 모든 일이 당사자의 의사를 배제한 채로 진행된다는 점이 가장 두렵게 느껴졌다. 아버지는 자신의 몸과 정신의 처분에 대해, 앞으로 어떤 종류의 고통을 견디고 거부할 것인지에 대해 아무런 발언권이 없었다. 의식을 잃은 인간이 빼앗기는 가장 큰 권리였다.

나는 그렇게 되고 싶지 않았다.

세연과 나는 그에 관해 구체적인 대화를 나누었다. 세연은 몸이 마비되고 말을 할 수 없더라도 가족을 알아볼 가능성이 있다면 연명 의료를 해달라고 부탁했다. 나는 가족을 알아보더라도 몸을 전혀 움직이지 못할 가능성이 높으면 연명 의료를 하지 말아달라고 말했다. 우리는 각자가 견딜 수 있는 한계치가 크게 다르다는 걸 깨달았고, 곧이어 아버지 역시 그러하리라는 데 생각이 미쳤다.

이렇게 중요한 대화를 왜 아버지와 미리 나누지 않았던 걸까. 오랜 기간 떨어져 살았기에 어찌 보면 당연한 일임에도 나는 자꾸만 그런 생각이 들었다. 미리 생각해두지 못한 내 탓이라는 자책이 일었다.

이 모든 일이 일어나는 동안 엄마에겐 아무것도 알리지 않았다. 우리는 아버지의 상태를 철저히 숨겼지만, 연명 의료에 관한 엄마의 생각을 미리 알아놓고 싶은 마음은 점점 커져갔다. 그러나 둘 중 누구도 그 얘길 꺼내지 못했다.

가만히 있다가도 갑자기 눈물이 흐르는 날들이 계속되었다. 퇴근을 하다가 청소를 하다가 티브이를 보다가 세수를 하다가 눈물이 펑 터졌다. 콧물로 코가 막히고 온 얼굴이 젖도록 울었다. 어느 날 아침엔 가족 앨범을 꺼내 펼쳐봤다. 한껏 멋을 부린 젊은 아버지, 솜사탕을 크게 베어 무는 시늉을 하며 웃는 아버지의 모습은 낯설었다. 내 나이와 비슷한 시기에 찍은 사진을 봤을 땐 지나치게 건강해 보여서 깜짝 놀랐다. 태어난 지 백일 징도 되었을까 싶은 나를 배 위에 앉히고 놀아주는 모습과 돌잔치 때 나를 안고 있는 모습을 찍은 사진도 보았다. 나는 사진 속 아이가 자라 아버지의 목숨 연장을 거부하는 내가 됐다는 것을 깨달았다.

*

아버지의 상태를 지켜보던 의료진에게서 호흡이 다시 안정되었다는 연락을 받았다. 그 상태가 일주일 넘게 지속된다면 전원이 가능했다. 걱정했던 것과 달리 아버지는 일주일 동안 자발 호흡으로 잘 버텼다. 나와 세연은 아버지의 상태를 종잡을 수 없음을 한탄했다. 어쨌거나 아버지는 아직 죽지 않았고, 그 여자의 선택으로 서울 한복판에 있는 요양 병원으로 옮겨졌다. 의사가 권한 일반 병원으로는 가지 않았다. 입원비와 간병비가 더 많이 들기 때문이라고, 세연이 내게 알려주었다. 우리는 그 여자를 원망하지 않았다.

아버지와 마지막 십 년을 함께 보낸 그 여자가 법적 보호자가 될 수 없는 건 참 이상한 일이라는 세연의 말에 나는 순순히 고개를 끄덕였다. 세연이 아버지의 가게에서 반찬을 가져다 먹은 건 사실 아버지를 괴롭히고 싶은 마음이 있어서였다고, 둘이 행복하게 사는 걸 보고 싶지 않았다고 고백했을 때는 놀라긴 했지만 나 역시 그런 마음이 있었다고 말했다. 하지만 그런 문제와는 별개로 우리에게 아버지의 생사를 결정할 수 있는 권한이 있는 건 아니었다. 혈연관계임에도 우리는 우리의 행동이 월권이라고 생각했다. 그만큼 아버지와 우리는 서로의 독립적인 삶을 어느 정도 인정해주며 살았다. 각자에게 소중한 사람이 서로 다르다는 것을 알았다. 나와 세연에겐 엄마가 일 순위였고, 아버지에겐 그 여자였다.

"언니는 아버지에 대한 마지막 기억이 뭐야?"

"생각이 잘 안 나."

"나는 내 스쿠터에 아버지를 태웠던 거. 그게 마지막 기억이야. 은행까지만 태워다달라고 했는데 싫다고 성질냈거든."

"결국 태워줬구나?"

"어."

세연은 그 여자가 연명 의료를 하겠다고 주장했으면 무척 난감했을 것이라면서, 우리와 그 여자의 마음이 맞는 게 어찌 보면 다행이라고 냉정히 말했다. 그럴 리가 없음에도 나는 아버지가 그 말을 들을 것 같아 세연에게 목소리 좀 낮추라고 했다.

"언니는 아버지의 의식이 몸밖에서 돌아다니고 있을 거라고 생각하는 거야?"

"그건 아니지만……"

"예전에 그런 그림을 본 적이 있어. 죽은 사람의 영혼에게 어느 곳에 묻히고 싶은지 묻고 나서 그 답변을 물의 흐름으로 표현한 그림."

"죽었는데 어떻게 물어볼 수가 있어?"

"말로 하진 않고 특별한 의식을 거친 거지."

"그럼 가짜일 수 있잖아."

"진짜일 수도 있지."

아버지의 상황을 시종일관 냉담하게 바라보았던 세연치곤 뜻밖의 말이었다.

"나도 그걸 모르는 게 아니야. 알면서도 현실 때문에 선택할 수밖에 없는 거지. 아버지가 저렇게 된 걸 보니까 사람의 죽음이라는 게…… 사용한 흔적만 남은 텅 빈 방 같아."

"세연아, 아버지 아직 안 죽었어."

세연은 깜빡 잊고 있었다는 듯 놀란 표정을 지었다.

의사 역시 세연처럼 아버지의 상태를 매우 비관적으로 보았다. 뇌경색이 넓은 부위에 걸쳐 일어났기 때문에 깨어나더라도 몸을 전혀 움직일 수 없을 것이며, 전원하기 직전에 감염

된 폐렴으로 길어야 한 달 정도 버틸 수 있을 거라고 확언했다. 대학병원에서 썼던 연명 의료 포기 서류를 요양 병원에서도 작성했다. 그 자리에 동석했던 삼촌이 울면서 나와 세연에게 크게 외쳤다.

"한 달이란다, 세연아. 한 달 남았단다, 주연아."

세연이 나를 복도로 데려가 귓속말을 했다. 삼촌이 불법 도박으로 재산을 모두 탕진했으며 벌금을 내지 못해 노역장을 전전하느라 인생을 낭비했다는 이야기였다. 세연은 슬픔을 강요하는 삼촌을 경멸과 몰이해로 애써 밀어내려 했다.

요양 병원을 나와 늦은 아침식사를 하기 위해 근처 김밥집으로 들어갔다. 김밥 두 줄을 주문한 뒤 세연과 의자에 앉아 기다리는 동안 문득 이 모든 게 꿈처럼 느껴졌다. 한 달 뒤에 아버지가 이곳에 없을지도 모른다는 사실을 받아들여야 한다는 것이 도무지 현실 같지가 않았다. 우리는 김밥을 먹는 둥 마는 둥 하다가 결국 어묵 국물만 다 마시고 자리에서 일어났다. 지하철을 타고 집으로 돌아가는 길에 세연이 내게 물었다.

"언니, 사람은 언제 희망을 버릴까?"

나는 대답하지 않았다. 세연은 희망을 버린 걸까.

"한 달 뒤면 내 생일이야. 아버지가 내 생일엔 죽지 않았으면 좋겠어. 지금은 그게 내 유일한 희망이야. 근데 이걸 희망이라고 할 수가 있나?"

나는 이번에도 대꾸하지 않았다. 세연의 바람 역시 희망이겠지만, 아버지가 깨어나지 않을 거라 예단하고 있는 우리에게 희망 같은 게 있을 리가 없었다.

"세연아, 사람은 언제 희망을 갖게 되는 걸까?"

나는 도리어 세연에게 물었다. 세연은 대답 없이 고개를 젓기만 했다.

"연명 의료를 포기한 건 살인일까? 살인이지."

나는 세연에게 물은 건지 자문자답한 건지 나조차 알 수 없는 말을 중얼거렸다. 세연이 나를 사납게 쳐다보며 말했다.

"언니, 이건 살인이 아니라 현실이야. 말 좀 가려서 해. 살인 같은 감상적인 말을 할 때가 아니야."

살인 같은 감상적인 말이라니. 살인 같은 끔찍한 말이겠지. 살인 같은 듣기만 해도 치가 떨리는 말이겠지. 그러나 나는 반박하지 않았다. 살인과 현실이 동등해질 수 있는 우리의 현재가 감당하지 못할 정도로 무거우면서도 그것이 서류 몇 장으로 정리할 수 있을 정도로 가볍다는 것에 놀라기만 했다.

*

일회용 장갑을 끼고서 입원실로 들어섰다. 아버지의 침대는 이번에도 병실 한가운데 자리였다. 아버지를 제외한 다른 환자들은 거의 다 몸을 움직였다. 활발하게 거동하진 못해도 눈을 뜨고 몸을 뒤척이고 손을 움직이는 정도는 했다. 아버지만 눈을 감고 입을 벌린 채 의식 없이 누워만 있었다. 중환자실에 있을 때보다 호흡은 더 편안해졌지만 겉으로 보면 큰 변화는 없었다.

간병은 요양 병원 소속의 중국 동포 부부가 교대로 맡았다. 그들이 담당하는 환자는 아버지를 포함해 열두 명이었다. 간병인은 병실 구석에 놓인 침대를 썼고, 늘 침대 커튼을 쳐놓았으며, 세면대가 딸린 자리여서인지 뭔가를 계속 빨았다. 나는 면회가 허락된 이십 분 동안 아버지 곁에 서서 거의 아무런 말도 하지 않고 아버지의 얼굴만 바라보았다. 더 길어진 코털과 더 크게 벌어진 입. 입안의 혀는 부푼 상태로 굳어버린 것처럼 부자연스러워 보였지만 호흡하는 데는 무리가 없는 듯했다. 면회를 갈 때마다 아버지는 반듯하게 누워 이불을 턱밑까지 덮고 있었다. 이불 밖으로 나온 손가락은 약간 부어 있었고 만져보면 차가웠다.

나는 아버지의 손가락을 만지작거리며 말을 걸었다. 나 왔어. 틈을 두었다가 힘들어? 물었고, 안 힘들어? 다시 물었다. 당연히 힘들겠지, 혼잣말을 하다가 언제 일어날 거야? 물었고, 안 일어날 거야? 다시 물었다. 아버지는 여전히 대답이 없었다. 나는 작게 소곤거리듯이 말했다. 침대에 누워 있는 다른 환자들이 나를 뚫어지게 쳐다보고 있어서였다. 그들은 내가 병실로 들어서는 순간부터 떠날 때까지 내게서 눈을 떼지 않았다. 그 시선이 부담스러웠다.

"아버지, 내가 종교는 없지만 힘든 일이 있을 땐 성모마리아 님에게 기도를 하고 오거든. 아버지 기도도 했어. 아버지가 원하는 만큼 원하는 곳에 최대한 고통 없이 머물게 해달라고. 아버지가 내린 선택을 나는 받아들일 수 있어."

나는 나조차 믿지 않는 말을 했다.

아버지가 어떤 선택을 하든 내가 받아들일 수 있을까. 그 선택에 나와 세연의 미래와 안위가 반영되어 있을까. 나는 아버지가 빨리 죽을까봐 두려운 동시에 이런 상태로 오래 살까봐 두려웠다. 그 어느 쪽도 내가 원하는 게 아니었다.

아버지는 언제 죽을까.

한 달을 넘기기 힘들 거라는 요양 병원 의사의 말은 기관 절개를 하지 않으면 임종을 맞이할 수도 있다던 중환자실 담당의의 말처럼 사실이라기보다는 가능성일 뿐이었다. 그러므로 나는 그 여자가 언제까지 아버지의 병원비를 내줄지 매일 짐작했다. 그런 생각은 아버지를 향한 사랑이 어느 정도인지 계측하겠다는 듯이 그 여자를 지켜보는 나에 대한 조소와 함께 밀려왔다. 이제 우리의 사랑은 눈에 빤히 보였고, 금액으로 쉽게 환산될 수 있었다. 다정한 추억이 끼어들 자리는 점점 작아졌다. 세연의 말대로 모든 것이 현실이었다.

*

기어이 봄이 왔다. 요양 병원 앞 정류장에서 버스를 기다리며 의식을 잃기 전 아버지가 내게 마지막으로 보낸 메시지를 읽어보았다.

―잘지내고있어

아버지는 항상 띄어쓰기와 문장부호를 생략한 메시지를 보냈다. 그래도 나는 아버지의 말이 무슨 뜻인지 금세 파악할 수 있었다. 잘 지내고 있어? 아버지는 내 안부를 묻고 있었다. 그러나 이젠 이 메시지에서 두 가지의 다른 의미가 느껴졌다. (다시 돌아올 것처럼) 내가 없는 동안 잘 지내고 있어. (영원히 돌아오지 않을 것처럼) 내가 없더라도 잘 지내고 있어.

답장을 보내지 않은 대화창을 물끄러미 보다가 뒤늦게 문장을 입력했다.

―아버지잘지내고있어

아버지, 잘 지내고 있어? 혹은 아버지, 잘 지내고 있어. 어느 쪽이든 아버지가 선택한 문장으로 남을 수 있게 띄어쓰기와 문장부호를 모두 지웠다.

정류장에 버스가 도착했다. 나는 버스에 올라 창가 쪽 빈자리로 걸어가 앉았다. 오래전 나를 바라보며 웃던 아버지의 얼굴이 떠올랐다. 앞으로 몇 번이나 더 그 모습을 볼 수 있을지 몰랐던 그때의 나는 아버지를 마주보고 웃었나, 다른 곳을 바라보며 그 시간을 흘려보냈나. 그걸 곰곰이 생각하는 동안 버스는 벚꽃이 만개한 길을 달렸다.

"예쁘다."

익숙한 목소리였다. 나는 그 말을 한 사람이 누군지 보려고 무심히 고개를 돌렸다.

* 소설에 등장하는 그림은 국립현대미술관 '올해의 작가상 2023' 전시작인 갈라 포라스-김의 작품 〈우리를 속박하는 장소로부터의 영원한 탈출〉(2022)에서 모티프를 얻었다.

미식

생활

1. 활활

나라의 입이 오물오물 야무지게 움직였다. 나라가 먹는 모습만 봐도 배가 부르다는 호린은 주문한 음식을 한술도 뜨지 않고 술만 마셨다. 호린이 손대지 않은 국밥을 나라가 자기 앞으로 가져와 먹기 시작했다. 과연 알깨기가 말했던 대로 내장이 쫄깃했고 머릿고기는 부드러웠으며 육향이 감도는 국물은 감칠맛이 깊었다.

어떻게 돼지고기에서 이런 맛이 날 수 있죠? 구독자 이십만 명을 보유한 알깨기가 지난주 방송에서 했던 말이다. 강력하게 추천하고 싶은 음식을 먹었을 때만 나오는 알깨기의 명

대사도 이어졌다. 알이 깨지네요. 이제 막 태어난 기분이에요. 오예! 알깨기는 맛있는 음식을 먹었을 때 알이 깨진다 표현하는 유튜버라고 나라가 설명하자, 호린이 심드렁하게 대꾸했다. 굳이 알을 깨야 하니.

미식은 둘째치고 식사 전반에 열성적이지 않은 호린은 밥을 거의 먹지 않았다. 눈뜨자마자 물컵에 소주를 따라 단숨에 들이켜는 습관이 생기면서 빠르게 식욕을 잃었고 체중이 줄었으며 매사에 의욕이 없어졌다. 알코올의존증 문제로 세번째 직장에서 잘린 뒤로 아직까지 다른 일자리는 구하지 못했다.

안주도 먹으면서 마셔. 그러다 속 버린다.

나라가 만날 때마다 잔소리를 하고 겁을 주어도 호린은 꿈쩍도 하지 않았다. 한 달에 한두 번은 꼭 만났던 그들은 이제 계절이 바뀔 때나 보는 사이가 되었다. 비슷한 계열의 음악이 담긴 플레이리스트를 공유했던 것과 야근을 마치고 늦게까지 영업하는 분식집으로 함께 달려갔던 일도 먼 과거가 되었다. 체형이 비슷하고 식성도 다르지 않았던 그들은 외양부터 달라졌다. 호린이 안쓰러움을 불러일으킬 정도로 살이 빠졌다면 나라는 보기 좋게 살이 올랐다. 쪽갈비, 곱창전골, 오겹보쌈, 경양식돈가스, 돈코츠라멘, 차돌박이짬뽕, 갈치조림, 소꼬리찜, 마늘족발 등 알깨기가 방송에서 추천해준 다채로운 맛의 음식을 세포 하나하나가 흡수하는 느낌으로 만끽하며 국물 한

방울 남기지 않고 먹는 것이 요즘 나라의 유일한 낙이었다. 그러느라 월급의 삼분의 일을 미식 생활에 썼지만 조금도 아깝지 않다고 생각했다.

　매주 금요일이면 나라는 알깨기의 방송을 보며 주말에 방문할 식당을 정했다. 일 인 손님을 받지 않는 곳인지 미리 확인했고, 받아주는 곳이더라도 이 인분을 주문해 가급적 절반은 포장해왔다. 토요일 아침마다 현관을 나서는 나라의 가방 안엔 밀폐용기가 들어 있었다. 나라는 자신의 삶이 꽤나 만족스러웠다. 친구를 만나 수다를 떨거나 한강 공원에 돗자리를 펴고 앉아 야경을 바라보며 술을 마시는 건 더이상 재미가 없었다. 친구들의 고민은 나라의 고민과 크게 다를 바 없었고, 아무리 머리를 맞대어도 뾰족한 해결책은 나오지 않았다. 말할수록 고민의 덩치가 물에 불린 미역처럼 커지기만 했다. 나라는 자신의 미역과 친구의 미역이 담긴 양동이를 번갈아 바라보며 술을 마셨다. 그러다 견딜 수 없이 답답해지면 술자리를 박차고 나와 데이팅 앱을 열었다. 정신을 차렸을 땐 촌스러운 모텔에서 난생처음 보는 남자의 입술을 열렬히 빨고 있었다. 나라는 더이상 자신의 입을 그런 데 쓰고 싶지 않았다. 직장 상사를 욕하고, 친구를 불러내 뻔한 고민을 나누고, 처음 만난 남자와 스킨십을 하고, 자조적인 혼잣말을 중얼거리는 일엔 입을 사용하지 않기로 했다. 되도록 먹는 일에만 쓰기로 했다.

그러자 나라의 입은 비로소 평온해졌고 제대로 기능했으며 나라의 중요한 일부로 듬뿍 사랑받았다.

불안한 듯 주변을 자꾸 살피던 호린이 술을 한 병 더 주문하려 했다. 나라가 다급히 말리자 호린은 울상을 지었다. 나라는 냅킨으로 입가를 닦은 뒤 나직하게 물었다. 호린아, 혹시 너는 죽고 싶은 거야? 뜻밖에도 아무런 대답이 돌아오지 않았다. 호린을 만나는 게 오늘로 마지막이 될지도 모른다는 생각이 들자 나라는 화가 났다.

이젠 술 그만 마시라는 말도 하기 싫다. 듣지 않을 테니까. 너는 천천히 자살하려는 사람처럼 보여.

호린은 별다른 표정의 변화 없이 빈 술병으로 눈길을 옮기며 말했다. 나라야, 너는 무슨 재미로 살아?

나라는 단호하게 대답했다. 먹는 재미. 열심히 벌어서 맛있는 음식을 사 먹는 게 삶의 유일한 목표라고 생각하면 많이는 아니어도 꽤 재밌어.

대단하네. 그런 생각으로 살 수 있다는 게.

나라를 비웃고는 의자에서 일어나던 호린이 뒤로 꽈당 넘어졌다. 취해서 그런 게 아니었다. 나라의 말이 이해가 안 되고 어떻게 그런 생각으로 살아갈 수 있을까 의아해하다 호린을 지탱하고 있던 기둥에 금이 쫙 가는 바람에 넘어진 거였다. 그건 호린에게 단 하나 남은 우정의 기둥이었다. 십여 년 전 대학에서 처음 만난 나라와 함께 세운 기둥.

식당에서 나온 그들은 약간 떨어진 채로 걸었다. 둘 다 말이 없었다. 나라는 알깨기가 추천한 음식이 얼마나 맛있었는지 그것만 생각하려 노력했다. 호린에 대해선 어쩔 수 없다는 마음이 컸다. 언뜻 봐도 호린은 망한 듯 보였다. 그러나 나라는 아직 망하지 않았다. 다른 의미의 나라, 그러니까 이 나라는 망해가는 중이었지만. 아이들이 거의 태어나지 않으니 이 나라의 입은 머잖아 메마를 것이다. 나라는 자신과 다른 의미의 나라를 걱정하다 다시금 결심했다. 어차피 소멸할 나라에서 살아갈 수밖에 없다면 더더욱 먹는 존재가 되어야 한다고. 오로지 먹기 위한 목적으로 방문하는 장소에선 열망 넘치는 인간으로 힘차게 변신할 수 있었다. 현재가 유일했으며, 오롯했다.

비척거리며 걷던 호린이 침묵을 깨고 입을 열었다. 나는 이제 모든 사람들한테 거리감을 느껴.

나라는 왜 그렇게 느끼냐고 묻지 않았다. 그렇게 생각하지 말라고도 하지 않았다. 그저 과거의 호린을 잊을 결심만 했다. 술을 마시지 않았던 시절의 호린을. 호린이 자신에게 주었던 많은 것들을(특히 오래된 음악과 리듬에 대한 것을). 도쿄와 후쿠오카로 함께 여행 갔던 추억과 같은 사람을 짝사랑해 서로 난처해하고 미안해했던 날들을. 나라에게 호린은 멀어져가는 사람이며 점점 더 그렇게 될 것이다. 그렇게 술을 퍼마시다간 영원히 만날 수 없게 될지도 모르고. 그럴 가능성은 충분했다. 나라는 그런 예감을 떠올린 자신을 끔찍해하며 가방을 뒤져 민트 캔디를 꺼내어 먹었다. 입안에 퍼지는 시원한 단맛이 나라를 붙들어주었다. 바닥에 고꾸라지지 않게. 호린처럼 뒤로 쫘당 넘어지지 않게.

씹고 뜯고 삼키면 얼마산은 더 버틸 수 있을 것이다. 다음 주말이 시작되기 전까진.

2. 후후

나라는 각종 생활 잡화를 도소매로 판매하는 회사에 다녔다. 그러나 최근 들어 해외 직배송 쇼핑몰을 이용하는 구매자가 늘면서 회사 매출에 큰 타격이 발생하리라 예상되었다. 나라는 '알리'에서 탁상용 조명등과 속눈썹 고데기를 구매해보았고, 예상했던 것보다 이르게 하자 없는 물건을 배송받았다. 이대로 간다면 회사가 망하리라는 건 나라를 비롯해 직원들 모두가 알 수 있었다. 그즈음 자잘한 생활용품마저 해외 직배송으로 구매하는 사람들이 늘고 있다는 기사가 쏟아져나왔고, 덕분에 그 사실을 몰랐던 사람들도 해외 쇼핑몰을 이용하게 될 것 같았다. 그러나 나라는 본의 아니게 팁을 전파한 기자나 한국 시장을 잠식하고 있는 해외 기업을 원망하진 않았다. 그저 일어날 일이 일어났을 뿐이라고 생각했다. 물류 운송 시스템의 발전이 정점을 찍은 시기가 하필이면 지금인 것이다. 하지만 정점은 어느 시대든 찍기 마련이기에 나라는 딱히 억울해할 일도, 과하게 슬퍼할 일도 아니라고 생각했다. 산업구조의 빠른 변화가 당연하게 느껴졌다.

그러면서도 나라는 다른 회사로 이직을 하는 편이 낫겠다고 생각했다. 하지만 막상 회사에 출근하면 팀장의 남다른 식탐에 시선을 빼앗기는 바람에 그런 생각은 잠시 잊게 되었다. 팀장은 유아기에 우량아 선발 대회에 나가 입상한 적이 있었고, 어른이 되도록 덩치를 잘 유지했으며, 나라 못지않게 먹는 일에 열성적이었다. 회사에선 식욕이 동하는 일이 좀처럼 없는 나라와 달리 팀장은 거의 매 순간 뭔가를 먹고 있었다. 과자나 떡 같은 간식부터 제로 슈거 탄산음료에 이르기까지 팀장의 입은 늘 뭔가를 먹느라 바빴다. 먹을 게 없을 땐 불붙이지 않은 담배를 입에 물고서 오물거렸다. 마치 입안이 비어 있으면 불안을 느끼는 사람 같았다.

어느 날 팀장은 회식 자리에서 술에 취해 사적인 고민을 불쑥 털어놓았다. 삶의 낙이 없다는 게 주된 내용이었다. 외롭다, 우울하다, 아침에 눈을 뜨면 죽는 게 낫겠다는 생각이 불현듯 밀려온다. 이러다 정말로 베란다에서 뛰어내리는 건 아닌지 모르겠다 따위의 말들이 이어졌다. 나라는 묵묵히 팀장의 잔에 술을 채워주었다. 그를 연민하고, 가소롭다 생각하기도 하면서.

나라씨, 내 말 좀 들어보세요.

말씀하세요.

나라씨 부모님은 어떤 음식을 자주 드시나요?

나라가 부모님이 안 계신다고 대답하기도 전에 팀장이 연이어 말했다.

우리 부모님은 항상 뜨거운 음식을 먹어요. 혀가 델 정도로 팔팔 끓인 국이나 찌개, 전골을요. 그래야 밥을 잘 먹은 것 같다면서요. 나하고 언니, 오빠가 다 부모님 집에 얹혀살거든요. 부모님까지 도합 다섯 명의 사람이 뜨거운 음식을 후후 불어가며 씹고 삼키는 거예요. 그렇게 밥을 먹다보면 문득 우리가 먹고 있는 게 음식이 아니라 열기인 것 같다는 생각이 들어요. 아버지 이마에 땀이 줄줄 흐르고, 엄마랑 오빠의 목덜미도 땀으로 젖어 번들거리고, 언니는 코를 훌쩍이고, 나는 땀과 콧물을 다 흘리면서 국물을 뜨고 건더기를 건져 먹고 밥을 더 퍼오고…… 밥을 다 먹은 아버지가 자리에서 일어나 맥주를 가져오면 자식들이 앞다투어 잔을 내밀거든요. 얼음처럼 차가운 맥주를 목구멍으로 꿀꺽 넘겨 열기를 단숨에 가라앉히고 식사를 마무리해요. 식사도 노동이에요. 열정이 있어야 해요.

팀장님, 직원들이 우릴 째려봐요. 문 닫을 시간이 됐나봐요.

문 닫기 전에 들어봐요. 나는 어릴 때 아버지가 곧잘 데려갔던 삼양가든이란 고깃집이 자주 생각나요. 밑반찬으로 양념게장이 나왔는데 나는 불고기보다 그걸 더 좋아했어요. 게 다리는 정말 예술적으로 생겼잖아요? 그런데 우리 가족은 다들 불고기를 더 좋아했어요. 흰쌀밥 위에 올려 먹는 다디단 밤양갱이 아니라, 다디단 불고기.

팀장은 말미에 유행가를 흥얼거렸다. 이내 경쾌한 리듬의 소리가 멈추더니 푸념이 이어졌다.

나라씨, 나는 가끔 슬퍼져요. 내가 어릴 땐 다들 쌀밥을 먹었지만 그전에는 밀가루를 많이 먹었거든요. 미국이 밀을 원조해줘서요. 노동자들이 그걸 먹고 밤낮으로 일해서 이 나라를 일으켜세운 거예요. 전쟁으로 폐허가 된 나라를. 그런데 후손들은 기름지고 다디단 걸 왕창 퍼먹으면서 그 반의반도 못해. 우린 다 망할 거예요.

나라는 팀장의 말에 동의할 수 없었기에 슬그머니 가방을 집어들었다.

나라씨는 역사를 잘 모르죠?

그래 보이나요?

사실 나라가 구독하는 알깨기의 방송에선 한국 음식의 역사에 관한 재미있는 일화들을 자주 소개해주었다. 그걸 통해 나라는 한국 사회의 변화를 정리해보게 되었지만 일일이 설명하기가 귀찮아 결국 입을 다물었다.

나라씨는 무슨 생각으로 살아요?

나라는 마음속으로 답했다. 알깨기가 추천해준 음식을 양껏 먹을 것. 형태를 갖춘 뭔가를 만들어내지 못하더라도 불안해하지 말 것. 다가올 폐허를 모른 척할 것. 우리 안에 이미 자리잡은 폐허를 철저히 외면할 것.

나라는 팀장을 일으켜세우며 말했다. 그만 일어나세요, 팀장님. 일어나면서 말할 테니까 들어보세요. 계산하세요, 팀장님. 계산하면서 말할 테니까 들으세요. 이십사만팔천원입니다. 뭐라고요? 이십사만팔천원이래요, 팀장님. 세상에! 우리는 고기를 너무 많이 먹는다니까. 돼지가 불쌍해.

나라는 계산을 마친 팀장의 팔을 살짝 붙들고 가게 밖으로 나왔다.

팀장님, 똑바로 좀 걸으세요.

똑바로 걸으면서 말할 테니까 들어보세요. 제가 십대였을 때 아버지 사업이 잘돼서 매주 우리를 청계산 아래 고깃집에 데려갔어요. 소고기 등심을 파는 식당이었고, 강남에 사는 사람들의 단골집이었어요. 그런데 나중에 우리 아버지 사업이 망했거든요. 하지만 자식들의 입은 그걸 몰라. 우리가 청계산 밑에 또 가자고, 꽃등심 사달라고 조를 때마다 아버지가 두 눈을 크게 뜨고서 우리를 뚫어지게 쳐다봤어요. 이제야 아버지가 어떤 심정이었는지 알 것 같아요. 아이고, 머리야.

횡단보도 앞에 도착한 나라가 팀장의 등을 휙 떠밀어 먼저 택시를 태우려 했지만 도리어 가방끈을 채이며 붙잡히고 말았다.

잔치국수 한 그릇만 먹고 가요. 근처에 멸치 육수를 기막히게 우려내는 데가 있어. 방송에도 나온 맛집이라니까.

맛집이라는 말에 혹한 나라는 순순히 팀장을 따라갔다. 멸치국수와 함께 알타리김치가 나왔다. 팀장이 알타리무를 크게 베어 물더니 잇자국이 선명한 나머지 조각을 나라의 그릇 위에 올려놓았다. 먹어봐요. 잘 익었어. 나라는 의자에서 벌떡 일어났다. 팀장님은 식사 예절이 정말 엉망이시네요. 나라는 떨리는 목소리로 크게 외치고 국숫집을 뛰쳐나왔다. 등뒤로 국수가 뜨겁지 않다며 주인에게 항의하는 팀장의 목소리가 들려왔다.

너무 미지근하잖아요. 뜨거운 국물을 후후 불어가며 떠먹어야 살 것 같은데!

집으로 돌아온 나라는 일기장에 팀장 욕을 구구절절 적어내려갔다. 그러는 동안 분노가 점점 가라앉았고, 비속어가 현저히 줄어들더니 이윽고 완전히 사라졌다.

미식 생활

앞날을 예측하기가 어려울수록 불안과 우울감이 증가하는 법. 팀장은 그런 상황을 처음 겪어보는 듯이 굴었지만 그게 말이나 되는가? 나이를 그렇게 먹고서도 그걸 모르다니. 혹시 다른 걸 계속 처먹느라 나이를 덜 먹었다면 몰라도.

일기장을 넣은 뒤 천장을 보며 멍하니 누워 있던 나라는 문득 호린을 떠올렸다. 앞날을 예측하기 어려워 불안해한 건 호린도 마찬가지였다.

이렇게 일만 하며 살다간 언젠가 머리가 돌아버릴 거야.

과거에 호린이 그렇게 말했을 때 나라는 위로해주지 않았다. 도리어 짜증을 냈다. 너는 왜 그런 말만 하니. 나까지 우울해지잖아. 정신 좀 차리고 살자. 이제 와선 다 늦은 일 같아 후회되었다. 그런데 이런 일이 한두 개여야 말이지. 살아가는 건 조금씩 후회가 쌓이다 어느 순간 우르르 무너져 그 밑에 깔리는 것인지도 몰랐다. 다만 호린은 술독으로 넘어졌고, 나는 먹방으로 엎어졌지. 누가 더 나은가. 과연 누가 더 낫지? 살기 위해 먹는 것이 술이냐 밥이냐 그 차이가 있을 뿐, 결국은 같지 않나…… 그렇게 생각을 정리하다가 나라는 조금 울었다. 그러곤 베갯잇으로 뺨을 대충 닦고서 무표정한 얼굴로 알깨기의 방송을 시청했다.

3. 오예

토요일 아침, 일찍 눈을 뜬 나라는 그날 방문할 식당의 오픈 시각에 맞춰 집을 나섰다. 지하철역으로 걸어가는 동안 가벼운 발걸음이 나라를 공중으로 두둥실 밀어올렸다. 지난밤의 근심은 어느새 사라지고 설렘이 밀려왔다. 앞으로도 솜사탕을 들고 놀이공원을 걷는 아이처럼 즐거운 주말을 보낼 수 있을까. 가능하다면 나라는 계속 그렇게 살고 싶었다. 과연 그게 가능할지는 모르겠지만.

하지만 한편으로는 자신의 입이 언제 또다른 일에 쓰일지 알 수 없어 불안했다. 매일 보는 동료의 뒷담화를 하고, 낯선 남자와 스킨십하고, 주변 사람들에게 뾰족하고 무의미한 말을 내뱉었다가 스스로가 더 상처받아 곪고 썩는 일은 그만하고 싶었다. 그러려면 나라의 입은 늘 미식을 향해 무한하고 열렬한 욕망을 품고 있어야 했다. 그건 알깨기 방송의 오프닝 멘트이기도 했다.

그 무엇에도 욕망을 느끼지 못하는 우리지만 미식을 향해서만은 무한하고 열렬한 욕망을 품어봅시다.

아무것도 욕망하지 않는 사람들을 위한 먹방이라니. 모순을 진지하게 파고들 틈도 없이 나라는 그 말에 끌렸다. 욕망 없는 사람이 자기만은 아니라는 사실이 반가웠고, 욕망 없이 살아가고 있지만 인생의 재미를 하나쯤은 느껴보자는 제안에 마음이 기울었다. 나라는 그때부터 알깨기가 권하는 대로 미식에 욕망을 품어보기로 결심했다. 미식이 문화였던 시대를 지나 욕망 없는 청년에게 생존 방법이 되어버린 시대가 온 것이다.

알깨기 방송 보고 오셨어요?

나라가 그랬듯 옆 테이블의 손님도 직원에게 식초와 후추를 부탁했다. 그건 알깨기가 제안한 방식이었다. 갈빗집에선 갈비군만두를 인당 두 개씩 서비스로 주었는데, 식초와 후추를 섞은 양념장에 찍어 먹으면 알이 깨지는 맛이라며 극찬했었다. 언젠가 알깨기가 제안한 '킥'을 알고 있는 사람을 마주치게 될 거라 고대했던 나라는 기다리던 동지를 만나자, 그도 자신만큼이나 의욕 없는 삶에 지쳐가던 중 알깨기의 방송을 보고 삶의 재미를 되찾은 사람인지 궁금한 마음이 들어 자꾸만 옆 테이블을 힐끔거리게 되었다. 동지의 이름은 공교롭게도 미라였다. 나라와 미라. 같은 '라' 자 돌림이지만 외모는 판이한 두 사람은 알깨기의 알이 깨졌던 종로의 어느 갈빗집에서 옆자리에 앉은 인연으로 잠시 대화를 나누게 되었다.

미라는 '뼈말라' 계열이었다. 지나치게 마른 몸을 몹시 동경해 뼈가 드러나도록 다이어트를 하고 또 하는 집요한 사람들이 뼈말라다. 얼핏 보면 호린과 비슷해 보여도 그와는 달랐다.

호린은 마른 몸을 동경하는 마음 없이 매일 술만 마셔서 피골이 상접한 상태가 되었다면, 뼈말라는 먹은 걸 토해내거나(먹토), 씹다가 뱉어내거나(씹뱉), 최소한의 양만 먹는다는(절식) 점에서 그랬다. 물론 식욕억제제를 처방받는 경우도 꽤 많다고 들었다. 나라가 보기에 미라는 첫번째 케이스 같았다. 하수관으로 흘려보내기 전까진 비非뼈말라처럼 잘 먹는 타입. 나라는 미라가 그런 타입이라는 것을 보자마자 알아챘다. 검지 옆면에 굳은살이 있어서였다.

나라가 먼저 말을 걸었고 미라가 그에 응해주었다. 나라가 다음 행선지를 조심스레 묻자 미라는 곰탕집에 갈 예정이라고 시원하게 답했다. 알깨기가 극찬한 모둠수육을 파는 집이었다. 저도 다음주에 거기 가보려고요. 나라의 말에 미라는 알깨기의 단골 멘트로 동지 의식을 일깨우려는 듯 오예! 라고 외쳤다. 그들은 각기 다른 테이블에 앉아 있었으나 점심시간이 되어 손님이 떼로 몰려오자 합석을 부탁하는 직원의 요청에 흔쾌히 자리를 합쳤다. 나라의 눈엔 식당으로 들어오는 사람들 모두가 알깨기 방송의 구독자처럼 보였다. 욕망 없이 살다 알깨기에 의해 없던 욕망이 일깨워진 사람들. 나라의 가련하고 씩씩한 동지들이었다.

접시를 깨끗이 비운 후 양념 묻은 손을 씻기 위해 화장실에 들어간 나라는 칸막이 너머로 미라가 꺽꺽거리며 토하는 소리를 들었다. 사람이 아니라 짐승이 내는 소리 같았다. 나라는 계산을 마치고 식당 밖으로 나가 초조하고 슬픈 마음으로 미라를 기다렸다. 처음 본 사람의 영혼을 걱정하는 자신을 낯설어하면서.

나라는 미라의 몸이 아니라 영혼에 대해서만 생각하려 했다. 미라의 몸은 나라가 어찌해볼 도리가 없는 것처럼 느껴졌다. 뼈말라를 눈앞에서 보니 절로 그런 생각이 들었다. 타인이 간섭할 수 있는 영역의 문제가 아니구나. 당사자조차 어떤 선을 넘어섰다고 직감하지 않을까. 생사의 기준선을 말하는 게 아니다. 몸을 활동체가 아닌 오브제로 탈바꿈시키는 선. 그걸 말하는 것이다.

호린을 돕지 못하는 것처럼 나라는 미라 역시 자신이 도울 수 없을 거라고 생각했다. 타인이 해줄 수 있는 건 없는 듯 보였고, 미라 스스로 뭔가를 깨우쳐야 할 것 같았다. 너무 맛있어서 토하고 싶지 않은 음식을 먹는다든지. 하지만 그건 비뼈말라의 머릿속에서나 나올 법한 괴상한 해결책일 것이다. 어쩌면 미라는 지금 이대로도 행복하다고 생각할지도 모르지. 나라는 작은 돌멩이를 발끝으로 굴리며 생각했다.

가게 밖으로 나온 미라는 낯빛이 약간 창백한 것을 제외하곤 말짱해 보였다. 두 사람은 자연스레 같은 방향으로 걷기 시작했다. 세운상가로 향하는 기다란 연결 통로를 걸으며 인근 건물의 사무실 창을 훔쳐보았다. 주말이었기에 책상 앞에 앉아 있는 사람은 없었고, 창가에 듬성듬성 놓인 화분들만 햇빛을 받아 한껏 노곤한 분위기를 내고 있었다. 나라 역시 양념까지 긁어먹은 이 인분의 갈비와 두 그릇의 공깃밥 때문인지 식곤증이 몰려왔다. 곁에 있는 미라가 꿈속에서 만난 친구 같을 정도였다. 잠을 물리치기 위해 나라는 입을 열었다.

알깨기가 추천해준 음식을 먹을 땐 골치 아팠던 일들이 사라지지 않나요?

맞아요. 오로지 음식맛만 생각하게 되니까요, 오예!

맛있는 걸 먹는 순간에만 살아 있다고 느껴요, 저는.

저도 그래요, 오예!

나라는 거짓으로라도 미라를 격려해주고 싶었다. 뼈말라로 살아가느라 여간 힘든 게 아닐 것임에도 맛집 투어를 멈추지 않는 열성적인 삶의 자세에 놀랐다고. 미라의 모순적인 행동이야말로 삶의 양면성을 고스란히 받아들이는 행위가 아닐 수 없다고. 맛있는 것을 먹고 나서 토한다, 유용한 것을 취하고 곧이어 무용하게 만들어버린다. 그런 행동은 가능성이나 희망을 엿 먹이려는 태도에서 비롯된 것 같기도 했다. 그리고 그건 나라에게도 은은하게 잠재되어 있는 자세였다. 왜 되도 않는 걸 시도하려고 했지? 스스로가 추구했던 자아를 떠올리며 우울감에 잠식되는 대신, 자아를 재구성하기 위해 선택한 미식 생활에 진심이 된 그들은 앞으로도 계속 맛있는 음식을 먹고 오예! 하고 외칠 것이다. 그것밖에는 할 수 있는 게 없고, 하고 싶은 것도 없었다.

눈앞에 종묘가 보였다. 거기서 헤어지는 게 적절할 것 같았다. 다음번에 곰탕집에서 모둠수육을 먹다 재회할 수도 있겠지만 나라는 두 번 다시 만나지 못할 사람에게 작별인사를 건네듯 애틋한 눈빛으로 양손을 천천히 흔들었다. 미라는 다음에 또 봐요, 오예, 오예! 하고 오예를 남발하며 발랄하게 멀어져갔다.

발랄한 뼈말라 미라를 기억하자. 나라는 그렇게 다짐하고 뒤돌아 길을 건넜다.

4. 솔솔

만숙씨가 틀어놓은 라디오에서 옛날 가요가 흘러나왔다. 제목이 뭐였더라…… 나라는 방바닥을 데구루루 구르며 머릿속에서 생각도 굴렸다. 아하! '님은 먼 곳에'. 김추자가 부른 버전.

한때 호린은 김추자를 무척 좋아했다. 나라에게 앨범 커버 사진을 보여주며 엄혹한 시절에 여성으로서 그처럼 자신감 넘치는 태도를 내보인 게 놀랍다고, 저절로 동경하게 되더라고 말했다. 나라는 김추자와 호린만큼 안 어울리는 조합도 없다고 생각했다. 과거에 호린은 무얼 하든 흐렸다. 나라가 '흐린'이라는 별명을 붙여주었을 정도로 표정과 태도가 어딘가 모르게 흐릿했다. 심지어 옷과 신발도 흐릿한 색상만 착용했다. 그래도 호린에게서는 맑고 온화한 기운이 느껴졌는데, 어느 날 뭔가 잘못된 것 같다고 말하더니 그즈음부터 무서울 정도로 술을 많이 마시기 시작했다. 도대체 뭐가 잘못되었다는 걸까. 사실 그들의 삶에서 잘못된 것을 찾자면 한두 개가 아니었다.

의미 없다. 이런 생각은 그만하자.

나라는 얼마 전 알깨기가 어느 곳인지 알려주지 않고 짧은 영상으로 소개한 식당을 떠올렸다. 알깨기는 상호와 위치를 감춘 채 한 노포에서 순대와 막걸리를 주문했고, 기본 찬으로 나온 김치로 순대를 싸 먹으며 알이 깨졌던 맛이라고 말했다. 깨진 맛이 아니라 깨졌던 맛. 조촐한 메뉴인데다 다음 영상에 상대적으로 화려한 해물찜 식당이 나오는 바람에 해프닝처럼 지나간 영상이었지만, 나라는 그곳에 꼭 가보고 싶었다.

도대체 거기가 어딜까. 건물 지하에 있는 시장 같기도 한데. 나라가 중얼거리는 말을 들은 만숙씨는 서울에 있는 그런 재래시장을 몇 군데 알려주었다. 나라는 그곳들을 받아 적고 나서 물었다.

할머니의 인생 맛집은 어디야?

만숙씨는 생각에 잠긴 표정으로 달래를 손질하다 입을 열었다.

양은 냄비에 밥 지어 팔았던 데. 옛날에 장사할 때 그 집에서 자주 먹었어. 냄비 뚜껑을 열면 김이 솔솔 올라왔어. 냄새가 그렇게 고소할 수가 없었지. 살려고 먹는 게 아니라 이걸 먹으니까 살 수 있는 서다. 그런 생각이 들더라. 이젠 사라지고 없을 거야. 다들 못살 때여서 갓 지은 밥에 반찬을 푸짐하게 내주는 식당이 얼마나 고마웠는지 몰라.

지금도 다들 못사는 때 같은데.

그때보다는 훨씬 잘사는 거야.

만숙씨는 대꾸 없는 나라를 돌아보더니 덧붙여 말했다. 걱정하지 마. 산 입에 거미줄 안 치니까.

그러나 나라는 이제 산 입에 거미줄 치는 시대가 올 것 같다고 생각했다. 가령 나라가 다니는 회사만 봐도 그랬다. 결국 일어날 일은 일어나게 되어 있다. 비슷한 물건이 두 개 있다면 저렴한 걸 구매하는 게 당연지사. 다른 국가보다 저렴하게 팔 수 있다면 승리. 그게 나라가 실감하는 신자유주의이자 글로벌 경제였다. 싸게 판다. 더 싸게 판다. 더더욱 싸게 판다. 싸게 부린다. 더 싸게 부린다. 더더욱 싸게 부린다. 그 밑에 깔린 희생들은 보지 말아야 했다.

만숙씨가 다시 강조하듯 말했다. 입이 있으면 먹을 게 생기게 되어 있어. 걱정하지 마.

나라는 대답 없이 손질된 달래를 집어들어 인중 위에 올려놓고 향을 들이마셨다. 만숙씨가 직접 겪고 목격했을 '입'은 뭘까. 나라는 만숙씨가 지나온 삶을 떠올려보았다. 꿀꿀이죽을 먹었던 전후 시대 가난한 민중의 입(먹기 위해 사는 게 아니라 살기 위해 먹는다. 먹고 나서 배 꺼지니까 움직이지 말자). 혼분식 장려 운동에 동참했던 박정희 시대 긴장한 민중의 입(살기 위해 먹어야 하지만 가급적 밀가루를 먹자. 먹고 나서 배가 꺼지더라도 굶어죽지 않으려면 어떤 일이든 하자). 백미를 많이 먹기 시작한 80년대 후반 달달해진 민중의 입(살기 위해 먹든 먹기 위해 살든지 간에 서울올림픽만은 잘 치르자). 육류를 즐기기 시작한 90년대 대중의 입(먹기 위해 사는 게 아니라 살기 위해 먹는다지만, 가끔은 먹기 위해 사는 것도 나쁘지 않다. 먹고 나서 배 꺼지니까 또 먹어야 한다). 연이어 나라가 직접 겪고 목격한 입도 떠올렸다. 맛집을 찾아다니기 시작한 2000년대 대중의 입(살기 위해 먹는 건 영 재미가 없으니 먹기 위해 사는 편이 낫다. 먹고 나서 배 꺼지길 기다리지 말고 운동으로 살을 빼자). 일상적으로 맛집을 서칭하며 다수가 미식가 대열에 들어선 2010년대 대중의 까다로운 입(먹기 위해 살려는 사람은 얼결에 대중문화의 선두에 선다. 먹고 나서 배가 꺼지더라도 아직 남아 있을 열량을 다 소모해 절대로 살이 찌지 않게 하자). 유튜브 먹방과 인스타 맛집을 삶의 일부로 들여온 2020년대 대중의 과시적 입(먹기 위해 사는 사람은 보여주기 위해 먹는 사람이 되어야 한다. 먹고 나서 배 꺼지기 전에 SNS를 휩쓴 디저트 카페로 가자). 그리고, 2030년대엔 어떤 입이 도래할까.

민숙씨가 손질을 마친 달래를 들고 싱크대로 가더니 손을 대충 씻었다. 그러곤 거실로 돌아와 라디오 볼륨을 낮추고서 베개를 베고 바닥에 모로 누웠다.

낮잠 자려고?

응, 너도 좀 자.

민숙씨는 젊은 시절부터 낮잠을 좋아했다. 어릴 때 나라는 낮잠을 즐기는 민숙씨를 보며 인간은 원래 낮잠을 꼭 자야만 하는 동물인 줄 알았다. 그래서 학교에 가서도 낮잠 자기 좋은 시간엔 늘 책상 위에 엎드려 잤다. 등짝을 맞더라도 그 습관을 포기하지 않았다. 낮잠만 제대로 잘 수 있다면 살 만한 세상이겠다고 생각하면서. 그땐 미식이 아니라 낮잠이 삶의 동력이었는지도 모른다. 낮잠을 자기 위해 눈을 감는 순간엔 자기 자신을 이보다 더 잘 챙기는 방법은 없을 거라는 생각에 괜히 애잔한 마음이 들었다. 그런데 나는 언제부터 나를 혹사시키며 살기 시작했을까.

민숙씨의 코고는 소리가 자장가처럼 들려와 나라도 어느샌가 낮잠에 빠져들었다. 그렇게 한 시간을 내처 자고 일어났더니 또다시 호린이 떠올랐다. 맑은 밤하늘에 돌연 번쩍이는 번개 같은 호린. 빛이지만 무서운 빛. 곧이어 쏟아져 내릴 폭우를 떠올리게 하는 빛. 흐린 날씨는 언제 사납고 절망적인 날씨로 바뀌었을까. 그건 천천히 일어난 일이 아니었다. 어느 날 갑자기 호린의 리듬이 깨졌고, 둘의 리듬까지 완전히 틀어졌다.

대학을 졸업하고 취업 준비를 시작하면서부터 호린은 중고 LP를 모았다. 돈이 없어 매번 무명 가수의 오래된 음반 중에서도 흠집이 많은 저렴한 것들만 사왔다. 한 면의 재생 시간이 고작 이삼십 분 정도밖에 안 되었기에 이삼십 분쯤 듣고 일어나 판을 뒤집어 끼운 다음 바늘을 홈 위에 내리는 행위를 반복해야만 했다. 나라도 호린과 함께 그 방법으로 음악을 들어본 적이 있었다. 소리가 일그러지고 잡음이 심하게 끼어들기도 하는 노래를 나라는 귀기울여 들었다. 매끈하게 이어지는 다른 노래들과 달리 호린이 즐겨 듣던 노래에는 시간의 흔적과 상처, 슬픔 같은 것들이 배음처럼 깔려 있는 듯했다. 그때 호린이 했던 말을 나라는 아직도 기억했다.

사람은 하루에도 서로 다른 여러 개의 리듬을 느끼며 살아가는 거 같아. 해가 지거나 뜨는 풍경을 바라볼 때 발생하는 리듬과 한낮에 횡단보도를 건널 때의 리듬, 잔디 위에 돗자리를 깔고 누울 때의 리듬이 다 달라. 그것들이 모여서 한 사람의 리듬이 되는 거야. 어떻게 해야 하루종일 좋은 리듬을 유지할 수 있을까? 가능한 일이 아닐지도 모르지만, 나는 그렇게 해보고 싶어. 나를 좋은 리듬 안에만 두고 싶어.

그랬던 호린은 언제 잘못된 리듬에 빠져버렸을까. 나라는 어느 틈엔가 일어나 흐트러진 머리를 빗어 넘기는 만숙씨에게 호린 얘기를 꺼냈다. 아직도 매일 술을 마신다고. 걱정되지만 어쩔 수가 없는 일인 것 같다고.

허이구, 걔가 왜 그럴까. 차라리 낮잠을 자지.

뭐라고, 할머니?

낮잠을 자보라고 해. 술보다 백배 낫지.

나라는 방바닥을 구르며 큰 소리로 웃었다. 호린한테 그렇게 말하면 어떤 대답이 돌아올까. 적어도 한 번 정도는 웃게 해줄 수 있을 것이다. 나라는 커피믹스를 타러 가는 만숙씨의 갈라진 뒤꿈치를 바라보며 물었다.

할머니, 백 살까지 살기 위해 해야 하는 일은 뭐야?

넘어지지 않기.

그리고?

매일 좋아하는 거 한 가지는 꼭 하기.

나라가 정말 그렇게 하는지 묻자 만숙씨는 철저히 지키고 있으니 걱정하지 말라고 답했다. 몇 년 전 나라는 〈모리의 정원〉이라는 영화를 보고 나서 만숙씨에게 꼭 백 살까지 살아야 한다고 말했다. 영화엔 삼십 년 동안 정원이 딸린 집에 머무르면서 거의 외출하지 않는 은둔 화가가 나온다. 그는 정원을 거닐거나 연못을 만들고 나무와 곤충을 관찰하면서 하루를 보내는데, 어느 날 정원 일을 마치고 돌아와 낮잠을 자다가 조용히 세상을 떠난다. 나라는 만숙씨가 그런 죽음을 맞이하기를 바랐다. 나라의 엄마처럼 돌연 사라지지 않기를, 백 살까지 살다가 낮잠을 자는 중에 나라 곁을 떠나 편안하게 영면하길 바랐다.

5. 물컹

 건물은 회색 먼지가 내려앉은 두부 같은 모양새였다. 잿빛의 깃털 구름이 깔린 노을 아래에선 제법 운치 있어 보였으나 어딘지 모르게 쓸쓸함이 느껴지기도 했다. 나라는 만숙씨가 말해준 곳을 바탕으로 식당 후보지를 두 군데 정했고, 그중 한 곳에 방문한 참이었다.
 이 건물 근처에 왔던 적은 있었는데, 지하에 시장이 있는지는 몰랐다. 내가 여길 왜 왔었더라…… 곰곰이 생각해보던 나라는 잊고 있던 기억과 맞닥뜨렸다. 데이팅 앱에서 매칭된 남자를 만나러 근처 술집에 왔었다. 나라를 만나자마자 소주를 들이켜며 상사 욕을 늘어놓던 남자는 취기가 오르자 나라의 지성을 시험하려 들었다. 시사용어 퀴즈의 정답을 못 맞히면 나라가, 맞히면 그가 벌주를 마시는 게임을 하자고 제안했다. 그린워싱이라는 말 알아요? 나라가 정답을 연이어 맞히자 그는 어떻게 그런 것까지 아느냐면서 놀랐다. 나라는 알깨기의 방송 덕분이라는 말은 하지 않았다.

그와 모텔을 나와 허름한 식당에서 선지해장국을 먹었다. 까맣게 덩어리진 돼지 피가 뚝배기 안에 화석처럼 담겨 있었다. 선지를 잘라 입안에 넣은 나라는 보기와 달리 물컹한 식감에 놀라면서 새삼 동물 피를 국으로 만들어 먹는 인간에 대해 생각했다. 남자도 비슷한 생각을 한 모양인지 이렇게 말했다.

가끔은 먹는 일이 참 기괴한 행위 같다는 생각이 들어요. 몸 안에 이질적인 걸 집어넣는 거잖아. 일반적으로 잘 먹지 않는 걸 먹는 인간은 그 즉시 모멸당하고. 인간이야? 어떻게 저걸 먹어? 그러면서. 어릴 때 전 선지를 먹을 수 없는 음식으로 분류했는데 지금은 잘 먹어요. 언제부터 변했지……

선지는 원래 소 피로 만들었는데, 이젠 공급이 부족해서 돼지 피를 많이 쓴대요.

소 눈은 참 커요. 직접 본 적이 있는데 깜짝 놀랐어요. 눈이 너무 커서.

눈을 오래 맞추며 말하는 사람은 무서워요. 왜 그렇게 자길 다 보여주는 걸까요? 무슨 자신감으로?

그와 나라는 마주보고 앉아 각각 딴소리를 했다. 그런데도 묘하게 통하는 점이 있는 것 같았다.

우리 부모님은 서로 식성이 완전히 달라요. 아버지는 어촌이 고향인데 도시로 와서 온갖 고생을 했고, 음식을 맵게 먹는 습관이 생겼어요. 단순하게 매운 음식을 좋아하세요. 열무비빔밥에 고추장을 듬뿍 넣고 비벼 먹는 식이에요. 매끼 청양고추를 먹어야 하고요. 그래서 밥을 먹을 때마다 얼굴이 벌겋게 달아오르는데 저는 그게 보기가 싫더라고요. 성공하지 못한 자괴감을 그렇게 해소하는 것 같아서요. 어머니는 도시로 와서 처음 돼지고기를 먹어보셨대요. 어머니는 싱거운 산나물을 좋아해요. 심심한 빵도 좋아하고. 특히 식빵. 그런데 한번은 아버지가 식빵에 고추장을 듬뿍 발라 먹는 거예요. 도대체 무슨 맛으로 먹은 걸까.

나한테 왜 그런 말을 해요? 나라는 의도했던 것보다 더 뾰족하게 묻고 말았다. 가족 얘기는 하지 말지. 두 번 다시 안 볼 사이인데. 그러나 뒤미처, 두 번 다시 안 볼 사이니까 그런 말을 하는 게 타당한 것도 같았다. 그래서 나라도 말했다.

우리 엄마는 복어를 먹고 죽었어요. 인간은 참 이상하지 않나요? 먹으면 죽을 수도 있는 음식을 요리해서 먹는 게.

잘못 요리하면 죽는 거죠. 그래도 그런 경우는 드물 텐데.

드물어도 어디선가는 일어나는 일이에요.

남자는 헤어질 때까지 나라의 눈을 똑바로 마주보지 못했다.

엄마가 복어를 먹고 죽었다는 건 사실이 아니었다. 엄마는 음독자살을 했다. 죽는 일에 입을 사용했다. 노래 부르듯 그걸 쉽게 해냈다. 나라가 초등학교에 들어가기 전에 일어난 일이었다. 사살을 감행하기 전날 엄마는 낮잠을 자는 나라를 깨우더니 셔츠를 걷어올리고 온몸에 입을 맞추었다. 부드럽고 뜨거운 입술이 피부에 닿을 때마다 나라는 간지러워 웃음을 터뜨렸다. 입술의 열기를 느끼며 그 사랑이 언제까지고 계속될 것임을 자신했다. 나라는 몸을 일으켜 엄마의 볼에 뽀뽀했고, 입맛을 다시며 다시 잠에 빠져들었다. 영원한 작별을 앞둔 낮잠이었다.

6. 오물오물

건물 지하엔 퀴퀴한 먼지와 눅눅한 곰팡이 냄새가 퍼져 있었다. 미로 같은 통로를 한참 걷다보니 고소한 음식냄새가 풍겨왔다. 나라는 걸음을 멈추고 부추전이나 국수를 먹고 있는 노인들을 쳐다보았다. 낮은 칸막이로 구획해놓은 식당들이 잇달아 들어선 곳이었다. 알깨기의 영상에서 본 장면과 일치했다. 만숙씨의 직감이 맞았다.

나라는 그곳들 중 방송에 나왔던 식당을 찾아 안으로 들어갔다. 주인 할머니가 뒷짐을 지고 가까이 다가와 물었다. 뭐 줄까? 나라는 벽면에 붙어 있는 메뉴판을 보며 순대를 달라고 말했다. 그것만 줘? 나라는 막걸리도 추가로 주문했다.

잠시 후 김이 모락모락 피어오르는 순대가 나왔다. 알깨기가 먹었던 잘 익은 김치도 접시에 먹음직스럽게 담겨 등장했다. 나라는 알깨기가 그랬듯 김치로 순대를 잘 감싸서 한입에 먹었다. 김치와 순대가 입속에서 뒤엉켰다. 나라는 그걸 오물오물 씹다가 꿀꺽 삼켰다. 그러나 기대와 달리 오예! 를 외치기엔 역부족이었다. 고심하지 않더라도 합격점에 미달했다.

나라는 젓가락을 내려놓으며 주변을 둘러보았다. 손님이라곤 만숙씨 또래의 할아버지들뿐이었다. 그곳만이 아니라 옆집과 그 옆집도 마찬가지였다. 젊은 손님은 나라밖에 없었다. 나라는 순대를 마저 다 먹고서 빈대떡을 추가로 주문했다. 순대 맛이 평범하다는 것에 화가 나지는 않았다. 오히려 궁금증이 커졌다. 지극히 평범한 맛에 놀라 처음으로 알깨기라는 사람이 궁금해졌다.

주인 할머니가 빈대떡을 뚝딱 부쳐서 들고 왔다. 저짝 시장에서 파는 빈대떡보다 이게 더 내 입맛에 맞아. 먹어봐. 맛이 어떨란가. 할머니의 빈대떡은 부침개에 가까운 얇은 두께였지만 나라의 입맛에도 잘 맞았다. 나라는 막걸리를 추가로 주문했다. 할머니가 막걸리 병을 슬렁슬렁 흔들며 걸어오더니 환한 미소를 지었다. 나라도 덩달아 미소를 띠며 물었다. 혹시 개인 방송을 하는 분이 자주 오지 않나요?

아, 우리 손녀.

뜻밖의 대답이 돌아와 나라는 말문이 막혔다. 할머니는 막걸리를 탁자에 내려놓으며 말했다.

가게 이름은 안 내보낸다고 했는데.

제가 우연히 찾은 거예요. 손녀분이 순대를 좋아하시나봐요?

어릴 때 많이 먹었지. 옛날에 걔 엄마가 여기서 일을 했거든. 학교 갔다 오면 밥 대신에 순대랑 김치를 내줬어. 그땐 그런 여자가 별로 없었는데 걔 엄마는 야망이 참 대단했지. 걔를 뚝 떼어놓고 공부한다고 멀리 가버렸어. 지금은 어디 사는지도 몰라. 우리 손녀 방송 좀 많이 홍보해줘. 좋아요랑 구독 눌러줘.

나라는 이미 그러고 있다고 말한 뒤 요의를 느껴 자리에서 일어났다. 화장실로 걸어가며 직전에 들은 말을 머릿속으로 정리해봤다. 상호를 감춘 채 평범한 맛의 순대를 방송에 내보낸 건 연락이 끊긴 엄마를 찾고 싶어서였을까. 뻔하고 고전적인 이유라는 생각이 들었지만, 당사자에겐 결코 뻔하거나 고전적이지 않은 일이라는 걸 깨닫고는 흠칫 놀랐다.

화장실에 다녀와 비좁은 통로로 들어서다 누군가와 마주쳤다. 나라는 고개를 들었다가 걸음을 멈추었다. 누군지 못 알아볼 수가 없었다. 인사라도 하고 싶었지만 스토커로 오해받을까봐 망설여졌다. 그래도 고맙다는 말 정도는 해도 되지 않을까. 알깨기의 방송이 없었더라면 나라의 삶은 무척 어두워졌을 테니까. 알깨기가 음식을 먹으면서 들려주는 한국 식문화의 역사를 듣는 것도 빠뜨릴 수 없는 재미 중 하나였다. 나라가 좋아하는 KFC는 1984년에 종로에 처음 들어섰고, 맥도날드는 1988년에 압구정동에 1호점을 열었다. 그 무렵에 외국의 프랜차이즈 기업이 줄줄이 들어오기 시작한 건 서울올림픽을 앞두고 세련된 나라로 보이기 위해 정부가 취한 조치였다. 알깨기가 들려주는 이야기는 나라가 교과서에서만 보던 한국의 역사를 실감하게 해주었다. 과거부터 지금까지 산업의 변화와 나라 안팎의 위상에 나름의 방식으로 대처해온 한국의 모습은 나라로 하여금 앞으로도 그럴 가능성이 있다는 희망을 품게도 했다. 나라는 다소 오글거려도 그런 감사의 말을 전하고 싶었지만 결국 한마디도 하지 못하고 여자를 지나쳤다. 나라는 계산을 마친 뒤 밖으로 나왔다.

평범한 맛의 순대 덕분에 나라는 오랫동안 잊고 있던 음식이 떠올랐다. 엄마가 만들어줬던 수박화채였다. 지나칠 정도로 달아서 다 먹고 나면 입안이 끈끈해져 시원한 보리차를 한

컵 들이켜야 했다. 음식은 그저 음식이지 않고, 입은 그저 입이지 않다. 그것은 기억을 불러일으키고 생과 사에 개입하며 특정한 리듬 안에 잠기게 한다. 나라는 어쩌면 자신의 미식 생활이 앞으로 조금 다른 의미를 품게 될지도 모른다고 예감했다.

관광객늘로 붐비는 길을 걷고 있는데 나라의 휴대폰이 진동했다.

—나라야, 내가 술을 끊을 수 있을 것 같아?

나라는 걸음을 멈추었다. 그건 나라가 오래전부터 기다려온 질문이었다. 언제 물어봐주나 목을 빼고 기다리다 지쳐버려 호린을 잊기로 결심하게 만든 것이었다. 나라는 당연히 그럴 수 있다고 답하려다 망설였다. 그게 진실일까. 과연 호린이 술을 끊을 수 있을 것인가. 그럴 수 있다고 쉽게 답하고 격려해주면 될 일인가. 나약해서 저 모양이라고 속으로 흉도 봤으면서. 나름 좋은 조건을 갖추었는데 왜 그리 힘들어하나 한심해했으면서. 그런 나에게 자격이 있나. 호린을 위해 뭔가를 할 자격이.

언젠가 알깨기가 구독자에게 지나가듯 물은 적이 있었다. 알은 도대체 언제 깨질까요? 나라는 이제야 대답할 말이 떠올랐다. 알은 맛있는 음식을 먹었을 때만 깨지는 게 아니다. 평범한 맛일지라도 소중한 기억을 건드린다면 반드시 깨진다. 그리고 알이 깨졌다고 말하고 싶은 상대가 있을 때도, 없는 줄 알았으나 뒤늦게 발견했을 때도, 있는 줄 알면서 망설였을 때도, 누군가 계속 지켜본다는 걸 알면 알은 기어이 깨진다. 나라는 오래전 엄마의 다짐과 호린의 물음을 겹쳐보며 어떤 실망은 깨지고, 어떤 기다림은 태어나야만 한다고 생각했다.

나라는 마치 호린이 보낸 메시지를 움켜쥐듯 손으로 휴대폰을 꽉 쥐었다. 미약한 음을 길게 끌다 굉음으로 변하는 어둠의 전조를 모른 척하고 싶지 않았다. 미미해지다 이윽고 사라지는 소리를 못 들은 척하고 싶지 않았다. 죽음과 망각이 가진 성질을 업신여기고 싶지 않았다. 돌아오지 않는 사람을 기다리는 동안 희미해지고 투명해지다 끝내 얼룩이 되는 흔적을 소매로 문질러 지우고 싶지 않았다.

그렇게 변해야 할까? 그렇게 변할 수도 있을 것이다. 그렇게 변하면 좋을까? 그렇게 변해도 좋지 않을 수 있다. 그렇더라도, 기다리던 말이 도착했으니 변하지 않을 수 없었다.

나라는 거리의 직선을 가로지르고 곡선을 휘돌아 빠르게 걸었다. 텅 비어 있던 나라의 입이 저절로 움직였다. 살려는 움직임과 의지의 발현. 먹는다. 먹다가 말한다. 먹다가 노래한다. 입맞춘다. 함께 뜨거워진다. 후후 분다. 꿀꺽 삼킨다. 오예! 를 외친다. 잡음이 끼어들고 일그러진 소리를 내는 세상의 심장박동을 고스란히 느끼면서 맛있는 음식을 씹고 삼킨다. 그러다 누군가의 알이 깨지려 할 땐 그걸 지켜보기 위해 음식이 식더라도 식탁 앞을 떠나 그에게 간다.

 이상하기도 하지. 내가 너에게 주고 싶은 건 수박화채를 닮은 것. 기억할 만한 게 아니라 발에 치일 만큼 평범한 말. 나라는 늦지 않게 호린에게 메시지를 보냈다.

 —지켜볼게, 내가.

 그건 나라가 할 수 있는 가장 좋은 리듬을 가진 말이었다.

*

 어두운 식당 안, 희미하게 밝혀놓은 단 하나의 촛불 앞에서 나라의 입이 오물오물 야무지게 움직인다. 나라가 먹는 모습만 봐도 배가 부르다는 호린과 할머니, 엄마와 팀장이 음식을 나라 앞으로 밀어놓고 어둠 속으로 퇴장한다. 과연 나라가 예상했던 대로 추억은 쫄깃하고 시절은 부드러우며 시대는 맵싸한 냄새에 칭칭 휘감겨 있다. 나라는 먹기를 멈추지 않는다. 그건 나라가 살아 있다는 증거이자 시간이 차곡차곡 흐른다는 걸 알게 하는 표지다. 그러거나 말거나 나라는 부지런히 수저를 놀리며 뜨듯한 국물을 떠먹고, 매끄러운 면발을 호로록 빨아들이고, 씹고 뜯고 맛보고 감탄한다. 나라는 그렇게 자라난다. 그 일에는 쉼이 없을 것이다.

청춘

미수

김아혜 선생님을 처음 만난 곳은 집 근처 천변이었다. 선생님은 내게 일자리를 주겠다고 제안했고, 나는 그 말을 그다지 믿지 않으면서도 이튿날 선생님 댁으로 찾아갔다. 호기심이 생겨서이기도 했지만 더 큰 이유는 선생님이 내 마음을 끌어당기는 차분한 기운을 가진 사람이어서였다. 선생님은 분홍색 꽃잎이 그려진 찻잔을 만지작거리며 내 이야기를 주의깊게 들어주었다. 스무 해하고도 삼 년밖에 더 살지 않았기에 내가 말할 수 있는 대부분의 경험은 청소년기와 스무 살 이후의 짧은 성인기에 집중되어 있었다. 독립하고 싶은 마음이 강했던 학창시절과 대학에서의 괴로웠던 학과 공부, 첫 직장을 퇴사한 이유와 간헐적 아르바이트로 먹고사는 현실에 대해 말하는 동안 눈물이 나오려 해서 난감했다. 고개를 끄덕이며 내 말을 듣던 선생님이 갑자기 본인의 집을 어떻게 생각하는지 물었다.

너무 큰 것 같은데요.

맞아요. 혼자 살기엔 크죠.

너른 정원과 포치를 갖춘 단독주택에 혼자 사는 김아혜 선생님. 나는 여사님이라고 불러야 할지, 선생님이라고 부르는 게 나을지 묻던 중 답을 깨달았다. 이런 집에 사는 사람은 사모님이라 불러야 하지 않을까. 그러나 생각과 다른 말이 입 밖으로 나왔다.

선생님이라고 부르겠습니다.

선생님은 대답 없이 고개를 끄덕였다. 선생님의 약지엔 결혼반지가 없었고, 손등은 검버섯 하나 없이 하얗고 매끈했다. 나는 선생님의 나이가 궁금했으나 실례일 듯해 묻지는 못했다. 육십대 초반으로 보였지만 그보다 더 많을 수도 있을 것 같았다.

말씀하셨던 일이라는 게……

오전엔 나에게 책을 읽어주고, 오후엔 나와 함께 산책하는 일이에요. 평일 오전 아홉시부터 오후 세시까지. 월급은 삼백만원. 어때요, 미수씨?

책 낭독과 산책 동행으로 그 정도의 돈을 벌 수 있다는 게 믿기지 않았다. 역시 사기꾼임이 분명하다고 생각하면서도 내 입은 저절로 열렸다.

언제부터 시작하면 될까요?

*

사기야. 하지 마.

배키는 맥주 캔을 우그러뜨리며 겁도 없이 혼자 낯선 사람 집에는 왜 간 거냐고 나를 타박했다. 같은 동네에 살고 있는 배키는 일하던 가게가 망한 뒤 자전거로 음식 배달하는 일을 하며 생계를 꾸려가고 있었다. 우리는 번듯한 직장에 들어가겠다는 포부나 예술가가 되겠다는 꿈이 없었다. 그럭저럭 평온하게 하루하루를 보내고 싶을 뿐이었다. 계속 이렇게 살아도 되는지 물었을 때 배키는 당연히 된다고 답했다. 원대한 야망을 품을수록 탄소 배출이 많아진다고 주장하면서. 어쩐지 수긍하고 싶은 말이었다.

나는 첫 직장을 일 년 만에 그만두었다. 대학교를 졸업하고 이듬해에 들어간 세무사 사무소였다. 직원 수가 네 명이었고 거의 매일 야근을 했다. 자리를 비울 수가 없어 입사한 지 두 달 만에 만성 방광염에 걸렸다. 반년을 그 상태로 버티다가 원인을 알 수 없는 병증이 시작되었다. 아랫배 안쪽이 불붙은 것처럼 화끈거렸다. 그러나 여성의학과에 가서 초음파 검진을 받아도 특별한 이상이 없다는 말을 들었다. 별수없이 소염진통제만 삼키며 지내던 어느 날, 아침에 소변을 보던 중 피가 왈칵 쏟아져나왔다. 생리 기간이 아니었는데도 상당한 양이라서 겁이 났다. 상사에게 연락해 어지럼증이 심해 회사에 못 갈 것 같다고 둘러댔더니 상스러운 욕설이 한 바가지 날아들었다. 이튿날 나는 망설임 없이 사직서를 제출했다.

그뒤로는 아르바이트만 하면서 생계를 꾸려갔다. 다시 회사에 들어가면 피를 쏟으며 일해야 할지 모른다는 두려움이 들었다. 아르바이트 역시 체력적으로 힘들긴 했지만 야근 없이 근무시간을 칼같이 지키며 일하는 게 가능했다. 나는 밤 열시에 침대에 누워 넷플릭스 드라마를 보는 삶을 살고 싶었다. 꿈이 그다지도 소박했다.

돈을 많이 준다는 건 그만큼 힘든 일이라는 의미야. 분명히 꿍꿍이가 있어.

배키는 엉덩이를 털고 일어나며 말했다. 우리는 홍제천 벤치에 앉아 캔맥주를 마시던 중이었다. 배키는 천변에 설치된 운동기구를 순서대로 이용했다. 허리 돌리기, 옆 파도 타기, 철봉, 큰 활차, 공중 걷기. 그러면서 내게 물었다. 말려도 할 거지? 나는 대답 없이 고개를 끄덕였다. 운동기구에서 내려온 배키가 주머니에서 둘둘 말린 장바구니를 꺼냈다. 우리는 주로 저녁에 재래시장에서 장을 보았고, 떨이로 나온 채소와 할인 가격표가 붙은 닭강정을 사서 절반씩 나누곤 했다. 산책로를 빠져나와 시장으로 걸어가는 길에 배키가 할말이 있다며 미적거리더니 연애를 시작하게 되었다고 털어놓았다.

배달 갔던 집이 중학교 동창 집이었어.

네가 알아본 거야?

걔가 먼저. 배달한 음식이 피자였는데 자꾸 같이 먹자는 거야. 그게 마지막 배달이었고 배도 고파서 같이 먹었지. 근데 포트와인을 가져오더라. 다 마시고 의자에서 일어났더니 눈앞이 핑 돌아. 걔가 먼저 자고 갈 거냐고 물어봤어.

대박.

대박이라고 말하긴 했지만 내 표정은 그리 밝지 않았다. 나를 비롯해 친구들 모두가 배키라고 부르는 백희는 연애를 쉬지 않는 사랑꾼이지만 유감스럽게도 늘 차이는 쪽이었다. 최근의 이별은 잠두봉선착장에서 있었던 일이 전조였다. 그날 배키는 애인과 함께 한강변을 걷고 있었다. 어디선가 고소한 냄새가 나서 둘은 동시에 주위를 두리번거렸고 선착장 앞의 고깃집을 발견했다. 사람들이 노을을 등지고 앉아 부지런히 고기를 구워먹고 있었다. 배키는 그날 밤 나를 찾아와 말했다.

지순이 표정이 배고픈 것 같기도 하고, 어찌 보면 황홀한 것 같기도 한 거야. 고기를 먹고 싶어하는 건지 일몰이 아름답다고 생각하는 건지 모르겠더라. 그래도 지순이가 너무 예뻐 보여서 나는 일몰보다 지순이가 더 아름답다고 생각했어. 근데 지순이가 그러더라. 우리는 고기 사 먹을 돈도 없네. 그 전날에도 제비다방에서 보고 싶은 공연이 있었는데 돈이 없어서 못 들어가고 밖에 서서 들었거든. 그때도 나는 가로등 불빛 아래서 본 지순이의 얼굴이 너무 예쁘다고 생각했는데, 지순이는 속으로 다른 생각을 했겠지? 거지를 만나서 고생한다고.

지순이도 돈이 없어?

알잖아. 나는 애인한테 돈 쓰게 하는 사람 아니야.

지순의 돈을 한푼도 쓰지 못하게 하려는 배키의 노력은 가상했으나 이벤트가 전혀 없는 젊은 연인의 모습은 보기 썩 좋지 않았다. 둘은 지루한 표정으로 홍제천 천변을 자주 어슬렁거렸다. 가끔씩 나는 멀리서 그 모습을 보게 됐다. 지순은 말없이 휴대폰만 만지작거렸고, 배키는 낮부터 캔맥주를 마셨다. 내 눈엔 둘의 관계가 위태롭고 권태롭게 보였다. 배키가 가난한 이유는 아르바이트해서 번 돈을 옷값으로 많이 쓰기도 하지만 부모와 동생에게 달마다 조금씩 돈을 보내주기 때문이었다. 결국 그날 배키는 지순과 천변에서 육개장 사발면을 먹다가 크게 다투고 헤어졌다. 지순은 배키에게 일을 더 많이 해서 적어도 고기구이는 사 먹을 수 있을 만큼 벌어야 한다고 주장했고, 배키는 그렇게 사느니 헤어지겠다고 말해서 정말로 헤어졌다.

배키와 나는 십대 때부터 돈 버는 일에 인생을 낭비하는 건 어리석은 짓이니 우리는 남들과 다르게 살자고 다짐하곤 했다. 그러나 어떻게 해야 그렇게 살 수 있는지 방법은 알지 못했다. 겉으론 태연해 보이는 배키도 술에 취하면 신세한탄을 하며 훌쩍였다. 우주의 기운이 자길 돕지 않는다고 징징거리면서. 청소년기를 지나 성인이 되었지만 우리는 여전히 똑같았다. 술과 기능성 콘돔을 살 수 있다는 걸 제외하면 바뀐 게 아무것도 없는 것 같았다.

*

　첫 출근 날, 나는 우리집에서 도보로 십 분 거리에 있는 김아혜 선생님 댁으로 갔다. 가까운 곳에 사는 이웃이라는 점이 애초에 경계심이 낮아진 가장 큰 요인이었다. 초인종을 누르자 어서 와요, 하고 말하는 선생님의 느긋한 목소리가 들렸고 뒤미처 대문이 열렸다. 잘 정돈된 수목이 심긴 정원을 지나 검은색 디딤돌을 밟고 현관문 앞에 다다르자, 활짝 웃으며 서 있는 선생님이 보였다. 거실로 앞장서 걸어간 선생님은 내게 삼인용 소파 자리를 권했다. 나는 윤기가 흐르는 가죽소파에 앉아 가방에서 두 권의 책을 꺼냈다. 『몸의 일기』와 『빨강의 자서전』이었다. 전날 어떤 책을 가져가면 되는지 물었을 때 선생님은 아무 책이나 괜찮다고 답했다. 그래서 두꺼운 책과 비교적 얇은 책을 골랐다. 선생님은 두꺼운 책부터 읽어달라고 요청하더니, 주방으로 들어가 티 포트와 찻잔을 쟁반에 받쳐들고 나왔다. 연이어 오디오로 다가가 낮은 볼륨으로 재즈 음악을 틀었다.

나는 엷게 우러난 차를 한 모금 마신 뒤에 책을 펼쳤다. 전날 밤에 낭독 연습을 하고 왔지만 막상 낯선 사람 앞에서 책을 읽으려니 등이 경직되고 손이 약간 떨렸다. 선생님은 특별한 지시 사항 없이 그저 내 목소리에 귀를 기울였다. 나는 소설 속 화자가 어린 시절부터 노년에 이르기까지 몸의 변화에 관해 서술한 책을 읽어내려가며 이 책을 택한 것을 점점 후회했다. 선생님이 이런 내용에 관심 있을까. 분명히 이것보다 나은 선택은 없으리라 자신했으나 오만이었는지도 모른다는 생각이 뒤늦게 밀려왔다. 나는 선생님이 글쓰기에 열망을 품고 있으리라고 짐작했는데, 그러지 않고서야 돈을 주면서까지 책을 읽어달라고 하는 이유를 나로서는 이해할 수 없었기 때문이었다. 그런 이유로 한 인물이 전 생애에 걸친 몸의 변화를 기록한 글이 선생님에게 영감을 줄 거라고 내 멋대로 판단했던 것이다.

책장을 넘기며 힐끗 보았더니 선생님은 생각에 잠긴 표정을 짓고 있었다. 지루하거나 불쾌해 보이지는 않았다. 나는 약간 안도하며 책장을 넘겼다. 낭독은 의외로 많은 에너지가 필요한 일이었고, 이십 분쯤 지났을 무렵엔 기운이 빠지며 목소리가 갈라지기 시작했다.

간식 좀 내올게요.

선생님은 주방으로 걸어가더니 잠시 후 삼색 경단을 내왔다. 나는 차와 함께 경단을 먹었다. 단지 낭독만 했을 뿐인데 상당한 체력을 썼다는 것에 놀라면서. 조용히 차만 홀짝이던 선생님이 나를 지그시 바라보며 물었다.

내용을 들어보니 자서전에 가깝네요. 혹시 내 나이 때문인가?

나는 속내를 들킨 것이 부끄럽고 실례한 것인가 염려되어 접시 위 경단만 손으로 요리조리 굴렸다.

미수씨, 아르바이트 많이 해봤다고 했죠?

그럼요.

그런데 계약서도 안 쓰고 일을 시작해요?

선생님이 테이블 아래 선반에서 종이 한 장을 꺼내어 내게 건넸다. 계약서였다. 나는 깜짝 놀랐다. 출근하면서도 내심 이 일이 정말로 '일'이 될 수 있다고는 생각하지 않았기 때문이었다. 오전엔 책을 낭독하고 오후엔 선생님과 천변을 걷겠지만 그 보상으로 제시된 금액은 여전히 납득하기 어려웠다. 세무사 사무소에 다닐 땐 열두 시간 넘게 파김치가 되도록 일해도 한 달에 이백만원도 채 받지 못했었다.

전날 단톡방에서 오갔던 대화가 떠올랐다. 거기엔 배키뿐만 아니라 오메가도 있었고, 배키가 써브웨이에서 아르바이트를 했을 때 만난 종로도 있었다. 오메가는 배우 지망생이었는데 대사 암기력이 좋아지는 영양제를 찾다 오메가3에 집착하게 되어 그런 별명을 얻었다. 종로는 툭하면 종로에 있어서 그렇게 불렸다. 그들은 번갈아 나의 수상한 일자리에 대한 의견을 늘어놓았다.

―사이비 종교, 마약 배달, 다단계. 셋 중 하나야.

―한국의 노동시장을 전혀 모르는 외계인일 수도 있어.

―책 읽어주고 같이 산책하는 것으로 월 삼백이라니, 그 사람 미수한테 반했나?

―아무래도 그런 듯.

배키와 오메가는 엉뚱한 결론을 내렸고, 종로는 대뜸 종로로 오라고 했다. 종로에서 얘기하자면서. 종로에서 뭘 하는지 물어도 놀고 있다는 답변만 돌아왔다. 알고 보면 정말로 그랬다. 종로는 종로에서 열심히 놀았다. 혼자 밥 먹고, 걷고, 구경하고, 흥미를 느끼고, 호기심에 불타오르고, 골똘히 생각하고, 수첩에 짧은 글을 쓰고, 반하고, 혐오하고, 인사하고, 우산을 쓰고, 우산을 잃어버리고, 커피를 마시고, 계단에 앉아 졸고, 온종일 길바닥에서 배회하고, 친구들에게 자꾸만 종로로 와달라고 부탁했다. 종로에 와서 새로 생긴 바에 같이 가달라고. 지나치게 힙한 곳이라 혼자 가기가 어렵다는 말을 덧붙이면서. 입구에 인상 나쁜 디제이가 서 있고, 손님들은 화장이며 옷이 대단히 화려하고, 조명이 정말 어둡고, 다들 취해 있고, 가게 앞에서 줄담배를 피워댄다고. 내가 이렇게 종로에 대해 길게 말하는 건 실은 종로를 좋아하기 때문인데, 그건 아무도 몰랐다. 심지어 배키에게도 비밀로 했다.

  나는 선생님이 수기로 작성한 계약서를 찬찬히 읽어보았다. 표준 근로 계약서와 비슷했으나 연차 사용과 보험 적용 여부는 표기되어 있지 않았다. 선생님은 이미 서명을 마쳐놓았다. 멋들어지게 쓴 영문 사인. 그것은 어른의 사인 같았다. 그때까지도 나는 선생님이 내게 약속한 급여를 지급할지 의문이 들었지만 밑져야 본전이라는 생각으로 그를 믿어보기로 했다. 나는 계약서에 고미수라는 이름을 반듯하게 적었다. 내 사인은 세상 물정 모르는 아이의 것처럼 보였다. 문득 오메가가 했던 말이 떠올랐다. 그 사람, 미수한테 반했나? 김아혜 선생님은 내게 반한 것이 아니라 그저 주체할 수 없는 외로움을 견디지 못하는 사람일 것이다. 그게 아니라면 내가 선생님이 좋아하는 누군가와 닮았다거나 하는 이유로 나를 보면 그리움이 조금 줄어드는 건지도. 어쩌면 초밥집에서 아르바이트를 하다 광어회로 뺨을 맞은 경험을 얘기했던 게 나에 대한 깊은 연민을 불러일으켰을지도 모른다. 그런 일을 당할 확률이 적은 사람의 눈으론 내가 퍽 불쌍해 보였을 것이다.

*

 벚꽃이 지고 고동색 가지마다 깨끗한 초록 잎이 풍성하게 돋아났다. 가느다란 담배가 선생님의 손가락 사이에서 천천히 타들어가는 동안 나는 책을 낭독했다. 『몸의 일기』를 읽던 도중에 선생님의 요청으로 그 책은 잠시 쉬기로 하고 날개를 가진 소년의 이야기인 『빨강의 자서전』을 읽기 시작했다. 선생님은 완독에 큰 의미를 두지 않았지만 내 낭독을 늘 몰입해서 듣다가 가끔 결정적인 대목에서 눈물을 흘렸다. 그럴 땐 나도 코를 훌쩍이며 소리 없이 울었다. 혼자 읽었을 땐 마음이 먹먹해지는 정도였는데, 낭독을 하니 감정이 배로 고조되었다. 주인공이 화산을 보러 가는 페이지에선 낭독을 멈추고 화산에 관한 이야기를 나누기도 했다. 선생님, 뜨거운 용암이 닿으면 사람은 얼마나 빨리 녹아 사라질까요. 용암이 흐르는 광경을 멀리서 바라보면 어떤 기분이 들까요. 선생님은 한참 고민한 끝에 그건 지구가 월경을 하는 것과 비슷하지 않을까요, 새로운 걸 탄생시킬 준비를 하는 거겠죠, 라고 예상치 못한 답변을 했다. 나는 지구를 여성에 비유한 점이 마음에 걸렸으나 내색하지 않고 다시 낭독을 이어갔다.

점심은 늘 선생님과 함께 먹었다. 선생님은 버섯을 무척 좋아하는 채식주의자였고, 흰목이버섯, 노루궁뎅이버섯, 능이버섯, 고기느타리버섯 등등 온갖 버섯으로 전골을 끓이거나 덮밥 요리를 만들었다. 나는 늘 밥그릇을 싹싹 비웠다. 점심을 먹고 나선 선생님과 함께 천변을 걸었다. 기이한 울음소리를 내며 허공을 가로지르는 왜가리를 바라보았고, 풀밭에 돗자리를 깔고 나란히 드러누워 얼굴에 책을 덮고 낮잠을 자기도 했다. 선생님은 나와 배키처럼 홍제천을 좋아했으나 우리와는 퍽 다른 관점을 갖고 있었다.

자연이 가장 착해요. 인간에게 아낌없이 베풀고 따뜻하게 감싸주잖아. 마치 엄마처럼.

선생님의 모친이 몇 해 전에 돌아가셨다고 들었기에 잠자코 있기는 했지만, 배키와 오메가가 했던 말이 머릿속에 자꾸 떠올랐다. 자연을 모성에 비유하거나 인간에게 무한히 베푸는 수동적 존재로 여기지 말 것. 기후 위기는 그런 구닥다리 관점에서 비롯된 거야. 오메가는 종종 그런 말을 했고, 오메가에게 물든 배키는 툭하면 탄소 배출량을 들먹였다. 본인이 매일 배달하는 음식이 담긴 플라스틱 용기는 모른 척하면서. 그러나 배달 가방에 플라스틱 프리 캠페인 스티커를 잔뜩 붙이고 다니는 걸 보면 아주 모른 척하는 건 또 아닌 듯했다.

낭독 일을 시작한 지 두 달이 지나자 나는 끽연가가 되어 있었다. 선생님에게서 매일 담배를 두 개비씩 얻어 피웠다. 은행 계좌엔 이전엔 본 적 없던 목돈이 쌓여갔다. 뿌듯했다. 실로 오랜만에, 어쩌면 처음으로 느껴보는 감정이었다. 단골 식당인 나비분식으로 배키를 불러내 먹고 싶어하는 것을 사주며 함께 자축했다.

솔직히 말해봐. 그 집에서 책만 읽었어?

배키는 궁금해 죽겠다는 표정으로 물었고, 나는 일부러 음흉한 미소를 지었다.

*

반지하로 향하는 좁고 가파른 계단을 내려가는 둥그런 뒷모습. 엄마는 커다란 자루를 등에 짊어지고 계단을 내려가고 있다. 엄마가 나르는 자루 속엔 엄마처럼 적당히 나이가 든 초라한 아주머니가 담겨 있다. 자루가 찢어지면서 그 속에 들어 있던 아주머니가 바닥으로 툭 떨어진다. 태어날 때부터 봉제공장 노동자로 태어난 아주머니는 신에게 항의하는 대신 신들린 기술로 밤새 미싱을 돌린다. 나는 아주머니와 엄마가 똑같이 생겼다는 사실을 뒤늦게 깨닫는다. 엄마가 등에 짊어진 자루 속에서 태어난 엄마. 나는 그런 기괴한 꿈을 꾸었다.

섬유 먼지가 자욱한 반지하 봉제공장. 다이마루 전문. 동대

문만이 아니라 해외로도 수출. 납품일은 철야를 해서라도 반드시 지키는 곳으로 명성이 자자한 곳. 불량 제로가 엄마의 모토이자 별명이었고, 그 공장은 염가 제작으로 또한 명성이 자자했다. 엄마와 다른 노동자들의 피와 살을 쪽쪽 빨아먹는 방식으로 굴러가고 있다는 뜻이었다. 엄마는 그곳에서 일을 시작한 뒤부터 완경 전까지 생리 불순으로 고생했다. 생리가 언제 시작될지 알 수 없어 늘 생리대를 착용하고 일했는데, 부작용으로 발진을 달고 살았다.

일은 할 만해?

엄마는 전화를 받자마자 도리어 내게 물었다.

당연히 할 만하지.

그러다 다른 일을 못하게 되면 어쩌니? 훨씬 힘든 일을 해도 그만큼 안 주는 데가 수두룩해.

……나도 알아.

엄마에게 노동은 몸 쓰는 일이자 고통이고 인내였다. 나에게도 노동은 그러했다. 김아혜 선생님을 만나기 전까진. 이제 나에게 노동은 고용주가 누군지에 따라 다른 의미가 될 수 있었다. 엄마는 잠시 침묵하더니 뜬금없이 어떤 남자에 대해 말했다.

일 끝나면 맥주를 딱 한 병만 먹어. 그렇게 깔끔할 수가 없어. 어머니가 건물주인데 외동아들이야. 그러니까 그 건물을 상속받겠지.

누구 얘기를 하는 거야?

있어, 그런 남자가.

남자 만나?

엄마는 바쁘다며 서둘러 전화를 끊어버렸다. 나는 찝찝한 마음이 들어 좀처럼 잠들지 못했다. 엄마가 연애를 하는지도 모른다는 생각이 들자, 나도 아무나 만나 사랑에 빠지고 싶다는 몹쓸 충동이 일었다.

*

배키는 헌팅 포차에 오는 남자들이 하는 말은 하나도 믿지 말라고 했지만 나는 알았다. 남자가 진실만 말한다는 걸.

귀가 먹먹해질 정도로 음악을 크게 튼 포차에서 배키는 혼자 온 사람처럼 자작으로 술을 마시며 애인과 채팅하느라 우리의 대화를 거의 듣지 못했다. 남자는 목소리가 작은 편이었기에 귀기울여 집중해야만 그의 말을 알아들을 수 있었다. 남자의 얘기를 요약하자면 이러했다. 경비원인 그는 일주일에 사흘 일하고 한 달에 백육십만원을 받는다. 매달 이십오만원씩 저축해 일 년에 한 번 해외여행을 간다. 정규직이기에 잘릴 걱정이 없다. 그는 지금 행복하며, 평생 경비원으로 일할 생각이다.

 남들과 비교하지 않으니까 얼마나 마음 편한지 몰라요. 미수도 그렇게 살아보는 게 어때?

 갑자기 반말을 해서 놀라기도 했지만 달에 백육십만원을 받으면서 행복하게 살고 있다는 사실이 더 놀라웠다. 희소한 놈이었다. 쓸데없이 플렉스를 하지 않고, 커리어나 대학을 뻥치지도 않으며, 적은 월급으로 행복을 찾은 독특한 놈. 이놈과 잘해봐야 할지 이놈에게서 도망쳐야 할지 고심하고 있을 때, 화장실에서 돌아온 그의 친구가 그에게 다른 자리로 가자고 대놓고 신호를 보냈다. 배키가 상대해주지 않으니 심심한 모양이었다. 결국 그들은 자리를 떴고, 나는 배키에게 기분 잡쳤으니 그만 가자고 말했다.

 우리는 근처에 있는 편의점으로 향했다. 앞마당이 광장처럼 넓고, 야외 테이블에 앉아 술을 마시는 사람들이 많아서 술집이나 다름없게 느껴지는 곳이었다. 운좋게 빈 테이블이 하나 있었다. 캔맥주를 마시면서 배키에게 아까 그 남자는 백육십만원의 월급으로 행복하게 살고 있다고 말해줬더니, 배키가 그때까지 내내 붙잡고 있던 휴대폰을 내려놓고 내 말에 집중했다.

 말이 돼?

 그러니까. 그게 될까?

되나보네, 씨발.

나도 모르게 웃음이 터졌다. 왜 욕을 하냐? 배키는 대답 없이 고개를 젓더니 근심어린 어조로 말했다. 아무래도 지금 애인이 중학교 동창이 아닌 것 같다고. 그럼 도대체 그 사람은 누구냐고 묻자, 배키는 누군지 도무지 모르겠다고 답했다.

그런데도 계속 만나고 있어?

누군지 알아내려고.

알고 싶어?

알고 싶지. 내가 누구랑 잤는지 모르는 거니까.

모르는 게 더 나을지도 몰라.

배키는 생각에 잠긴 얼굴로 고개를 뒤로 젖혀 밤하늘을 올려다보았다. 가느다란 빗방울이 배키의 얼굴 위로 떨어졌다. 나는 의자에서 일어나 에쎄 두 갑을 사고는 테이블이 보이는 골목에 서서 담배를 피웠다. 한 갑은 선생님께 드릴 소박한 선물이었다. 지저분한 골목에 서서 한숨처럼 담배 연기를 내뿜고 있는데 배키가 고개 돌려 나를 빤히 쳐다보았다. 나는 얼마 피우지 않은 담배를 발로 비벼 끄고 자리로 돌아와 앉았다.

웬 담배?

배웠어. 선생님이 계속 피우시거든.

산재네. 일하는 공간에서 줄담배 피우는 것도 산재. 흡연자가 된 것도 산재.

빗방울이 점점 굵어졌다. 우리는 남은 맥주를 마저 마시고 자리에서 일어났다. 배키는 정체를 모르는 애인에게로 갔고, 나는 어두운 정류장에 서서 흡연자가 된 일이 정말로 산재인지를 집요하게 생각하며 마을버스를 기다렸다.

버스에서 내리니 빗줄기가 다시 약해져 있었다. 방향을 틀어 홍제천으로 향했다. 교각 아래에 우두커니 서 있다가 도리없이 심심해져 담배를 한 대 더 피웠다. 그새 비가 완전히 그쳐 산책하기에 나쁘지 않은 날씨였다. 천변을 느릿느릿 걷다가 오리 두 마리와 물고기 세 마리를 구경했다. 오리들은 수면 위에 드리워진 내 그림자 속으로 들어왔다 빠져나가고 되돌아와 다시 안겼다. 수면 아래에 조용히 엎드려 있던 물고기도 유유히 헤엄쳐 그림자 속으로 들어왔다. 그 모든 움직임엔 소리가 없었다. 내가 가까이 다가가면 오리가 멀어질 것을 알았기에 그 자리에 가만히 서 있었다.

밥은 먹었어?

오리에게 말을 걸다가 어쩐지 오리와 표정이 닮은 종로를 떠올렸다. 종로가 말하는 방식과 종로의 생김새, 걸음걸이를. 언제쯤 나는 종로에게 고백할 수 있을까. 나는 나에게 물었지만 답변은 끝내 듣지 못했다.

*

선생님의 옷차림은 평소와 달리 가볍고 산뜻했다. 연두색 니트에 물 빠진 청바지를 입은 모습이었다. 그날 선생님과 나는 낮부터 안동소주를 마셨다. 문득 선생님이 곧 제주도에 갈 예정이라고 말했다. 여행을 가시는 거냐고 물었더니 아주 살러 가는 거라는 뜻밖의 말이 돌아왔다. 낭독 일을 시작한 지 넉 달이 지났고 내 계좌엔 천만원 남짓한 돈이 모였다. 나도 선생님을 따라 제주도로 가고 싶었다. 그곳에서도 책을 읽어주고 함께 해변을 산책하며 돈을 받고 싶었다. 하지만 그런 말을 먼저 꺼낼 뻔뻔함이 없었다.

제주도에서 뭘 하시려고요?

비치코밍이요.

내 얼굴에 떠오른 의문을 읽었는지 선생님이 잔잔한 미소를 지었다.

미수씨는 사십 년 뒤의 지구를 상상해봤어요?

기후 위기로 멸망하겠죠.

선생님은 생각이 다르다고 했다. 나는 선생님에게 어떤 미래를 예상하는지 묻지 않았다. 선생님이 부자여서 그랬다. 어쩐지 부자가 상상하는 미래는 듣고 싶지 않았다. 돈이 많든 가난하든 똑같이 멸망하는 것이 공평하다는 생각만 들었다.

해변에서 쓰레기를 줍고, 거기 사는 청년 기후 활동가도 지원해주고 싶어서요.

그 말에 나는 오히려 의구심이 커졌다.

그동안 저한테 왜 이런 일을 시키신 거예요?

한참 전에 물었어야 하는 질문을 그제야 했다. 안동소주 두 잔을 받아 마시고 나서야. 선생님은 쥐고 있던 술잔을 내려놓고 내 얼굴을 물끄러미 보았다.

미수씨가 홍제천에서 우는 걸 봤어요. 한 번도 아니고 여러 번……

나는 선생님의 시선을 피하며 대꾸 없이 빈 술잔을 만지작거렸다. 언제였을까. 첫 직장에서 퇴사하기 직전일까. 아르바이트하던 가게의 사장이 뒤에서 나를 껴안더니 귀여워서 장난친 거라고 우겼던 날일까. 출근길에 문자 한 통으로 갑자기 잘렸을 때일까. 방문자 인터넷 리뷰에 나를 콕 찍어서 머리가 나쁜지 말귀를 못 알아듣는다는 평이 올라왔던 날일까.

돈 문제일 거라고 짐작했어요. 내가 미수씨 나이였을 땐 그랬으니까. 그래서 미수씨한테 일을 시킨 거예요. 돈을 주려고. 우리집에 처음 온 날, 본인 얘길 하면서 울지 않으려고 안간힘을 쓰는 걸 보면서 마음이 짠했어요.

이제는 마음이 짠하지 않은지 묻고 싶었다. 넉 달 동안 나는 정신과 육체를 해치지 않으며 노동할 수 있었고, 선생님이 만들어주는 비건 요리를 먹을 때마다 건강해지는 기분을 느꼈다. 퇴근할 땐 떡이며 과일을 잔뜩 챙겨갈 수 있어서 그걸로 저녁식사를 해결했고, 스트레스로 인한 충동구매와 술값 탕진을 하지 않았더니 금세 천만원을 모았다. 나는 멀리 떠나려고 하는 김아혜 선생님을 붙잡고 싶었다. 잡을 수 없다면 제주도까지 따라가고 싶었다.

엄마가 했던 말이 떠올랐다. 쉽게 돈을 벌면 나중에 다른 노동을 못하게 된다는 말이. 몸을 갈아내듯이 쓰고, 원인 불명의 질환에 시달리고, 수시로 정신을 빼앗기고, 나를 철벽 방어해야 하는 위험한 일터에서의 노동, 그런 노동에 영영 적응하지 못하게 될지도 모르니 조심하라던 엄마의 말이.

돈을 꽤 모았죠?

선생님은 당연히 그럴 거라는 듯이 물었다. 나는 그때부터 기분이 좀 묘했다.

그걸로 하고 싶은 걸 해봐요. 공부를 더 해도 좋고, 유럽 여행을 가도 좋고. 미수씨가 하고 싶은 일 다 해요. 이젠 그만 울고. 얼마나 아름다워 보이는 청춘인지 자기는 모를 거야.

나는 아무런 대답도 하지 않았다. 하고 싶은 일을 다 하는데 천만원이면 충분하다고 생각하시나요. 그 말이 머릿속을 계속 맴돌았지만 결국 입 밖으로 내뱉지 못했다. 얼굴이 뜨겁게 달아올랐고 설명할 수 없는 배신감과 굴욕감이 몰려왔다.

선생님에게 나의 눈물은 손쉽게 해결할 수 있는 슬픔이었고, 나의 고뇌는 스물세 살짜리 여자애가 하는 작은 고민일 뿐이었다. 그러나 그걸 고스란히 표현하면 선생님에게 지는 기분이 들 것 같았다. 고심 끝에 나는 입을 열었다.

선생님, 자연은 우리한테 베푸는 존재가 아니에요.

그게 무슨 말이에요?

자연은 누군가에게 뭔가를 주려고 존재하는 게 아니라 그냥 존재하는 거라고요.

선생님은 눈을 동그랗게 떴다. 나는 오로지 선생님을 가르치고 싶다는 일념으로, 선생님이 모르는 걸 나는 잘 알고 있다는 오기로 입을 열었다. 정말이지 가르치고 싶었다, 그게 뭐든. 돈이 넘치도록 많은 선생님에겐 시대가 원하는 지성이 없고, 돈 없는 나에겐 시대가 요구하는 지성이 넘칠 만큼 있다고 굳게 믿으며.

자연은 모성과 비슷한 게 아니에요. 선생님은 그렇게 비유하셨잖아요.

……아닌가요?

아니에요. 자연은 여성도 남성도 아니고, 아니기 이전에 그런 걸로 구분할 수 없어요.

흥미롭네요.

선생님은 흥미로움과는 거리가 먼 표정으로 나를 보았다.

그리고 제가 모은 돈으로 할 수 있는 건 많지 않아요. 선생님. 그동안 감사했습니다. 안녕히 계세요.

나는 자리에서 일어나 도망치듯 그 집을 빠져나왔다.

한때는 우리가 어느 시기의 일부를 비선형적으로 지나고 있다고 믿었다. 선생님은 노년의 일부, 나는 청춘의 일부. 선생님은 청춘의 일부, 나는 노년의 일부. 우리에게 그렇게 교차하는 시간이 있는 줄로만 알았다. 나는 선생님과 함께 보냈던 시간을 작은 돌멩이 크기로 만들어 발끝으로 툭툭 차며 걸었다. 그저 화만 났다. 제주도에 가서 쓰레기를 줍겠다고 하는 김아혜 선생님에게. 쓰레기보다 천변에서 자주 우는 동네 청년을 주워서 달래줘야 하는 거 아닌가. 모욕감을 느꼈으면서도 몸 편한 알바를 더 길게 하지 못해 심통 난 나에게도 화가 났다. 언젠가 이런 날이 올 줄 정녕 몰랐단 말인가.

나는 하나도 힘들지 않은 일, 나답게 살 수 있는 일을 하면서 많은 돈을 벌고 싶었다. 그러나 그런 일은 존재하지 않았다.

*

오메가는 불어터진 떡라면을 그대로 놔둔 채 전날 봤던 영화 〈흐르는 강물처럼〉에 대해 긴 감상평을 늘어놓았다. 나도 오래전에 배키와 함께 봤던 영화였지만, 기억나는 거라곤 주인공이 강물에 들어가 낚시하는 장면뿐이었다. 그 영화를 보면서 배키는 낚시를 배우면 굶어죽지 않을지도 모른다고 진지한 표정으로 말했다. 같은 생각을 하고 있던 나는 홍제천에도 물고기가 많지만 그건 절대로 먹고 싶지 않다고 진지하게 대답했다. 맛있게 먹는 방법을 연구해보자는 배키의 말에 나는 웃지도 않고 고개를 끄덕였다. 우리는 항상 돈을 더 벌 궁리는 하지 않고 어떻게든 아낄 궁리만 했다. 오메가가 영화의 미장센에 대해 말하는 동안에도 나는 웃기고 슬펐던 배키와의 대화만 떠올렸다.

종로가 쫄면을 뒤적거리다 작게 한숨을 내쉬더니 젓가락을 내려놓았다. 그걸 신호로 우리는 의자에서 동시에 일어났다. 배키와 오메가가 먼저 밖으로 나가버려서 어쩔 수 없이 계산은 내가 했다. 종로의 생일이라 다 같이 모였는데, 종로가 케이크를 사 들고 왔다. 밥은 내가 사고 케이크는 종로가 사는 이상한 상황이 되어버렸지만 다들 개의치 않아 결국 나도 그냥 넘어갔다. 이들과 언제까지 함께할 수 있을지 궁금했다. 서른이 되어서도 가능할까. 그때도 우리는 나비분식에 모여 술을 마시고, 생일을 맞이한 사람이 케이크를 사고, 천변 벤치에 앉아 케이크에 초를 꽂고, 빨리 소원 빌어, 이거 내가 싫어하는 고구마케이크잖아, 시끄럽게 떠들다 각자 자기 고민에 빠져드는 주말 오후를 보낼까.

배키는 고장난 자전거를 스스로 수리해보려다 완전히 망가뜨렸다고 했다. 영화 제작사에 포트폴리오를 돌리고 왔다는 오메가는 분식집에서 나오자마자 눈에 띄게 지쳐갔다. 저 좀 사주세요, 그렇게 말하는 느낌으로 오후를 보내고 온 거냐고 물었더니 오메가가 버럭 화를 냈다. 우리 모두 그렇게 살고 있는 걸 모르냐고 말하려다 비참한 소리라서 삼켰다. 묵묵히 케이크를 퍼먹던 오메가는 오디션 준비를 해야 한다며 먼저 가버렸다. 배키 역시 여전히 정체를 모르는 애인을 만나러 갔다. 종로는 가지 않았다. 종로로 가버릴 줄 알았는데 내 옆에 멀뚱히 앉아 있길래 산책이나 하자고 말했더니 온순한 표정으로 따라왔다. 우리는 말없이 천변을 걸었다. 물새들을 멍하니 바라보던 종로가 물었다.

이대로 계속 걸으면 어디가 나와?

한강.

한강에서 더 걸으면?

여의도.

거기서 더 걸으면?

몰라. 종로가 나올 때까지 걸을까?

종로는 아무런 대답도 하지 않았다. 종로에게 내 무선 이어폰을 한쪽 건네 함께 노래를 들었다. 김사월과 우소연, 새소년의 목소리를 지나 아이유와 김윤아, 선우정아의 목소리를 통과해 정미조와 심수봉의 목소리에 이르기까지 내 플레이리스트를 종로에게 모두 공개했다. 종로는 그 모든 노래가 생일 축하 노래처럼 들린다고 말했다. 그들 모두의 목소리에 스물셋이 담겨 있다면서.

한참을 걷기만 하다가 강변 콘크리트 난간에 나란히 걸터앉았다. 지저분한 스티로폼 부스러기와 반짝이는 스낵 봉지가 강물에 둥둥 떠내려갔다. 고백하기 좋은 타이밍이었으나, 고백하면 안 될 것 같았다. 고백해도 달라지는 게 없을 거라는 강한 예감이 들어서였다.

나뭇가지와 쓰레기가 뒤엉킨 부유물이 하염없이 떠내려가는 걸 바라보았다. 종로가 머뭇거리며 내 무릎을 베고 누워도 되는지 물었다. 나는 웬만하면 그냥 똑바로 앉아 있으라고 대꾸했다.

*

선생님에게서 연락이 온 것은 동네에 새로 문을 연 샤브샤브집에서 일자리를 구한 날이었다. 휴대폰 화면에 뜬 선생님의 이름을 본 순간 멈칫했다. 망설이다 전화를 받았는데 긴장했는지 목소리가 갈라져 나왔다.

미수씨.

선생님의 차분한 목소리를 듣자 책을 낭독하고 천변을 함께 걸으며 노닥거렸던 꿈같은 시절이 떠올랐다. 나는 그 시기에 모은 돈을 거의 쓰지 않았다. 엄마의 조언대로 금리가 높은 예금 상품에 가입해 만기일에 이자를 받기 위해 묵묵히 기다리는 중이었다. 물론 그런 소식은 전할 필요가 없었으나, 나는 선생님과 지내던 시절의 고미수보다는 한층 성장한 어른이 되었다는 걸 알리고 싶은 마음이 들었다.

어떻게 지내요? 잘 지내지요?

나는 무척 잘 지낸다고 답하며 선생님은 어떻게 지내시냐고 물었다. 그러자 선생님은 나직하게 한숨을 내쉬더니 요즘 눈이 더욱 침침해져서 책을 읽는 걸 완전히 포기한 상태라고 답했다. 나는 어떻게 대꾸해야 하나 망설였다. 선생님은 제주도에 가서도 혼자 지내는 건지 주변이 고요했다. 나는 책 읽어줄 사람을 구하지 못했다면 오디오북을 들어보시라고 말했다.

미수씨 목소리가 참 좋았는데. 낭독하는 톤과 속도가 나한테 딱 맞았지.

선생님의 목소리에서 그리움이 묻어났다. 내게 전화한 용건이 나를 섬으로 불러들이기 위해서라 하더라도 이젠 선생님의 제안에 응하고 싶지 않았다. 그런 경험은 한 번으로 충분했다. 선생님이 내 인생을 평생 책임져줄 것이 아닌 이상 앞으론 정당한 노동으로 돈을 벌고 싶었다. 물론 낭독과 산책이 정당하지 못한 대가를 받는 일은 결코 아니었으나, 돌이켜 생각해보면 선생님의 태도에는 늘 시혜적인 느낌이 있었다. 베푸는 사람이라는 느낌이 옅어지지 않았다. 그게 나를 얼마나 위축시키는 동시에 장밋빛 꿈에 부풀게 하는지를 이젠 알았다. 일단 한번 차여봐야 정신을 차리는 연애 초보자처럼. 자본주의사회에서 성실한 노동자가 되려면 현실을 잊게 만드는 착각에 빠지지 않는 게 중요한지도 몰랐다. 나는 그런 마음으로 선생님에게 물었다. 의연하고 단단한 목소리로. 의젓하고 차분한 태도로. 식사는 잘 챙겨 드시는지, 하루에 한 번은 집을 나서는지, 안부를 주고받는 사람이 그곳에 있는지. 없다면 꼭 만들어야 해요, 선생님. 사람은 혼자 있으면 안 돼요. 생각이 한군데로 고이거든요. 흐름이 없는 물웅덩이처럼. 그것도 작디작은 물웅덩이처럼 고인 채로 가만히 썩게 돼요. 저도요, 선생님, 새로 일을 구했는데 뭐든 다 배우려고요. 능숙하게 서빙하고 손님에게 친절히 응대하는 것만이 아니라 제가 도통 몰랐던 걸 배워보려고요. 선생님도 이제 그러실 때가 되었어요.

실제로 전한 말은 그 절반에도 못 미쳤지만 선생님은 내가 말하지 못한 것도 모두 듣고 있는 것처럼 오래 귀를 기울여주었다. 나는 점점 말수가 줄어들었다. 어느덧 나만 말하고 있다는 걸 깨달은 뒤로는.

듣고 계세요?

선생님은 한참 뒤에 대답했다. 듣고 있다고. 당연히 계속 듣고 있다고. 그러면서 작게 한숨을 내쉬더니 맥없이 웃었다. 창문을 열었는지 바람소리가 귓가에 크게 울렸다. 아무리 바람이 많이 부는 섬이라 해도 바람소리가 이 정도로 크게 들릴까. 나는 선생님이 있는 곳의 풍경이 궁금했다. 어쩐지 높은 언덕 위에 위치한 집에 살 것 같았다.

오랜만에 미수씨 목소리 들으니까 좋네요. 여기 해변엔 쓰레기가⋯⋯

많지요?

아니요. 없어요. 깨끗해. 그래서 비치코밍 하러 오는 청년도 없고.

왜 그렇죠?

나는 그럴 리가 없다는 듯이 물었다. 스티로폼 부스러기가 물결 위에 둥둥 떠다니고 모래사장에선 비닐과 플라스틱병이 수두룩하게 발견될 게 분명한데.

여긴 관광객이 적어서 그럴 거예요.

나는 어떤 말을 해야 할지 몰라 망설였다. 쓰레기가 많은 해변으로, 그래서 비치코밍 하는 청년도 많은 곳으로 이사하라고 권하는 건 괴상한 말 같았다.

선생님, 거기서도 잘 찾아보시면 있을 거예요.

뭐가 있다는 거예요?

뭐든지요.

선생님은 한동안 말이 없다가 맞아요, 그럴 거예요, 하더니 며칠 전에 목격한 광경에 대해 말해주었다.

밤에 낯선 동네를 걷다가 작은 성당을 발견했는데 신자들이 모여서 성가를 부르고 있었어요. 주변은 온통 무밭이라 깜깜하고 광활했거든요. 성당에만 불이 환하게 밝혀져 있고, 사람들이 순한 목소리로 성가를 부르는 소리가 들리는 거예요. 예배당 문 앞에 서서 무밭을 바라보며 그 소리를 들으니까 문득 내가 천국에 온 것 같다는 생각이 들었어요.

천국이요, 선생님? 천국이요?

네, 천국이요.

나는 그 광경을 상상해보았다. 무밭 옆에 지어진 작은 성당. 그곳에 모여 성가를 부르고 기도하는 사람들. 신실한 마음을 품고 어둑한 길을 걸어 집으로 돌아가는 이의 뒷모습. 거기엔 어떤 인내와 희망이 깃들어 있을까.

미수씨가 우리집에 오는 전날 밤에 자주 그런 생각을 했어요. 내가 죽어 있는 걸 미수씨가 발견하면 어쩌지. 많이 놀랄 텐데.

왜 그런 생각을 하셨어요?

나는 원래 별의별 생각을 다 해요.

선생님의 말은 나를 불안하게 만들었다. 그러나 내가 해줄 수 있는 건 그저 그곳에서 잘 지내시라는 당부뿐이었다. 통화하는 동안에도 내 마음은 선생님에게서 차츰 멀어져갔다.

선생님은 서서히 잠드는 사람처럼 말수가 줄어들었다. 말이 이어지다 사라지고 다시 이어지다 희미해지더니 결국 전화가 끊어졌다. 그제야 내 주변의 소음이 들려왔다. 빠르게 달리는 오토바이와 경광등을 켜고 지나가는 주차 단속 차량, 컹컹 짖는 개를 산책시키는 남자. 문득 김아혜 선생님이 아직 살아 있는 것인지 궁금해졌다. 당연히 살아 있으니 내게 전화했다는 걸 알면서도.

나는 깨끗하고 잔잔한 제주 바다를 떠올렸다. 수영복을 입은 선생님이 동그란 튜브 위에 앉아 파도를 따라 둥실둥실 멀어져갔다. 선생님의 곁엔 아무도 없지만 쓸쓸하기보다는 고요하고 편안하게 느껴지는 광경이었다. 그것이 이유 없이 미안한 마음이 만들어낸 나의 상상이라 할지라도 나는 선생님이 평안하기를 진심으로 바랐다. 그곳이 꼭 천국이 아니더라도.

해설 | 이지은(문학평론가)
테크닉은 없고 진심만 가득한 자 여기 모여라

우린 긴 춤을 추고 있어

'목욕탕에서 질질 짜다 나온 것 같은 순도 백 퍼센트의 감성 밴드' 브로콜리너마저의 정규 1집 첫번째 곡은 〈춤〉. "우린 긴 춤을 추고 있어." 이렇게 시작된 노래는 파트너의 발을 자꾸 밟는 '나'의 안타까운 마음을 전한다. 춤이 서툰 '나'는 자꾸 상대의 발을 밟고, 그럴수록 마음은 급해져 춤은 더욱 엉망이 된다. 그럼에도 '나'는 이 춤을 그만두고 싶지 않다. 여기서 춤은 연애, 인간관계, 혹은 누군가와 함께 살아갈 수밖에 없는 삶 그 자체로 해석된다. 발매한 지 이십 년이 가까이 된 이 곡이 아직도 꾸준히 스트리밍되는 데엔 귀에 감기는 멜로디와 은근한 보컬의 매력이 크겠지만, 밴드가 지향하는 감성을 애정하는 이들이라면 무엇보다 다음의 가사에 붙들리지 않을까. "함께라면 어떤 것도 상관없나요. 아니라는 건 아니지만 정말 그런 걸까." 아니라는 건 아닌데 정말 그런 건지는 모르겠다는, 이중의 부정과 확신의 부재가 만들어내는 애매모호하고 불확실한 공간에 겨우 존재하는, 함께하는 '춤-삶'의 행복 가능성. 그것을 믿어보느라 밟고 밟히다 급기야 목욕탕에서 눈물을 쏟아버린, 그러니까 삶에 대해서라면 뭘 좀 알 것 같은, 그러나 타고난 몸치라 '춤-삶'이 여전히 서툰 이들이라면 말이다.

이서수의 『그래도 춤을 추세요』는 함께하는 '춤-삶'의 아주 미약한 희망에 베팅을 건다. 설령 그것이 "테크닉은 전혀 없고 진심만 가득한 춤"(67쪽)일지라도. 이서수의 소설에는 내시들의 무덤가에서 상스럽고 불경한 춤을 추는 엄마와 이모가 있고(「춤은 영원하다」), 무지개다리 문턱에 있는 새끼 고양이를 구원하고자 돌팔이 무당의 굿춤을 흉내내는 a.k.a. 신숙자가 있다(「AKA 신숙자」). 그런데 진심만 가득한 춤도 인내와 수련 없이 거저 주어지진 않는다. "나를 좋은 리듬 안에만 두고 싶"(242쪽)다고 했던 호린은 술독에 빠져버렸고(「미식 생활」), 댄스 수업에서 배운 호흡법과 바르게 서는 법은 다른 사람들 사이에서 이리저리 떠밀려 다니는 직장인에겐 너무 어려운 레

슨이다(「이어달리기」). 파트너를 만나기도 쉽지 않아서 소심한 짝사랑은 자칫하면 "구애 갑질"(96쪽)이 되어버리고(「광합성 런치」), 근사한 듀엣 댄스라 여겼던 지난 생활은 어쩌면 자선 파티의 외로운 독무였을지 모른다(「청춘 미수」).

곤경은 갑작스레 다가오고 깨달음은 뒤늦게 얻어지기에 이번 생이 처음인 그녀들은 매번 서툴다. '춤을 추세요' 앞에 '그래도'라는 부사어가 붙을 수밖에 없는 이유가 여기에 있다. 진심이 충만한 이들에게 테크닉은 나중 문제가 되고, 결국 춤은 우스꽝스러운 몸짓처럼 보인다. 그러나 몸부림 같은 춤에는 어딘가 영험함이 있지 않던가. 진심에 진심인 사람들. 함께하는 서툴고 긴 춤을 포기하고 싶지 않은 사람들. 그들의 이야기가 여기에 있다. 테크닉은 없고 진심만 가득한 자 여기 모여라.

그토록 해괴한 춤은 그때껏 한 번도 본 적이 없었다. 국적 불명, 시대 불명의 춤이었다. 뿜어져 나오는 에너지를 주체하지 못하고 이리저리 흔들리는 몸뚱이. 작두를 타는 강신무도 박자를 맞추는 법인데 이건 뭐, 혼령에게 이리로 오시라는 건지 멀리 가시라는 건지.(「춤은 영원하다」, 47쪽)

누구의 무대인가

 우선 지금 여기, 우리의 무대를 살피는 일부터 시작하자. 「운동장 바라보기」는 '나', 청미, 인경이 짧은 여행을 통과하면서 '이주민과 함께 살아가기'라는 문제를 직면하는 이야기다. 소설은 '나'가 "한국인보다 중국 동포가 더 많"(149쪽)은 거리를 지나는 에피소드에서 시작된다. "생활 반경 안엔 결혼 이주 여성이 없"고, "추천 알고리즘에 따라 설계된"(151쪽) 세계 안에서만 살아가는 '나'는 귀촌한 설정 언니의 집을 방문하면서 그간 무관심했던 한국 사회 내부의 타자를 마주한다. 물론 이는 '나'만의 경험은 아니고, 시선은 다르지만 청미나 인경 역시 이번 여행을 통해 이주민의 존재를 (재)감각하게 된다.

 청미는 결혼 이주 여성에 관해 논문을 쓰고 있던 만큼 이주민을 배제하는 한국 사회의 내부를 포착할 수 있는 시각을 가지고 있다. 그러나 이주민이 우리 사회의 일원임을 주장하기 위해 청미가 동원하는 논리를 보면 이주민에 대한 차별이 인종적 편견에만 기인하는 것이 아님을 알 수 있다. 예컨대 청미는 이주 노동자가 없으면 한국의 기반 산업이 무너질 것이라며 그들의 성원권을 강조한다. 그러나 이는 기반 산업을 지탱해주지 못한다면 성원권도 보장할 수 없다는 주장으로 뒤집히기 쉽다. 노동자의 가치와 성원권이 거래되고 있을 뿐, 그들의 인권이나 정주권에 대한 고려는 배제되어 있기 때문이다. 오늘날 우리에게 '평등의 원리'로 각인되어버린 등가교환의 법칙은 부지불식간에 인권마저도 경제적 가치로 계측하게 한다. 결혼 이주 여성 김희서의 삶이 통계적 수치가 가리키는 사실—한국인 여성이 거부한 자리를 결혼 이주 여성이 채우고 있다—을 뛰어넘듯, 경제적 논리만으로는 이주민의 삶을 제대로 이해할 수 없다. 청미의 사회학적 '앎'은 종종 이주민의 실제 '삶'에 닿지 못한다.

한편, "베트남, 태국, 캄보디아, 미얀마…… 그런 엄마들이 다수"(171쪽)인 지역에 "그냥 잠깐 머물려고 온 게 아니"(같은 쪽)라 "정말로 살러 온"(171~172쪽) 설경과 그녀의 편에 선 인경의 시선에서는 문제가 좀 다르게 보인다. 설경 부부는 남편의 퇴사, 음식점 폐업, 지지부진한 코인 투자 등 일련의 경제적 실패를 거쳐 이곳 마을에 도착했다. 서울에서는 아이를 낳아 기르기 어렵다고 판단했기 때문이다. 이곳에서는 출산축하금과 양육지원금도 서울에서보다 많이 받을 수 있고, 집을 헐값에 빌릴 수도 있다. 그러나 부부는 경제적 여유는 얻었지만, 예상치 못한 문제에 직면한다. 결혼 이주 여성으로 짐작되는, 집주인보다 한참 어려 보이는 그의 아내에게 '사모님'이라 불러야 하고, 아이가 태어나면 "한국인인데 소수"(171쪽)가 된다. 귀촌하면 좀 나아지리라 기대했던 '지위'가 이곳에서 또다른 방식으로 흔들리는 것이다. 설경 부부는 이 불편한 감정을 성찰하려 하기보다 "농촌 생활을 체험하러 잠시 들른 관광객처럼 빙글"(165쪽)거리며 외면하거나 집주인 부부의 관계를 함부로 판단하면서도 "내가 어린 여자한테 사모님이라고 불러야 해서 이러는 게 아니"(170쪽)라고 부정한다.

설경 부부의 대화에서 모든 것은 서울 탓으로, 도시인의 무능함으로 귀결된다. 설경 부부가 매번 서울을 걸고넘어지는 까닭은 서울이 그들의 흔들리는 지위를 붙잡아줄 일말의 정체성으로 작동하기 때문이다. 이들이 서울과 지방을 위계 짓고 있기에 서울 사람이라는 정체성은 집주인 앞에서 내세울 만한 무엇이 된다. 그러나 동시에 이들은 서울에서 떨어져나온 존재들이기에 패배감을 상쇄하고자 "서울 사람은 정말 무지"(170쪽)하다거나 "도시인은 끝났"(172~173쪽)다는 말을 반복한다. 언니의 편을 들기로 결심한 듯 보이는 인경 또한 박탈감에서 비롯된 설경의 차별주의를 감싸주고자 다시 한번 서울을 환기한다. "언니. 우리는 평생 다수로 살았잖아. 서울에선 그랬잖아. 한 번도 소수였던 적이 없잖아. 그래서⋯⋯ 언니가 이렇게 된 것 같아."(173~174쪽)

청미와 인경(그리고 설경 부부)이 보이는 태도의 차이는 단지 인물의 성격에 기인하는 것이 아니라, '앎'과 '삶' 사이의 간극을 보여주기 위해 의도적으로 배치된 것으로 읽힌다. 즉,

이주민에 대한 '앎'이 아니라 그들과의 '삶'이 문제가 되었을 때, '그들'과 '한국인' 사이를 구분하고 위계 지으려는 행위는 인식적 판단 이전에 한줌의 기득권이나마 빼앗기지 않으려는 방어기제로 보인다. 물론 소설은 이러한 차별을 옹호하지 않는다. 때로 청미의 말을 잔소리라 여기고, 설경과 인경이 억지를 부리고 있음을 간파하는 서술자 '나'를 통해서 소설은 이들의 상이한 시선을 두루 아우른다. 나아가 '앎'이 '삶'의 지평에서 그리 쉽게 적용되지 않으며, 반대로 '삶'에서 직면하는 문제들이 '앎'으로 온전히 전환되지도 않음을 보여준다.

특히 '나'가 느끼는 서울 사람으로서의 무력감은 지금껏 다수로서 살아왔다는 설경 부부의 감각이 이주민을 타자화하기 위해 사후적으로 구성된 허구적인 '우리'에 기반함을 우회적으로 폭로한다. 서울 사람으로서 '나'는 주류도 다수도 아니다. 소설 도입부에서 '나'와 회사 대표의 뒷배경이 비교되고 있듯 '서울 사람' 내부에도 층층이 격차가 있다. 과연 설경 부부는 "한 번도 소수였던 적이 없"는 "평생 다수로 살"아온 사람들이었을까. 과연 설경이 서울에 살 때에도 서울 사람들을 모두 자신과 같은 '우리'라고 여겼을까. '나'가 어느 지역에서 유독 낯선 발음의 한국어를 많이 들었듯, 서울 역시 내부적으로 균질한 공간이 아니다. 어느 지역에 중국 동포가 많다면, 어느 지역에는 고가의 아파트가 밀집되어 있다. '다수로서의 삶'이 박탈되었다고 느끼는 데에는 이주민은 소수여야 한다는 배제의 논리와 이주민이 '다수'를 위협한다는 위기감이 반영되어 있다. 그러나 보다 큰 문제는 박탈감의 원인을 타자에게 덮어씌우려 한다는 점이다. 설경의 다수로서의 감각은 '서울 사람' '한국인'과 같은 균질한 '우리'를 상정한 뒤에야 얻을 수 있지만, 기실 '내부'에 사는 '우리'는 그런 균질한 공동체가 아니다. 타자를 마주하며 구성되는 '우리'란 타자를 타자화하기 위한 수단일 뿐이다.

  이처럼 「운동장 바라보기」는 청미, 인경(과 설경 부부), '나' 각각의 시선을 통해 이주민 문제를 입체적으로 사유하길 요청한다. 그렇다고 소설이 이들의 시선을 벌려놓기만 한 채 끝내는 것은 아니다. 세 친구는 우연히 마을 운동장에서 아이들이 노는 모습을 목격한다. 가만히 보니 그건 단순한 놀이가 아니라 술래 아이 한 명을 괴롭히는 행동이었다. 이를 두고 청미는 개입하지 말자고 한다. "우린 곧 떠날 사람들"(175쪽)이기 때문이다. 그러나 인경은 참지 않고 괴롭힘을 말리러 아이들에게 갔고, 돌아와서는 괴롭힘을 당한 "술래만 한국인 아이"(176쪽) 같았다고 말한다. 이에 청미는 "다 한국인 아이"(같은 쪽)라고 정정하고, 이에 인경도 수긍한다. 청미가 아이들의 일에 개입하지 말자고 한 것은 방문객들이 이 마을에서 벌어지는 부조리한 문제를 해결할 수 없다고 생각했거나, 혹은 섣불리 개입했다가 술래 아이가 더 힘들어질 수도 있다고 생각했기 때문일 것이다. 그러나 이러한 태도는 눈앞에서 벌어지고 있는 폭력을 방치하는 결과를 빚고 만다. 반면, 인경의 행동은 눈앞의 폭력을 중지시킨다. 그러나 인경의 행동에는 얼마간 "한국인인데 소수"(171쪽)라는 언니의 왜곡된 박탈감에 동조하는 마음이 묻어 있을 것이다. 이 장면에서 중요한 건 누가 옳고 그르냐가 아니라, 청미와 인경이 상반된 의견을 주고받으면서 불완전하나마 좀더 나은 쪽으로 향하고 있다는 점이다.

그리하여 소설의 마지막에서 '나'는 다시금 "마음속으로 몰래 청미를 흉보"고("차별하지 말라는 말은 얼마나 하기 쉬운가"), "언니를 판단하기엔 우리는 모르는 것이 너무 많"다며 설경을 두둔하면서도 "그럼에도, 모르는 것투성이임에도 나는 결국 언니를 내 생각대로 판단할 것"(178쪽)이라고 생각한다. 앎은 삶의 전부를 포괄하지 못하고, 때문에 앎은 삶의 구체적인 국면에서 종종 무능해지지만, 그럼에도 '나'는 폭력과 차별에 동조하지는 않겠다고 결심한다. 이 여행중에 '나'와 인경은 "능을 마주보"(161쪽)며 앉아 청미가 발췌하고 각색한 김희서의 일기를 들은 적 있다. 그때 '나'는 김희서에게 답장을 써주고 싶은 충동을 느꼈으나, 결국 낭독의 순간조차 잊을 자신을 생각하고 마음을 접었다. 그러나 이번에 운동장을 바라보고 난 뒤에 '나'는 다 알지 못함을 인정하면서도 그럼에도 "판단할 것"이라는 마음을 먹는다. '나'의 결심은 '우리'와 타자 사이의 위계와 배제의 문제를 그들'만'의 문제로 놔두지 않는다. 그리고 보다 중요한 것은 이러한 소설의 잠정적 결론이 청미와 인경이 주고받은 멋진 플레이로 만들어졌다는 점이다. 삶이라는 공통성과 보편 윤리 위에서 진심이 가득한 이들이 있는 곳이라면 그곳이 어디든 플레이 그라운드, 즉 모두의 무대가 된다.

파트너는 어디에

「운동장 바라보기」가 일상의 반경을 넓혀 무대의 경계를 탐색하고 그것을 재조정하는 시각을 보여준다면, 「미식 생활」 「광합성 런치」 「청춘 미수」는 여성 청년 주인공을 통해 '함께' 하는 사람들과의 관계에 초점을 맞춘다. 특히 「미식 생활」과 「광합성 런치」는 생계의 고단함을 이르는 속칭 '먹고사니즘'을 문자 그대로 '먹는' 문제로 다루고 있어 흥미롭다. 먼저, 「미식 생활」의 나라는 해결되지 않는 고민은 그만두고 미식 생활에 전념하기로 한 신인류다. "열심히 벌어서 맛있는 음식을 사 먹는 게 삶의 유일한 목표"(222쪽)라는 나라가 유별난 개인이 아니라 시대를 대표하는 인물이라는 것이다. 소설에 따르면 한국 사회에서 '먹기'와 '살기'의 관계는 다음과 같이 변천해왔

다: 살기 위해 먹기(전후~70년대 독재 정권 주도 경제발전기) → 살기 위해 먹거나 먹기 위해 살기(80~90년대) → 먹기 위해 살기(맛집 순례가 시작된 2000년대 이후). 그리고 바야흐로 2020년대 "먹기 위해 사는 사람은 보여주기 위해 먹는 사람이 되어야"(240쪽) 하는 시대가 도래했다. 이에 나라는 보여주기 위해 먹는 유튜버 '알깨기'를 좇아 맛집 순례자가 되었다. 이때 '먹기 위해 사는 삶'을 동물적 욕구만 남은 삶이라고 함부로 판단해서는 곤란하다. 나라가 먹기 위해 살게 된 것은 그 외에 마땅히 뜻대로 할 수 있는 일이 없기 때문이다. "미식이 문화였던 시대를 지나 욕망 없는 청년에게 생존 방법이 되어버린 시대가 온 것이다."(232쪽)

「미식 생활」의 나라가 월급의 삼분의 일을 쏟아부으며 '먹기 위한 삶'을 실천하고 있다면, 「광합성 런치」의 차진혜는 사원들의 '먹기'와 '살기' 사이의 균형을 맞추고자 애쓰고 있다. 재무관리를 총괄하는 차진혜는 회사의 곳간을 지켜야 하는 보직을 맡고 있지만, 마음에 두고 있는 신입 사원 박이재가 낮은 식대로 인해 이직을 고려한다니 가만히 있을 수만은 없다. 차진혜는 인색한 대표를 설득하기 위해 나름대로 꼼수를 쓴다. 식대를 만원으로 올려주되 하루에 한 번만 결제할 수 있는 앱을 통해 제공한다면, 사원들이 늘 만원짜리 메뉴만을 먹을 수는 없을 테니 사측은 생색을 내면서도 실제로는 평균 만원 이

하의 식대를 지원하게 된다는 것이다. 문제는 식대 앱을 알아보고자 방문한 소프트웨어 박람회에 굳이 박이재를 대동하여 얄팍한 계산속을 들키고 말았다는 데 있다. 박이재는 차진혜를 통해 사측의 속내를 간파하고 자신에게 주어지는 것은 점심이 아니라 살기 위해 먹는 '사료'일 뿐이라 생각한다.

「미식 생활」의 나라는 먹기 위해 살면서 행복해하고 「광합성 런치」의 박이재는 살기 위한 먹기에 환멸을 느끼고 있지만, 이 둘의 본질적인 상황은 그리 다르지 않다. 나라가 '먹기 위한 삶'을 택한 것은 미식 외에 욕망을 품을 대상이 없었기 때문이다. 나라는 주말마다 맛집을 찾아 나서며, 씹고 뜯고 삼키다보면 다음 주말이 오기 전까지 얼마간 더 버틸 수 있을 거라고 생각한다. '평일'을 견디기 위해 맛집 탐방이 필요하다면 나라 역시 살기 위해 먹는 게 아닐까. 노동의 고통을 잊기 위해, 혹은 성실한 노동에도 불구하고 손에 잡히지 않는 미래를 생각하지 않기 위해 먹어야 한다면, 그것이 얼마나 맛있는 음식이라 한들 그 또한 살기 위해 먹는 사료일 뿐이다. 「미식 생활」과 「광합성 런치」는 상반된 듯한 서사를 교차시키면서, 오늘날 먹방과 맛집 순례에 대한 청년들의 활기 이면에 숨은 체념의 무기력을 발견하게 한다.

「미식 생활」의 나라와 「광합성 런치」의 박이재가 '먹기'와 '살기'의 역학을 사이에 둔 거울상이라면, 「미식 생활」 속 나라와 호린은 불안과 체념의 에너지를 정반대의 방향으로 분출하는 거울상이다. 나라가 먹방에 빠지는 동안 호린은 술독에 빠졌다. 나라는 월급의 삼분의 일을 먹는 데 쓰고, 호린은 알코올중독 문제로 세번째 직장에서 잘렸다. 나라는 술독에 빠진 호린의 삶이 망했다고 생각하면서 자신의 삶과 구별한다. 나라는 "오로지 먹기 위한 목적으로 방문하는 장소에선 열망 넘치는 인간으로 힘차게 변신할 수 있었"(223쪽)고, 그 에너지로 평일의 노동도, 내일의 불안도 잊을 수 있었기 때문이다. 나라에겐 "현재가 유일했으며, 오롯했다"(같은 쪽). 현재만이 오롯하기 위해선 과거도 버려야 한다. 호린은 나라에게 고립감을 토로하지만, "나라는 왜 그렇게 느끼냐고 묻지 않았다. 그렇게 생각하지 말라고도 하지 않았다. 그저 과거의 호린을 잊을 결심만 했다"(같은 쪽).

나라는 소주만 마시는 호린을 앞에 두고도 국밥에 집중한다. 의욕이 넘쳐야 할 이 식탁에 무기력을 불러들일 수는 없기 때문이다. 따라서 나라에게 필요한 건 버거운 문제를 안고 있는 친구가 아니라, 미식 생활을 함께할 동지다. "기다리던 동지"(232쪽) 미라는 유튜버 알깨기의 유행어 '오예!'를 연발하지만, 화장실에서는 껵껵거리며 먹은 것을 토한다. 미라의 '오예'와 '껵껵' 사이에 어떤 이야기가 있는지 나라는 알 수 없고, 타인이 간섭할 수 있는 문제가 아니라고 직감한다. "호린을 돕지 못하는 것처럼 나라는 미라 역시 자신이 도울 수 없을 거라고 생각했다. 타인이 해줄 수 있는 건 없는 듯 보였고, 미라 스스로 뭔가를 깨우쳐야 할 것 같았다."(234쪽) 그런데 이 말은 호린과 미라뿐 아니라 나라에게도 해당할 것이다. 그렇다면 먹는 데(마시는 데) 빠진 나라, 미라, 호린, 즉 이 시대 불안한 청년들에게는 각자도생만이 남은 걸까.

소설의 마지막에서 나라는 알깨기에게도 가끔은 음식이 음식 그 자체가 아니라 추억이라는 것을 깨닫는다. 알깨기는 대체 언제 알이 깨지는 건지 구독자들에게 물은 적이 있다. 나라는 "평범한 맛일지라도 소중한 기억을 건드린다면 반드시 깨진다"(251쪽)라고 생각한다. 먹고 맛보는 데에도 기억이 끼어든다면 더이상 미식 생활은 오롯이 현재의 일만은 아닌 게 된다. 그렇다면 먹는 일(마시는 일이)이 오롯이 '자신'만의 문제가 아닌 것도 될 수 있지 않을까. 나라는 알깨기가 평범한 맛의 순대를 방송에 내보낸 건 그 맛을 공유하는 사람을 찾기 위해서라고 추측한다. "누군가 계속 지켜본다는 걸 알면 알은 기어이 깨진다."(같은 쪽) 나라도 미라도 호린도 스스로 문제를 깨닫고 해결해야 할 상황에 놓여 있는 것은 틀림없지만, 그럼에도 누군가 지켜봐주고 있다는 걸 알면 그 문제는 혼자만의 일이 아닌 게 될 것이다. 이에 나라는 자신이 술을 끊을 수 있을 것 같냐는 호린의 메시지에 지켜봐주겠다고 답한다. 이렇게 나라의 미식 생활은 스스로를 현재에 유폐한 삶으로부터 시간의 연속선 위에서 서로를 지켜봐주는 삶 쪽으로 나아간다.

그렇다면 「광합성 런치」의 차진혜도 박이재와 가까워질 수 있을까. 차진혜는 사주와 사원이 서로 '윈윈'할 수 있도록 식대를 조율했지만, 아무래도 박이재는 차진혜를 사주의 이익에만 충실한 사람으로 오해하는 듯하다. 사실 차진혜는 개발을 노리고 낡은 빌라를 샀으면서도 열악한 주거환경에 사는 양 앓는 소리를 하고, 대표에게 신임을 얻어 회사 내에서 입지를 굳히려고도 하는 꽤 용의주도한 사람이다. 그러나 이는 달리 말하면 차진혜도 재개발에 희망을 걸어야 하는 처지이자 일개 사원이라는 뜻이기도 하다. 소설의 마지막 장면에서 박이재는 동해식당의 생대구탕이 만원으로 가격을 내렸다는 소식을 차진혜에게 전한다. 식대가 칠천원이던 시기, 회사 근처에서 냉동 대구탕이나마 거의 유일하게 한끼 식사를 해결할 수 있었던 동해식당에서 이번엔 인상된 식대 만원에 맞춰 생대구탕 가격을 내렸다는 것이다. 동해식당 사장님이 가격을 내린 건 냉동 대구탕만 먹는 회사원들이 안타까워서일까, 생대구탕을 더 많이 팔아보겠다는 마음에서일까. 동해식당 사장님의 마음이 양극단 사이 어딘가에 있다면, 차진혜의 '꼼수' 식대 흥정도 자신의 입지를 지키려는 마음과 사원들의 보다 나은 점심을 위한 마음 두 극단 사이에 있는 게 아닐까. 어쩌면 박이재가 굳이 이 소식을 전한 건 차진혜의 다른 마음도 감지했기 때문인지 모른다.

「미식 생활」과 「광합성 런치」가 친구/연인 찾기에 조심스러운 긍정의 사인을 보내고 있다면, 「청춘 미수」는 제목 그대로 함께하는 '춤-삶'에 대한 '미수의 기록'이다. 주인공 미수('나')는 대학교 졸업 후 들어간 직장에서 화장실을 갈 틈도 없이 일을 하다 원인을 알 수 없는 하혈을 한다. 이후 직장을 그만두고 여러 아르바이트를 전전하면서 이십대 중반을 향해가고 있다. 그런데 어느 날 미수는 거짓말 같은 아르바이트를 제의받는다. 대저택에 혼자 사는 노년 여성 김아혜에게 책을 읽어주고 산책을 같이해주면 한 달에 삼백만원을 준다는 것이다. 이 일을 하면서 미수는 노동이 노동자의 육체를 병들게 하는 방식으로만 가능한 게 아니라는 것, 돈을 벌기 위해서만이 아니라 의미를 둘 만한 노동도 있다는 것을 깨닫는다.

그러나 미수가 만난 새로운 세계는 짧게 끝난다. 김아혜가 제주도로 떠나려 하기 때문이다. 김아혜는 해변의 쓰레기를 주우면서 거기 사는 청년 기후 활동가들을 지원해주려는 계획을 이야기한다. 그리고 이제야 밝히는바, 미수에게 제안한 아르바이트 또한 일종의 청년 지원이었다고 한다. 김아혜는 우연히 천변에서 울고 있는 미수를 보았고, 그래서 일을 시켰다. "돈을 주려고. (……) 마음이 짠했"(277쪽)으니까. 그러면서 김아혜는 넉 달의 아르바이트로 돈이 좀 모였을 테니 "이젠 그만 울고" "하고 싶은 걸"(278쪽) 하라고 한다. 미수는 그간 김아혜와 서로의 시간을 마주보고, 겹치고, 덧대고 있다고 생각했다. 이를테면 듀엣 댄스처럼. "한때는 우리가 어느 시기의 일부를 비선형적으로 지나고 있다고 믿었다. 선생님은 노년의 일부, 나는 청춘의 일부. 선생님은 청춘의 일부, 나는 노년의 일부. 우리에게 그렇게 교차하는 시간이 있는 줄로만 알았다."(280쪽) 그러나 모든 것이 김아혜의 '시혜'였음이 밝혀지는 순간 지난 넉 달은 '선생님 보시기에 좋았을' '나'의 독무, 그러니까 '청춘의 미수未遂'가 되고 만다.

그러나 누구의 '미수'였는지는 끝까지 두고 볼 일이다. 그날 이후 미수는 좀더 "의연하고 단단한" "의젓하고 차분한"(285쪽) 사람이 되었다. 선생님의 집에서 일하며 모은 돈은 금리가 높은 예금 상품에 가입해두었다. 하고 싶은 일을 다 하기엔 턱도 없는 돈이지만, 미수는 그로 인해 '만기일'이라는 이름의 가까운 미래를 그려보게 되었다. 지나고 나니 오히려 '미수'를 한쪽은 김아혜인 듯하다. 김아혜가 이사간 지역의 바다에는 쓰레기가 없고, 그래서 청년 활동가도 없다. 김아혜는 자신이 손을 내밀기만 하면 덥석 잡을 '짠한' 청년들, 아니면 '장한' 청년들이 어디든 있을 거라 생각했지만, 그것은 오만이었다. 이제 미수는 선생님의 시혜를 거절할 줄도 알고 그러면서도 선생님의 안녕을 빌어줄 만큼 성장했는데, 김아혜는 이제야 미수와 함께한 시간을 그리워한다. 김아혜에게도 미수와의 시간이 '지원'이나 '시혜'만은 아니었던 셈이다. 그렇다면 다시 한번 돌이켜보건대, 두 사람의 생활은 당시로서는 의미를 '거두어들이지 못한' 미수未收의 듀엣 댄스였던 셈일까. 삶은 언제나 지난 시간의 의미를 뒤늦게 알려주곤 하니까 말이다.

당신의 라스트 댄스

뒤늦게 전해진 진심은 죽음 앞에서 가장 간절해진다. 「잘지내고있어」의 '나'가 보낸 메시지가 그렇다. '나'는 왕래가 끊긴 아버지가 뇌경색으로 쓰러졌다는 소식을 듣는다. 이십 년 만에 연락해온 고모는 '나'에게 슬퍼할 겨를도 주지 않고 연명치료에 동의하면 안 된다는 말을 되풀이한다. 의식 없이 누워 있는 아버지를 두고 가족들은 당사자를 제외한 채 현실과 목숨을 저울질해야 하는 원치 않은 상황에 놓인다. 물론 여기서 가족이란 법적 관계를 의미한다. 아버지는 이혼 후 다른 여자와 함께 살았으나 혼인신고를 하지 않았고, 그래서 여자는 아버지의 생의 마지막에 직접적으로 개입할 권한이 없다. 그러나 그녀의 권한 없음은 언제든 의료 비용으로부터 자유로울 수 있음을 의미하기도 한다. 그 여자는 아버지의 입원비를 얼마나 오래 부담할 수 있을까. 이 질문은 아버지의 목숨 반대편에 여자의 사랑을 매달게 한다. 고통스러운 저울질에서 여자도 완전히 도망가지는 못한다.

아버지는 요양 병원으로 옮겨진 뒤에도 의식 없이 누워만 있고, 가족들에겐 기약 없는 기다림의 시간이 계속된다. '나'는 아버지가 의식을 잃기 전 마지막으로 자신에게 보낸 메시지를 다시 본다. "잘지내고있어"(213쪽). 아버지는 띄어쓰기와 문장부호를 생략한 채 메시지를 보내곤 했는데, 그래도 '나'는 그 뜻이 무엇인지 금세 파악했다. 본디 저 메시지는 안부를 묻는 말이었다. 잘 지내고 있느냐고. "그러나 이젠 이 메시지에서 두 가지의 다른 의미가 느껴졌다. (다시 돌아올 것처럼) 내가 없는 동안 잘 지내고 있어. (영원히 돌아오지 않을 것처럼) 내가 없더라도 잘 지내고 있어."(같은 쪽) 이에 '나'는 뒤늦은 답장을 보낸다. "아버지잘지내고있어"(같은 쪽). 안부를 묻는 물음과 잘 지내고 있으라는 당부, 그중 무엇이든 아버지가 원하는 쪽으로 읽을 수 있도록 '나' 역시 띄어쓰기와 문장부호를 생략한다. 지금까지 아버지가 원한 삶을 인정하지 않았지만, 아버지의 마지막만큼은 당신 뜻대로 되길 바라는 마음이다. "아버지 기도도 했어. 아버지가 원하는 만큼 원하는 곳에 최대한 고통 없이 머물게 해달라고. 아버지가 내린 선택

을 나는 받아들일 수 있어."(212쪽)

「이어달리기」의 '나'도 조금 늦었다. '나'는 사표를 반려하려는 팀장과 담판을 짓고 시원하게 생맥주를 마시는 중에 일을 그만뒀다는 엄마의 메시지를 받았다. "내가 먼저 퇴사하기로 했다고 말해야 했는데 간발의 차로 타이밍을 놓쳤다."(16쪽) 일이 이렇게 되고 보니 두 사람은 서로에게 의지하여 퇴사를 결정했다는 걸 깨닫지만, 돌이키기엔 늦었다. 그리하여 '나'는 퇴사 후 하고 싶었던 일 중 하나인 '엄마와 시간 보내기'를 다소 예상치 못한 방식으로 달성한다. 모녀는 겨울을 나기 위해 도서관에 다니기 시작하면서 한집에 살면서도 몰랐던 서로의 모습을 발견한다. '나'는 "문학소녀였던 엄마의 모습"(27쪽)을 머릿속에 그려보고, '나'의 학창시절과 비교해본다. 그 시간은 두 사람에겐 다시없을 평안함을 주었고, '나'는 훗날 이때를 그리워하게 될 것임을 직감한다. "먼 훗날, 우리는 이 시기를 어떻게 기억할까. 나는 까닭 없이 슬퍼져 우두커니 서 있다 앞서 걷고 있는 엄마를 얼른 뒤따라갔다."(39쪽)

안타깝게도 현재의 시점에서 '나'는 그 시절을 '우리'가 아닌 혼자서 기억하고 있다. 엄마는 도서관의 청소 노동자로 다시 취직했다. 백화점에서 도서관으로 장소만 옮긴 셈이지만, 도서관에서 일하는 동안 읽고 쓰는 일을 생활의 일부로 삼았다는 점에서 이전과는 달라졌다고도 하겠다. 그러나 엄마의 달라진 삶은 오래 지속되지 못한다. 도서관을 청소하기 위해 이른새벽에 출근하다 음주운전 차량에 사고를 당한 것이다. 삶에서 마지막 순간은 사후적으로 깨닫게 되는 경우가 많다. 다시 만날 수 없게 된 후에야 직전의 만남이 마지막으로서 고정되기 때문이다. 도서관에 다니던 시절 엄마와 '나'는 일기를 교환하면서 서로의 삶을 엿보았으나, 이제 홀로 남은 '나'는 엄마의 시간을 들여다볼 방법이 없다. 언젠가 '나'는 열일곱 살의 엄마와 자신이 시간의 차원을 넘어 만나는 이야기를 상상한 적이 있다. 엄마는 신세한탄만 하는 '나'의 일기가 재미없다고 했었는데, 엄마와 딸이 동갑내기의 문학소녀가 되어 만나는 이야기는 좋아했을까.「이어달리기」에서 정말 늦은 메시지는 바로 이것이었을 테다. '나'와 엄마가 서로의 시간을 들여다보게 하는 긴긴 이야기.

나는 종이컵을 버린 뒤 엄마 옆에 서서 맨손체조를 따라 했다. 나란히 선 우리의 그림자가 길게 뻗어나갔다. 조경석을 타고 넘어 펜스를 통과해 여고 운동장을 향해 달려갔다. 실제론 조경석에 겨우 닿는 정도의 길이였지만, 나는 우리의 그림자가 길어져 운동장으로 들어서고 색채와 형태를 갖추며 점점 사람으로 변하는 광경을 상상했다. 열일곱 살로 돌아간 엄마와 나. 명진여고 1학년 8반 24번 정한숙과 동운여고 1학년 3반 19번 정재은. 우리는 교복을 입고 운동장을 나란히 걷는다. 트랙을 따라 걷다 출발 지점에서 자세를 취한다. 엉덩이를 높이 들고 시선은 전방을 향한다. 탕! 마침내 신호가 울리고 우리는 전속력으로 달려간다. 서로의 트랙이 하나로 합쳐지는 지점을 향해 힘차게 달린다. 그리하여 우리가 만나게 되었다는 이야기를 쓰면, 엄마는 그걸 재미있게 읽을까.(38~39쪽)

그래도 춤을 추세요

「이어달리기」의 엄마 정한숙이 평생 일을 쉬어본 적 없는 사람이라면, 「AKA 신숙자」의 엄마 신숙자는 "쉬어도 될 만큼은 늙었다"(126쪽)라고 당당하게 말하는 사람이다. 정한숙이 딸의 코 묻은 돈은 안 쓴다고 손을 내젓는 사람이라면, 신숙자는 딸이 권하는 요양보호사 일이 얼마나 고된지 자세히 알려주는 사람이다. 엄마인 두 사람은 이렇게 다르건만 딸들은 어딘가 비슷한 데가 있다. 두 딸은 엄마의 "진짜 얼굴은 모른다"(143쪽). 다만, 「이어달리기」의 '나'가 엄마가 죽은 뒤 미처 알지 못했던 엄마의 시간을 안타까워하고 있다면, 「AKA 신숙자」의 '나'는 지속되고 있는 삶 속에서 고정되지 않은 엄마의 여러 얼굴들을 마주하고 있다.

'나'는 비 오는 날 우연히 울고 있는 새끼 고양이를 발견했고, 그대로 두고 돌아서기엔 건강 상태가 좋지 않아 보여 집으로 데려왔다. 새끼 고양이는 '내 새끼' 퐁이가 되어 '나'와 동거하게 되었으나, 일주일 만에 위급한 상태에 이른다. 경황이 없는 중에 찾은 병원은 '상위 일 퍼센트' 고객을 대상으로 하는 고급 동물병원이었고, 퐁이의 병원비는 하루에 칠십만원이나 한다. 신숙자는 치료비를 감당할 수 있겠냐며 '내 새끼' 딸을 걱정하고, '나'는 "엄마는 돈 때문에 자기 새끼를 죽게 내버려둘 거"(132쪽)냐며 되묻는다. 치료를 포기하는 일은 물론이고 다른 병원으로 옮기는 것조차 두려웠던 '나'는 그간 모아둔 돈을 헤아리며 퐁이의 입원에 동의한다. 문제는 입원비를 감당할 돈이 있다는 사실이 엄마를 서운하게 한다는 거다. 그간 '나'가 엄마에게 생활비를 보내며 꼭꼭 생색을 냈던 일이나, 엄마에게 일하는 시니어가 되어주길 은근하게 압박했던 일, 무엇보다 치매 간병인 보험을 들어달라는 엄마의 요청을 돈이 없다는 핑계로 미뤘던 일이 마음에 걸린다. 그러니 퐁이의 무사 회복을 기원하는 신숙자의 춤이 깔끔하고 세련될 리가 없다. 거기엔 복잡하고 모순적인 감정들, 이를테면 사랑하는 딸이 아끼는 퐁이가 무사하기를 바라는 마음과 괘씸한 딸이 치매 간병인 보험료 대신 쏟아부은 병원비가 헛되이 없어져서는 안 된다는 계산, 그리고 엄마가 아플 때 딸은 병원비로 얼마나 쏠까 하는 두려움 같은 것이 뒤섞여 있기 때문이다. 복잡한 마음이 한 겹 한 겹 떠오를수록 몸짓은 난해해지고, 마침내 그것은 "막춤임이 분명해졌다"(136쪽).

신숙자에 따르면 엄마들은 처음 보는 사이에도 속내를 곧잘 털어놓는다고 한다. "이 집 딸이나 저 집 딸이나 (……) 엄마를 못 놀려먹어서 안달"(121쪽)이므로 말이 안 통할 리가 없다. 이심전심이 동시대 엄마들 사이에서만 가능한 건 아니다. 예나 지금이나 여자들에겐 울분을 쌓을 일은 많고 풀 일은 드물기에 엄마와 딸 역시 말이 안 통할 리가 없다. 「춤은 영원하다」는 삼대를 걸쳐 내려오는 막춤의 전통을 보여준다. 집에만 있지 말고 춤이라도 배우라는 '나'의 잔소리에 엄마는 다듬던 쪽파를 그대로 쥐고 춤을 추기 시작한다. 취객의 몸부림 같은 춤사위까진 웃으면서 볼 수 있었으나, 점점 커지는 몸짓과 혼신의 힘을 다하는 진지함에는 심상치 않은 데가 있다. 급기야 엄마는 아버지 욕을 방언처럼 쏟아낸다. "상놈의 새끼, 끝까지…… 끝까지 참았어, 내가."(48쪽) 엄마의 춤은 평생 쌓아온 슬픔을 털어내는 살풀이였고, 그것은 '근본 없는' 막춤이 아니라 평생 농사일만 하다 돌아가신 할머니가 딱 한 번 딸들 앞에서 선보인 바 있는 계보와 전통이 확실한 춤이었다. 이모의 기억에 의하면 할머니 역시 "장독을 붙잡고 이상한 소리를 토해냈다"(58쪽)고 한다. '나'가 불과 열일곱 살의 나이에 "몸부림에 가까"(44쪽)운 춤을 추었던 것도 할머니로부터 면면히 이어져오는 혈통을 이어받았기 때문일 것이다.

> 춤은 테크닉이지. 근데 테크닉은 누군가 정해놓은 규칙이야. 우스꽝스럽게 움직이지 말라는 규칙. 그러니까 테크닉보다 진심이 중요해.(59쪽)

살풀이의 모계 혈통 가운데 예외적으로 센스 있는 춤을 추는 이모는 그럼에도 불구하고 테크닉보다 진심이 중요하다고 말한다. 진심은 힘이 세기에 엄마가 테크닉을 배우려고 해도 어느새 새어나와 춤을 장악하고, 가끔은 테크닉의 고수 이모도 흥하게 만든다. 진심이 압도한 엄마와 이모의 무대는 이렇다. "불경했다. 상스러웠다. 야했다. 이상했다. 짐승 같았다. 그럼에도 내 마음속에선 군고구마처럼 뜨겁고 달달한 것이 자꾸만 치솟았다."(68쪽) 이모는 "세상에 기대하는 것 없이, 과도한 욕심을 내세우지 않고, 묵묵히 춤을 추며 차츰 늙어가"(55쪽)고 있다. 테크닉과 진심을 두루 갖추고 춤과 삶을 합일시키고 있는 이모. 이모는 우리 안의 '춤-삶'의 진심을 일깨워 마주보고 서 있는 누구든 모든 걸 내려놓고 춤을 추게 만든다. 그러니 거기 인생 한 방을 꿈꾸는 아저씨도, 허황된 잔소리를 묵묵히 듣고 있는 아저씨도 "차라리 이모 옆에 가서 춤을 추세요. (……) 아저씨가 몸을 흔들 때 세상도 같이 움직인다는 거 아세요, 모르세요. 나는 열일곱 살에 이미 알았는데, 그걸 알아도 인생이 바뀌지는 않더라고요. 그래도 춤을 추세요. 그것밖엔 할 수 있는 게 없어요"(54쪽).

「잘지내고있어」의 '나'가 받은 메시지처럼, '그래도 춤을 추세요'라는 문장에는 두 가지 상반된 감정이 응축되어 있다. 꿈쩍도 아니하던 세상이 춤출 때만큼은 나와 함께 움직이더라는 해탈과 그럼에도 인생은 바뀌지 않더라는 체념. 그러나 동시에 체념적 해탈의 반대편에서는 한숨과 울분으로 열어젖힌 막춤의 우주에서 자유롭게 유영하리라는 낙관적 의지가 치솟고 있다. "선매야, 찬희야. 나는 꽃씨다. 봐라, 날아간다. 내가 날아가."(69쪽) 부사 '그래도'는 체념과 낙관을 양끝에 매단 시소의 받침대가 되어 인생이 어느 쪽으로 기울든 이 춤을 계속하게 한다.

테크닉이 부족한 우리는 몸부림에 가까운 막춤으로 온갖 액운에 맞설 수밖에 없지만, 고달프고 괴로운 인생의 이런저런 순간에 '그래도'는 요물처럼 삶의 무게중심을 흔들면서 우리를 체념의 바닥에서 튀어오르도록 할 것이다. 그러니 인생이 뜻대로 되지 않더라도 '그래도 춤을 추세요'. 그대의 몸짓이 우스꽝스러울지라도 '그래도 춤을 추세요'. 그러다보면 진짜 춤, 누군가의 마음속의 '군고구마'를 캐내고 마는 용한 춤을

추게 될 테니까. "우리의 유전자에 흐르는 막춤은 영원하다. 누구도 막을 수 없다."(69쪽)

작가의 말

춤을 배우기 시작한 지 반년이 지났다. 첫 수업일에 자기소개를 하면서 그곳에 온 이유를 얘기하는 시간이 있었다. 나는 춤을 좋아하지만 불행히도 몸치라고 부끄러워하며 말했다. 그러자 선생님이 고개를 저었다.

"우리가 배우는 건 사실 춤이 아니라 스토리텔링입니다."

열심히 수업을 듣던 어느 날, 선생님이 알려준 대로 두 손을 장미꽃 모양으로 만든 적이 있었다. 그런데 선생님이 내 동작을 보며 말했다.

"눈빛도 장미를 보고 있는 것처럼 해보세요."

그건 내가 알고 있던 춤에 대한 정의를 뛰어넘는 말이었다.

나는 여전히 춤을 못 춘다. 거의 매번 스텝과 팔동작이 엉킨다. 그러나 춤을 잘 추지 못하더라도 진심을 담아 추려고 노력하는 나 자신이 기특하게 느껴질 때가 있다. 거울만 보지 않으면 나는 꽤 괜찮은 댄서인 것 같다. 엉성한 내 춤을 보며 다정한 눈웃음을 지어주는 사람들 앞에선 더더욱 그렇게 생각하게 된다.

　이 책을 함께 만든 서유선 편집자님께 감사드린다. 펜을 든 당신의 멋진 춤을 따라 하면서 마지막 장에 무사히 도착할 수 있었다. 오래 기억에 남을 해설을 써주신 이지은 평론가님, 마음이 뭉클해지는 추천사를 보내주신 이규리 시인님과 문진영 작가님, 근사한 프로필 사진을 위해 애써주신 김봉곤 작가님께도 감사드린다.

　이 소설집을 준비하는 동안 나는 혼자 춤을 출 때보다 누군가와 함께 출 때 더 큰 행복을 느끼는 사람이라는 걸 깨달았다. 춤은 영원하다. 그리고 함께 추는 춤은 순간을 영원으로 만든다.

2025년 여름

이서수

| 수록 작품 발표 지면 |

이어달리기(발표 당시 제목은 '엄마의 시간을 볼 수 있다면')
…… 『2022 흰소설전』(소전서림)

춤은 영원하다 …… 『창작과비평』 2022년 겨울호

광합성 런치 …… 『귀하의 노고에 감사드립니다』(문학동네, 2023)

AKA 신숙자 …… 『자음과모음』 2024년 여름호

운동장 바라보기 …… 『백조』 2023년 가을호

잘지내고있어 …… 『문학동네』 2024년 여름호

미식 생활 …… 『림: 숲속에는 축복이』(열림원, 2025)

청춘 미수 …… 『이상한 나라의 스물셋』(앤드, 2023)

문학동네 소설집
그래도 춤을 추세요
ⓒ 이서수 2025

초판 인쇄 2025년 7월 31일
초판 발행 2025년 8월 20일

지은이 이서수
책임편집 서유선 | 편집 김내리
디자인 최윤미 이원경 | 저작권 박지영 형소진 주은수 오서영 조경은
마케팅 정민호 서지화 한민아 이민경 왕지경 정유진 정경주 김혜원 김예진 이서진
브랜딩 함유지 박민재 이송이 박다솔 조다현 김하연 이준희
제작 강신은 김동욱 이순호 | 제작처 한영문화사

펴낸곳 (주)문학동네 | 펴낸이 김소영
출판등록 1993년 10월 22일 제2003-000045호
주소 10881 경기도 파주시 회동길 210
전자우편 editor@munhak.com | 대표전화 031) 955-8888 | 팩스 031) 955-8855
문학동네카페 http://cafe.naver.com/mhdn
인스타그램 @munhakdongne | 트위터 @munhakdongne
북클럽문학동네 http://bookclubmunhak.com

ISBN 979-11-416-0277-2 03810

* 이 책의 판권은 지은이와 문학동네에 있습니다.
  이 책 내용의 전부 또는 일부를 재사용하려면 반드시 양측의 서면 동의를 받아야 합니다.
* KOMCA 승인필

잘못된 책은 구입하신 서점에서 교환해드립니다.
기타 교환 문의 031) 955-2661, 3580

www.munhak.com